अंतिम न्याय

उम्मीद मत छोड़ो

राकेश कुमार

अंतिम न्याय

उम्मीद मत छोड़ो

एक उपन्यास

लेखक की ओर से

यह उपन्यास विश्वासघात, प्रेम, हिंसा और जीवन के उतार-चढ़ाव पर आधारित है। जीवन में शायद ही कोई ऐसा व्यक्ति हो जिसे कभी धोखा न मिला हो। ऐसे समय में मन में बस एक ही सवाल उठता है, *"आखिर कोई हमारे साथ ऐसा कैसे कर सकता है?"*

इस कहानी में न केवल प्रेम और विश्वासघात की गहराइयाँ हैं, बल्कि यह एक महत्वपूर्ण संदेश भी देती है—*निराश मत होइए!* प्रकृति का न्याय अटल होता है, और उसका निर्णय अंतिम। समय चाहे जितना कठिन हो, उम्मीद कभी नहीं छोड़नी चाहिए, क्योंकि न्याय सदा अपने तरीके से होता है और अंततः सच्चाई की ही जीत होती है।

राकेश कुमार

एक

मुख्य सड़क को छोड़ जैसे ही कार जंगल की ओर मुड़ी, राहुल ने राजू को टोकते हुए कहा, "इसे इतना भी मत पिलाओ कि यह होश खो दे। इसके साथ आगे क्या होने वाला है, इसे पता होना चाहिए।

सुदेश को एक झटका सा लगा। पिछले तीन दिनों से वह फार्म हाउस में किसी अतिथि की तरह रह रहा था। बस उसे कहीं फोन करने की अनुमति नहीं थी। उसे कारण बताया गया कि उसे कुछ महत्वपूर्ण मिशन को अंजाम देना था।

उस चलती हुई कार में भी, किसी महत्वपूर्ण व्यक्ति की ही तरह खातिरदारी करते हुए उसे शराब पिलाई जा रही थी। पर अब उसके साथ आगे क्या होने वाला था?

कहीं वह महत्वपूर्ण मिशन उसी के ऊपर तो नहीं था? वह अचानक से सन्नाटे में आ गया। उसका सारा नशा जैसे गायब होता हुआ लगा। उसने भयभीत आवाज में पूछा, "मेरे साथ क्या होने वाला है?"

राहुल ने हल्के से ठहाके के साथ कहा, "चिंता मत करो। जो भी होगा, वह सब तुम्हारी आँखों के सामने ही होगा।" उसने अपनी जेब से पिस्टल निकाली और हवा में लहराते हुए कुछ क्षणों तक उसे घुमाता रहा। फिर बड़े गौर से उसे उलट-पलट कर दो से तीन बार देखा।

सुदेश का गला भय से सूखने लगा। उसने किसी तरह गले में फँसे थूक को निगला और कांपते स्वर में बोला,"क्या करने वाले हो इसके साथ?"

राहुल ने पिस्तौल को कार की सीट पर रखते हुए कहा, "चिंता मत करो। हम तुम्हारे साथ इसका इस्तेमाल नहीं करने वाले हैं।" पिस्तौल नीचे रखते ही उसने अपनी जेब से मोबाइल चार्जर का केबल निकाला और फुर्ती से सुदेश के गले में लपेटते हुए और दोनों सिरों को कसकर खींचते हुए कहा, "क्या सोचा था, भैया से गद्दारी करके बच जाओगे?"

सुदेश दर्द के मारे छटपटाने लगा। धीरे-धीरे उसकी साँसे रुकने लगीं और उसकी आँखों की पुतलियाँ बाहर निकलने को बेताब होने लगीं। किसी तरह कराहते हुए उसने कहा, "मैंने कोई गद्दारी नहीं की है!"

राजू ने उसकी हालत का मजाक उड़ाते हुए कहा, "छोड़ दो बेचारे को, नहीं तो मर जाएगा।"

राहुल ने तार की पकड़ थोड़ी ढीली की, तो सुदेश ने राहत की साँस ली। दर्द से उसकी आँखों में आँसू आ गए। उसने एक हाथ से अपनी गर्दन को सहलाया, जहाँ तार के कसने के निशान उभर आए थे, और खाँसते हुए फिर से बोला, "मैंने कोई गद्दारी नहीं की है।"

"अच्छा! मुनीम जी तो कह रहे हैं कि तुमने पूरे दस हजार रुपयों की हेरा-फेरी की है?" राहुल ने व्यंग्य भरी हँसी के साथ कहा।

सुदेश अब बिल्कुल टूटने के कगार पर था। भर्राई आवाज में उसने कहा, "राहुल! भैया के साथ गद्दारी करने का तो प्रश्न ही नहीं उठता। ऐसा करना तो दूर, ऐसा सोचना भी लेना मेरे लिए
2 राकेश कुमार

नामुमकिन है। तुम तो मेरे सबसे अच्छे मित्र हो। तुम तो मुझे अच्छी तरह जानते हो। क्या अब तुम्हें भी मुझ पर और हमारी मित्रता पर भरोसा नहीं रहा? यार, मैंने सच में कोई गद्दारी नहीं की है। मुझे उन रुपयों की बेहद जरूरत थी, इसलिए मैंने वो पैसे लिए थे, और मैं यह बात भैया को बताने ही वाला था।"

"पर अभी तक बताया तो नहीं ना! और हाँ, मेरे लिए भैया के आदेश से बढ़कर कुछ भी नहीं। अब जब भैया को सब पता चल ही गया है, तो तुम्हारे बताने या नहीं बताने का कोई मतलब नहीं रह गया।" राहुल ने तीखे अंदाज में जवाब दिया।

बाहर अभी भी बारिश जारी थी, जो पिछले तीन दिनों से रुक-रुक कर हो रही थी।

राहुल ने बोतल से थोड़ी शराब गिलास में उड़ेली और उसे सुदेश की ओर बढ़ाते हुए कहा, "इस बोतल में जितनी भी शराब है उसे खत्म कर दो ताकि तुम्हारे पोस्टमार्टम रिपोर्ट में यह निकले कि तुम्हारी मौत अत्यधिक शराब पीने की वजह से हुई है।

सुदेश का चेहरा भय से पीला पड़ गया। उसने लगभग चीखते हुए कहा, "क्या मतलब है तुम्हारा?"

राहुल के होठों पर एक शातिर हँसी थिरकने लगी। उसने कार की सीट पर रखी पिस्तौल को उठाया और सुदेश को दिखाते हुए कहा, "तुम्हारी जिंदगी और मौत अब इसके हाथों में है। इससे एक गोली चली नहीं कि तुम्हारा खेल खत्म। इसलिए तुम्हारी भलाई अब इसी में है कि तुम हमारी हर बात मानते रहो।"

सुदेश अब अपने दोस्त राहुल से किसी दया की उम्मीद तो नहीं कर सकता था। लेकिन फिर भी, उसके दिल के किसी कोने में एक छोटी सी उम्मीद यह थी कि हो सकता है कि उसकी हर

बात मानते रहने से शायद उसे उस पर कुछ दया आ जाए। यही सोचकर वह शराब तब तक पीता रहा जब तक की वह पूरी तरह बेसुध नहीं हो गया।

कार आगे बढ़ते हुए पहाड़ी नदी के पास आ पहुँची जहाँ खाई थोड़ी ज्यादा थी। राहुल ने अपने साथी राजू, मुनीम और कार चालक की सहायता से सुदेश को नीचे उतारा। फिर उसे उस पहाड़ी नदी के किनारे रख चारों ने जोर से नीचे की ओर धक्का दे दिया। और वह उस अँधेरी खाई में नीचे कुछ दूर तक गिरता चला गया।

कार पीछे की ओर मुड़ी और मुख्य सड़क की और बढ़ना शुरू किया। बारिश के कारण उसके टायरों के निशान पीछे से धुलते जा रहे थे। जैसे ही कार ने हाईवे पर दौड़ना शुरू किया, राहुल ने फोन लगाकर कहा, "भैया! काम हो गया।"

दो

"भैया" यानी शक्ति सिंह। शक्ति सिंह एक बेहद गोरा और मजबूत कद-काठी वाला नौजवान था। उसमें मासूमियत इतना कूट-कूट कर भरा हुआ था कि जो भी उसे देखता, उसके व्यक्तित्व की ओर आकर्षित हो जाता। उसकी आंखें इतनी गहरी और आकर्षक थीं कि किसी भी लड़की का दिल धड़कने लगे, पर वह हमेशा उनसे दूर रहने में ही अपनी भलाई समझता था।

वह बाहर से जितना भोला-भाला दिखता था, अन्दर से उतना ही निर्दयी था। उसकी नजर में गद्दारी की एकमात्र सजा मौत थी, चाहे वह गद्दारी एक रुपये के लिए ही क्यों न की गई हो। वह काम को इतनी सफाई से अंजाम देता कि अपने पीछे कोई सबूत न छोड़ता। सुशील कुमार का उसपर सीधा हाथ होने के कारण पुलिस भी बिना किसी ठोस सबूत के उस पर हाथ डालने से कतराती थी।

सुशील कुमार को लोग "डॉन" के नाम से भी जानते थे। पिछले तीन चुनावों से वहाँ की जनता ने उन्हें अपने आशीर्वाद देकर भारी बहुमत से विधायक चुना था। लेकिन इस बार यह चर्चा थी कि सुशील कुमार अपनी विधायक की उम्मीदवारी शक्ति सिंह को सौंपने का मन बना चुके हैं और खुद सांसद का चुनाव लड़ने वाले हैं। इसीलिए शक्ति सिंह जब भी लोगों के बीच जाता, अपनी कंजूसी के बावजूद कुछ जरूरतमंदों की आर्थिक मदद कर

देता, ताकि उसकी छवि लोगों के बीच सकारात्मक बनी रहे और आगामी चुनाव में उसे ही वोट मिलें। उसकी यह रणनीति कुछ हद तक कारगर भी साबित हो रही थी। लोगों के बीच उसकी छवि एक दयालु और परोपकारी व्यक्ति की बन चुकी थी, और कुछ लोग तो उसे देवता जैसा मानने लगे थे।

****

राहुल और राजू बचपन के दोस्त थे। वे पहली बार कब और कहाँ मिले थे, इसका उन्हें खुद भी ठीक-ठीक याद नहीं था। लेकिन उनकी जिंदगी में बदलाव तब आया जब वे दोनों एक चौराहे पर शक्ति सिंह को भीख माँगते हुए मिले थे।

जैसे ही शक्ति सिंह ने अपनी पुरानी कार उस चौराहे के पास रोकी, दो छोटे-छोटे बच्चे अचानक उसके सामने आकर भीख माँगने लगे। उन दोनों की मासूमियत ने शक्ति सिंह को इतना प्रभावित किया कि उसने अपनी पर्स से दस रुपये का एक नोट निकाला और बड़े लड़के के हाथ में थमा दिया।

बड़े लड़के ने तपाक से अपने साथी की ओर इशारा करते हुए कहा, "साहब, इसे भी दस रुपए दे दीजिए।"

"क्यों?" शक्ति सिंह ने हल्की सी शरारत से मुस्कुराते हुए पूछा।

"क्योंकि यह मेरा दोस्त है, और हम दोनों साथ में भीख माँगते हैं। जो भी पैसा हम में से किसी एक को मिलता है, दूसरा भी उतना ही पैसा लेता है।" लड़के ने जवाब दिया।

शक्ति सिंह को उसकी बात पर हँसी और हैरानी एक साथ आ गई। उसने मुस्कुराते हुए कहा, "अच्छा! तो अब भिखारियों के भी एटीट्यूड होने लगे? अगर मैंने इसे पैसे नहीं दिए तो?"

उस लड़के ने उसी आत्मविश्वास के साथ जवाब दिया, "तो हम आपके पैसे आपको वापस दे देंगे।"

शक्ति सिंह का दिमाग झनझना उठा। "ये दोनों भीख माँग रहे हैं या जबरन पैसे वसूल रहे हैं? ऐसे एटीट्यूड वाले भिखारी तो मैंने पहले कभी नहीं देखे।" तभी उसके दिमाग में एक ख्याल आया। उसने सोचा, "इस एटीट्यूड वाले लड़के में कुछ खास बात है। शायद ये मेरे किसी काम आ सकता है।"

शक्ति सिंह ने कहा, "तुम लोग कोई काम क्यों नहीं करते हो? ऐसे एटीट्यूड के साथ भीख माँगते हुए तुम्हें शर्म नहीं आती है?"

लड़के ने उसी अंदाज में जवाब दिया, "हम काम तो करना चाहते हैं, लेकिन कोई हमें काम देता ही नहीं है तो हम क्या करें? हम चाहें काम माँगें या भीख, हमें कुछ माँगना ही तो है। अगर काम मिल जाए तो काम कर लेंगे, नहीं तो भीख ले लेंगे। जब कुछ माँगना ही है तो इसमें शर्म क्यों करें? हम कोई चोरी थोड़े ना कर रहे हैं।"

शक्ति सिंह उसकी बात सुनकर हैरान रह गया। ऐसे जवाब की उसे उम्मीद तो बिल्कुल ही नहीं थी। उसने कहा, "चलो, आज के बाद तुम्हें काम या भीख माँगने की जरूरत नहीं पड़ेगी। क्या तुम मेरे फार्म हाउस में काम करोगे?"

बड़े लड़के ने कहा, "क्यों नहीं, साहब! पर मेरे साथ मेरे दोस्त को भी काम पर रखना होगा।"

"नहीं-नहीं! मैं बस तुम्हें ही काम पर रख सकता हूँ। तुम्हारे लिए खाना-पीना और रहना सब मुफ्त मिलेगा।" शक्ति सिंह ने कहा।

पर लड़के ने अकेले जाने से इंकार कर दिया। उसने कहा, "हम दोनों हमेशा साथ रहते हैं–भीख माँगें या काम करें, साथ ही करेंगे। अगर आपको हमें काम पर रखना है तो हम दोनों को साथ में रखना पड़ेगा।"

शक्ति सिंह को महसूस हुआ कि इस लड़के का आत्मसम्मान और दोस्ती के प्रति उसकी निष्ठा उसे दूसरों से अलग बनाते हैं। उसके भीतर कुछ खास है जो भविष्य में उसके कुछ काम आ सकता है। यह सोचकर उसने उन दोनों को अपने फार्म हाउस पर ले जाने का फैसला कर लिया।

****

शक्ति सिंह का फार्म हाउस उसे विरासत में मिला था। उसके पिताजी का काफी पहले देहांत हो गया था और उसके कुछ समय बाद ही उसकी माँ भी गुजर गईं। तब से वह बिल्कुल अकेला हो गया था। जब उसे चौराहे पर भीख माँगते हुए वे दो लड़के मिले, तो उनके एटीट्यूड ने उसे इतना आकर्षित किया कि उसने सोचा कि इनके साथ न केवल उसका अकेलापन दूर हो जाएगा बल्कि ये लड़के फार्म हाउस की देखभाल में भी मदद करेंगे।

कुछ समय बाद, शक्ति सिंह विधायक सुशील कुमार के संपर्क में आया। अगले चुनाव में उसने बढ़-चढ़ कर भाग लिया और

सुशील कुमार का करीबी बन गया। विधायक के संरक्षण में उसने अवैध शराब का कारोबार शुरू कर दिया।

देश में अलग-अलग राज्यों में शराब पर टैक्स दरें अलग होने के कारण उनकी कीमतों में भी अंतर होता था। उत्तम प्रदेश और सजल प्रदेश जैसे दो पड़ोसी राज्यों में टैक्स ज्यादा था, जिससे उनकी कीमतें भी ऊँची थीं। इस अंतर का लाभ उठाकर शक्ति सिंह उन राज्यों में अवैध रूप से शराब की सप्लाई करने लगा। इसके अलावा, वह कबाड़ी से खाली ब्रांडेड बोतलें खरीदकर उनमें सस्ती शराब भरवा देता और उन्हें महंगे दामों पर बेचता, जिससे उसे मोटा मुनाफा होता था।

बाद में उसने जमीन की दलाली का काम भी शुरू कर दिया। उसने राहुल को अपने साथ रखा और राजू को फार्म हाउस की देखभाल का जिम्मा सौंप दिया।

उस फार्म हाउस में पाँच कमरे थे; राहुल और राजू के लिए एक-एक कमरा था। समय के साथ उसने राजू को भी व्यापार में शामिल कर लिया, और फार्म हाउस की देखभाल के लिए स्यापा नाम का एक नौकर रख लिया, जिसके लिए एक छोटा कमरा अलॉट कर दिया गया।

उन पाँच कमरों के अलावा फार्म हाउस में एक मध्यम आकार का हॉल था। उस हॉल की दीवार पर एक बड़ा टीवी टंगा था, जिसका रिमोट एक छोटी हाइट की मेज पर रखा रहता था। हॉल के फर्श पर सुंदर कालीन बिछी हुई थी, जिस पर बैठकर शक्ति सिंह, राहुल और राजू के साथ शराब पीता और दिन भर के कामों के बारे में चर्चा किया करता था।

फार्म हाउस का एक कमरा खास था, जिसमें शीशे की दो अलमारियाँ थीं। उन अलमारियों में हर प्रकार की शराब की बोतलें

आकर्षक ढंग से सजा कर रखी रहती थीं। शक्ति सिंह का निजी कमरा भी एकदम खास था। उसमें एक बड़ा एलसीडी टीवी लगा था, एक बड़ा सा बेड था जिसमें मोटे गद्दे बिछे थे, और एक टेबल के साथ-साथ एक आरामदायक सोफा भी था। जब भी उसे अकेले बैठकर शराब पीने का मन करता, वह अपने कमरे के सोफे पर बैठकर आराम से शराब पीता।

तीन

स्यापा ने एक प्लेट में ग्रीन सलाद, एक प्लेट में ड्राई फ्रूट्स और दो प्लेट में भुने हुए चिकन के टुकड़े सजाकर हॉल की मेज पर रख दिए। उसने तीन गिलास और पानी से भरा एक जग भी रख दिया। साथ ही, आइसबॉक्स में बर्फ के टुकड़े डालकर उसे भी मेज पर रख दिया। आज भैया पूरे दिन का हिसाब और आगे की योजनाओं पर चर्चा करने वाले थे।

शक्ति सिंह हॉल में आकर नीचे फर्श पर बैठ गया और एक प्लेट से भुना हुआ चिकन का टुकड़ा उठाकर खाने लगा। थोड़ी ही देर में राहुल भी हॉल में आया और उसकी बगल में बैठकर अपने लिए एक गिलास में पानी भर लिया। उसने सलाद के दो-तीन टुकड़े उठाकर खाने शुरू किए और फिर शक्ति सिंह के कहने पर रिमोट से टीवी पर समाचार चैनल लगाने लगा।

कुछ देर बाद, राजू व्हिस्की की एक बोतल और सिगरेट का पैकेट लेकर हॉल में आया और शक्ति सिंह के बगल में, राहुल के सामने फर्श पर बैठ गया। उसने टेबल से दो गिलास उठाए, उनमें शराब डाली, थोड़ा पानी मिलाया, और बर्फ के कुछ टुकड़े डालकर दो पेग तैयार किए। एक गिलास उसने शक्ति सिंह को दिया और दूसरा खुद ले लिया। तीनों ने अपने-अपने गिलास उठाए, उन्हें आपस में टकराते हुए एक साथ बोला, "चीयर्स!"

तीनों ने अपने गिलास से एक-एक घूँट लिया और फिर उन्हें टेबल पर रख दिया। राहुल ने सलाद का एक टुकड़ा चबाते हुए

कहा, "भैया, आज हम दोनों पंकज जी के यहाँ पैसे माँगने गए थे, लेकिन उन्होंने कहा कि वे अभी पैसे नहीं दे पाएँगे।"

शक्ति सिंह ने उसकी बात बीच में काटते हुए कहा, "हाँ, उनका मेरे पास भी फोन आया था। अगले महीने उनकी बहन की शादी है, इसलिए फिलहाल वे पैसे देने में असमर्थ हैं।"

राहुल ने शिकायत भरे लहजे में कहा, "क्या भैया! आपने बताया नहीं। हम दोनों बेकार में ही उनसे उलझ गए।"

शक्ति सिंह थोड़ा झेंपते हुए बोला, "उनका फोन आते ही मुझे पुलिस स्टेशन से फोन आ गया था। वहाँ मुझे दो-तीन घंटे लग गए। फिर मैं रजिस्ट्री ऑफिस चला गया और वहाँ भी दो घंटे लगे। इन सब के बीच मैं तुम लोगों को वह बात बताना ही भूल गया।"

फिर शक्ति सिंह ने बात आगे बढ़ाते हुए कहा, "कल हाईवे के पास वाली जमीन की रजिस्ट्री करानी है। पार्टी ने सारे पैसे दे दिए हैं। तुम दोनों कल रजिस्ट्री ऑफिस में रहकर कागजी कार्यवाही पूरी कर लेना। मैंने बिपिन बाबू को भी कह दिया है, वे सुबह आठ बजे लैपटॉप लेकर आ जाएँगे। तुम दोनों उनसे मिलकर रजिस्ट्री का सारा काम देख लेना।"

राहुल ने सहमति में सिर हिलाते हुए कहा, "जी भैया! यह तो हमारे लिए बहुत अच्छी खबर है। पर एक बुरी खबर भी है।"

"बुरी खबर? वो क्या है?" शक्ति सिंह ने चौंकते हुए पूछा।

राहुल ने कहा, "उत्तम प्रदेश में हमारे शराब के एक ट्रक को पुलिस ने पकड़ लिया है। ड्राइवर किसी तरह तो भाग निकला, लेकिन ट्रक पुलिस के कब्जे में है। मैंने वहाँ के अपने भरोसेमंद पुलिस वाले से बात की थी। उसने बताया कि चुनाव की वजह से

सीमा पर चेकिंग कड़ी कर दी गई है इसलिए चुनाव खत्म होने तक शराब का कारोबार बंद रखना ही बेहतर होगा।"

शक्ति सिंह ने चिंता जताते हुए कहा, "अरे, ये चुनाव का समय ही तो हमारे लिए कमाई का मौसम होता है। एक चुनाव की कमाई, चार सालों की कमाई के बराबर होती है!"

थोड़ा सोचकर उसने उस पुलिस वाले को खुद ही फोन लगाया। उधर से हेलो की आवाज आते ही वह खुशामद भरे लहजे में बोला, "ही ही ही! साहब, राहुल बता रहा था कि आज हमारे एक ट्रक को आपके यहाँ पकड़ लिया गया है।"

पुलिस वाले ने कहा, "ऊपर से बड़े साहब का सख्त आदेश है कि शहर में प्रवेश करने वाली हर गाड़ी की पूरी जाँच हो। इसलिए अभी सड़क के रास्ते कारोबार करना मुश्किल है। हाँ, अगर थोड़ा जोखिम उठाना हो तो एक तरीका बचता है।"

"वो क्या?" शक्ति सिंह ने उतावलेपन से पूछा।

"बालू की गाड़ियों की चेकिंग अभी नहीं हो रही है। आप सामान को ट्रैक्टर में लोड करवा दें और उसे नदी के पास वाली घाटी तक पहुँचा दें, जहाँ से बालू की सप्लाई शहर में की जा रही है। फिर बालू से उसे ढककर माल सही जगह तक पहुँचा दिया जाएगा।"

"लेकिन बालू की गाड़ी के लिए तो सरकारी चालान कटता है। वो सब कैसे होगा? और अगर पकड़ी गई तो?" शक्ति सिंह ने संदेह जताते हुए कहा।

पुलिस वाले ने उसे आश्वस्त करते हुए कहा, "वो सब आप मुझ पर छोड़ दीजिए। चालान का इंतजाम हो जाएगा। वैसे तो

बालू वाले ट्रैक्टरों की चेकिंग न के बराबर होती है। पर यदि कारोबार करना है तो कभी-कभी थोडा रिस्क तो लेना ही पड़ेगा।"

"ठीक है मैं सोचकर आपको फिर फोन करता हूँ।" इसके बाद शक्ति सिंह ने फोन डिस्कनेक्ट कर दिया।

उसने अपना गिलास उठाया और एक बार में ही पूरा गिलास खाली कर दिया। फिर चिकन के दो तीन टुकड़े एक साथ मुँह में रखकर चबड़-चबड़ चबाते हुए राहुल से पूछा, "राहुल! बालू वाले ट्रैक्टर वाले आइडिया के बारे में तुम्हारा क्या विचार है?"

"आइडिया तो ठीक है भैया। ट्रैक्टर का इंतजाम हो जाएगा। आखिर हमें थोड़ा सा रिस्क तो लेना ही पड़ेगा।" राहुल ने जवाब दिया।

उसने पानी का एक घूँट भरा और फिर सलाद का एक टुकड़ा उठाते हुए कहा, "पिछले साल सजल प्रदेश की सीमा पर हमारा माल पकड़ा गया था। तब से हमारा वहाँ से कारोबार बंद है। क्योंकि हमने फिर से रिस्क लेना सही नहीं समझा, हमारा एक लाख रुपया भी अब तक फँसा हुआ है। उनसे मैंने दो से तीन बार फोन से बात भी की थी। उनकी बातों से यही लगा कि जब तक फिर से उनके साथ धंधा शुरू न करें तब तक पैसा वापस मिलने वाला नहीं है।"

शक्ति सिंह कुछ सोचकर श्याम बिहारी जी को फोन लगा दिया। दो बार फोन की घंटी बजते ही उधर से आवाज आई,"हेलो कौन? शक्ति बाबू? बड़े दिन बाद याद किया। आप तो बिल्कुल हमें भूल ही गए।"

"नहीं ऐसी कोई बात नहीं है। वो जरा इधर कुछ ज्यादा ही व्यस्त हो गया था इसलिए आपको फोन नहीं कर सका। वो कुछ

पैसे एक लाख आपके पास रह गए थे पिछले बार वाले। यदि वे मिल जाते तो..।"

श्याम बिहारी जी ने बात को बीच में काटते हुए बड़े ही मधुर आवाज में कहा, "अब आप हमारे साथ बिजनेस तो भूल ही गए हैं, तो फिर पैसे भी भूल ही जाइए।"

"पिछली बार हमारा माल पकड़ा गया था। इसलिए फिर हमने इधर ही अपना बिजनेस में ध्यान लगा दिया। पर ऐसी बात नहीं है कि हम आपको भूल गए हैं।" शक्ति सिंह ने खुशामद वाले भाव से कहा।

"अगर आप हमारे साथ फिर से बिजनेस करना चाहते हैं तब आपके लिए हमारे पास एक जबरदस्त आइडिया है। अभी बिजनेस करने का अच्छा मौका है। फिर ऐसा मौका शायद नहीं मिलेगा और पिछली वाली लॉस की भी भरपाई हो जाएगी।" श्याम बिहारी जी ने जब बात आगे बढ़ाते हुए कहा तब शक्ति सिंह के आँखों में एक चमक आ गई। उसने कहा, "ऐसा हो जाए तब तो अच्छी बात है। पर आइडिया क्या है, यह तो बताइए।"

"देखिए अभी हमारे यहाँ बिल्कुल सुखा पड़ा है और पानी की बहुत दिक्कत है। पानी की समस्या तो लगभग हर साल ही गर्मियों में हो जाती है। पर इस बार बरसात ठीक से नहीं होने के कारण यह समस्या गर्मी शुरू होने से बहुत पहले ही हो गई है। अभी हमारे यहाँ के पानी के टैंकर पर्याप्त नहीं पड़ रहे हैं पानी की आपूर्ति करने के लिए। इसलिए आपके राज्य के टैंकर यहाँ पानी की आपूर्ति कर रहे हैं। तो क्यों ना हम भी इसका फायदा उठाएँ?"

"फायदा? लेकिन वह किस तरह?"

"देखिए, पानी के टैंकर की चेकिंग बॉर्डर पर नहीं होती है। और मान लीजिए कि कभी चेकिंग हो भी जाए तो पुलिस को कुछ नहीं मिलेगा।"

"पर वह कैसे?"

श्याम बिहारी ने विस्तार से समझाते हुए कहा, "मेरे पास एक विशेष तरीके से डिजाइन किया हुआ टैंकर है। उसमें तीन खाने बने हुए हैं। सबसे नीचे वाले खाने में पानी भरा रहेगा। यदि पुलिसवाले नीचे वाली नल खोलेंगे तो उसमे से पानी गिरेगा। ऊपर के खानें में भी पानी भरा रहेगा। जब पुलिस वाले ऊपर से भी चेक करेंगे तब भी ऊपर से भी पानी ही दिखेगा। ऊपर ढक्कन से यदि कोई रोड या डंडे से भी चेक करेगा तब वह सीधे नीचे तक चला जाएगा जिससे उसे कोई शक नहीं होगा।

बीच वाले खाने में शराब भरा रहेगा। यह टैंकर बीच से खुल सकता है । इसमें शराब भरने के बाद जब बंद हो जाएगा, तब बीच में से ऐसे लगेगा जैसे की उसके वेल्डिंग का डिजाइन हो। किसी को भी कोई शक नहीं होगा। और मान लीजिए की कभी गलती से शक हो भी जाए तो क्या? इतना तो भाई इस धंधे में रिस्क लेना ही पड़ेगा। यदि आप मेरे साथ फिर से धंधा करते हैं। तब आपके एक लाख बचे पैसों में से आधे आपको मिल जाएँगे। अब फैसला आपको करना है।"

"हाँ! अच्छा ठीक है। जैसा होगा वैसा राहुल आपको फोन पर बता देगा।" उसके बाद शक्ति सिंह ने फोन काट दिया।

राजू ने शराब का दूसरा पैग तैयार कर दिया था। शक्ति सिंह ने अपना गिलास उठाया और फिर उसे एक बार में ही पूरा खाली कर दिया। फिर उसने चिकन के दो से तीन टुकड़े मुँह में

रखते हुए कहा, "राहुल! तुम्हारा क्या ख्याल है इस टैंकर वाले आइडिया के बारे में?"

राहुल ने कहा, "भैया आइडिया बुरा नहीं है। जहाँ पूरे पैसे फँसे हुए हैं। वहाँ कम से कम पचास हजार तो वापस आ ही जा रहे हैं। और अपने धंधे में रिस्क तो है ही। इसलिए थोड़ा सा रिस्क लेने में कोई हर्ज नहीं है।"

"हूँ!" शक्ति सिंह ने सहमति जताते हुए कहा।

राजू ने शराब का तीसरा पैग बना दिया था जिसे शक्ति सिंह ने उठाया और उसे एक बार में ही खत्म कर नीचे रखने के बाद चिकन के फिर से दो-तीन टुकड़े एक साथ चबाते हुए राहुल से कहा, "राहुल! मैं सोच रहा हूँ कि क्यों न भवानी माता के दर्शन किया जाए। बहुत दिन हो गए मंदिर गए हुए।"

"ठीक है भैया! कल उस प्लॉट की रजिस्ट्री हो जाती है तब उसके बाद हमलोग माता के मंदिर चल सकते हैं।" राहुल ने शक्ति सिंह की बात से सहमति जताते हुए कहा।

शक्ति सिंह उठकर अपने कमरे में चला गया, यह कहते हुए कि राहुल बालू वाले ट्रैक्टर का इंतजाम कर ले और श्याम बिहारी जी से बात कर ले। अगले दिन रजिस्ट्री का काम देख ले। और स्यापा से उसका खाना उसके रूम में भिजवा दे।

शक्ति सिंह के जाने के बाद राहुल और राजू ने भी अपने - अपने ड्रिंक्स जल्दी से खत्म किये। तब तक स्यापा भी शक्ति सिंह के कमरे में उसके लिए खाना पहुंचा कर आ गया। राहुल और राजू ने स्यापा के साथ खाना वहीं पर खाया और अपने- अपने कमरे में सोने चले गए। स्यापा सारे जूठे बर्तनों को समेटने में लग गया।

चार

भवानी माँ का मंदिर शहर से कुछ दूर, मुख्य सड़क से थोड़ा अंदर स्थित था। ऐसा माना जाता था कि माँ के दरबार में आने वाला कोई भी भक्त कभी खाली हाथ नहीं लौटा था। जो भी भक्त सच्चे मन से माँ से कुछ माँगते थे, उनकी इच्छाएँ अवश्य पूरी होती थीं। सुबह दस बजे तक मंदिर में भक्तों की भीड़ लगी रहती थी, लेकिन उसके बाद भी श्रद्धालुओं का आना-जाना लगातार जारी रहता था। मंदिर में जाने के लिए ग्यारह सीढ़ियाँ चढ़नी पड़ती थीं। इन सीढ़ियों के ऊपर एक छोटा सा खुला प्लेटफॉर्म था, जहाँ कुछ भक्तजन बैठकर माँ का ध्यान किया करते थे। इसके आगे मंदिर का प्रांगण था, जिसमें एक बड़ा टीवी लगा हुआ था, जिसमें हमेशा शहर के स्थानीय चैनल चलता रहता था।

सुबह चार बजे से दोपहर बारह बजे तक उस चैनल पर भक्ति गाने प्रसारित होते थे, जिसे कुछ भक्तजन प्रांगण में बैठकर सुनते थे और भक्तिमय हो जाते थे। बारह बजे से शाम के पाँच बजे तक चैनल पर शहर के स्थानीय समाचार प्रसारित होते थे। इसके बाद, शाम के पाँच बजे से रात के नौ बजे तक फिर से भक्ति गाने आते थे। रात के नौ बजे से दस बजे तक एक घंटा फिर से समाचार प्रसारित किए जाते थे, और रात के दस बजे के बाद चैनल बंद हो जाता था।

मुख्य सड़क से मंदिर तक एक पक्की सड़क थी जिसके के दोनों ओर खाली स्थान था, जिसे गाड़ियों की पार्किंग के लिए इस्तेमाल किया जाता था। पार्किंग क्षेत्र समाप्त होने के बाद, मंदिर की सीढ़ियाँ शुरू होती थीं और उससे पहले बीच के छोटे से हिस्से में सीमेंट की टाइल्स लगी हुई थीं जिसके एक छोर पर एक प्रसाद की दुकान थी, जहाँ भक्त अपनी श्रद्धा से प्रसाद खरीद सकते थे। वहीं दूसरी छोर तक कुछ भिखारी बैठे रहते थे, जिन्हें आने-जाने वाले भक्त अपनी श्रद्धा अनुसार कुछ दान दिया करते थे।

शक्ति सिंह जब राहुल, राजू और स्यापा के साथ मंदिर पहुँचा, तब दिन के दस बजने को थे। मंदिर में भीड़ अब काफी कम हो चुकी थी और कुछ भक्त धीरे-धीरे आ-जा रहे थे। शक्ति सिंह ने अपनी कार पार्किंग में खड़ी की और चारों मंदिर की ओर बढ़ने लगे। राहुल ने कहा, "भैया, कल जमीन की रजिस्ट्री के बाद उस नए प्लॉट के मालिक ने राजू को एक हजार रुपये गिफ्ट में दिए थे। इसलिए आज की पार्टी राजू के तरफ से रहेगी। हम यहाँ से किसी होटल में जाकर जमकर नाश्ता करेंगे।"

राजू ने पलटवार करते हुए कहा, "उसने तो तुम्हें भी एक हजार रुपये दिया था, तो पार्टी तुम्हारे तरफ से क्यों नहीं?"

शक्ति सिंह हँसी के साथ बोला, "जब तक मैं तुम्हारे साथ हूँ, किसी को भी एक पैसा खर्च करने की जरूरत नहीं है। माता के दर्शन के बाद हम सीधे किसी अच्छे रेस्टोरेंट जाएँगे और वहाँ सब अपनी मनपसंद का नाश्ता भरपेट करेंगे।"

दुकान के पास पहुँचकर, शक्ति सिंह ने एक नारियल का प्रसाद लेने को कहा। फिर चारों ने पास में ही अपने जूते उतारे और नल में हाथ धोकर थोड़ा जल अपने ऊपर छिड़का।

शक्ति सिंह के इशारे पर, दुकानदार से प्रसाद लेकर राजू थोड़ा पीछे-पीछे चलने लगा। सीढ़ियां चढ़ने से पहले, शक्ति सिंह ने उन सीढ़ियों को छूकर प्रणाम किया। उसे ऐसा करते देख बाकी तीनों ने भी वैसा ही किया और फिर सभी सीढ़ियां चढ़ने लगे।

मंदिर के प्रांगण में पहुँचते ही, मंदिर के पुजारी जी दिखे। उन्हें देखकर शक्ति सिंह ने दोनों हाथ जोड़कर प्रणाम किया, तो पुजारी जी के चेहरे पर मुस्कान आ गई। उन्होंने उसके कल्याण होने का आशीर्वाद देते हुए कहा, "बहुत दिनों बाद आपका मंदिर आना हुआ। आपके भाई तो बीच-बीच में आते ही रहते हैं।"

शक्ति सिंह ने चौंकते हुए राहुल की ओर देखा, तो राहुल थोड़ी झेंप के साथ बोला, "वो भैया! जब भी हम कभी इधर से गुजरते हैं, तो माँ के दर्शन करने चले आते हैं।"

पुजारी जी बड़े उत्साह से बोले, "यह तो अच्छी बात है। भैया, आप भी बीच-बीच में माता के दर्शन के लिए आते रहा कीजिए।"

शक्ति सिंह ने क्षमा भाव से कहा, "कुछ दिनों के बाद मैं आने वाले चुनाव में व्यस्त हो जाऊँगा तो दुबारा यहाँ आना शायद संभव नहीं होगा। पर चुनाव खत्म होने के बाद एक बार माँ के दर्शन करने अवश्य आऊँगा।"

राहुल ने दाँतें दिखाते हुए कोई राज खोलने वाले भाव से पंडित जी से कहा, "इस बार विधायक का चुनाव भैया लड़ने वाले हैं और उन्हें जितने के लिए आपके आशीर्वाद की आवश्यकता है। भैया को आशीर्वाद दीजिए कि वे चुनाव जीत जाएँ।"

पंडित जी ने बड़े ही शांत स्वर से कहा, "जो भी माता के शरण में आता है और उनसे कुछ भी माँगता है तो माता उसकी इच्छा पूर्ण अवश्य करती हैं। माता आपकी भी इच्छा पूर्ण अवश्य करेंगी। वे आपका कल्याण करें ऐसा आशीर्वाद है मेरा।"
20 राकेश कुमार

शक्ति सिंह ने राजू से प्रसाद लेकर पंडित जी को दिया और खुद हाथ जोड़कर माता से अपने कल्याण एवं आने वाले चुनाव में जीत दिलाने के लिए प्रार्थना करने लगा।

पंडित जी ने माता को प्रसाद अर्पण कर वापस शक्ति सिंह के पास आ गए। उन्होंने पहले शक्ति सिंह के माथे पर तिलक लगाया, फिर बारी-बारी से बाकी तीनों के माथे पर तिलक लगाया। फिर शक्ति सिंह के हाथों पर कलावा बांधा और उसके बाद बाकी तीनों के हाथों पर कलावा बांधा।

शक्ति सिंह ने पुनः हाथ जोड़कर माता को प्रणाम किया, फिर पंडित जी से आशीर्वाद लेकर पास के ही दान पेटी में कुछ पैसे डाले। वह उल्टे पाँव चलते हुए सीढ़ियों के नीचे आ गया। आखिरी सीढ़ी उतरते ही उसने फिर से उन सीढियों को छूकर प्रणाम किया और राजू से कहा कि वह जाकर प्रसाद को दुकानदार से पैकिंग करा ले। वह खुद भिखारियों को दान देने के लिए चला गया। अपने बाईं तरफ से शुरू करते हुए एक-एक कर सब को कुछ पैसे दान देता हुआ जैसे ही वह आखिरी भिखारी के पास पहुँचा, वैसे ही उसके पीछे से आकर कोई टकरा गया।

शक्ति सिंह को थोड़ा अटपटा सा लगा। अभी मंदिर में भिड़ इतनी भी नहीं थी कि कोई ऐसे ही किसी से टकरा जाए। वह जैसे ही पीछे मुड़कर देखा वैसे ही वह व्यक्ति जोर-जोर से दहाड़े मारकर रोने लगा।

शक्ति सिंह को थोड़ा और भी अजीब सा लगा। इतनी जोर से तो टक्कर भी नहीं हुई थी कि कोई ऐसे दहाड़े मार कर रोने लगे। शक्ति सिंह को कुछ समझ में नहीं आ रहा था। वह अचंभित सा खड़ा ही था कि उस दुकानदार ने कहा, "भैया, इसका नाम सौरभ है। यह यहीं पास वाली गली में रहता है। भैया, इसने

पढ़ाई तो बहुत किया पर बेचारे की कहीं नौकरी नहीं लगी। कहीं छोटा-मोटा काम किया करता था। पर अपनी माँ की बीमारी के कारण यह तनाव में आ गया। फिर जहाँ काम किया करता था। वहाँ इससे गलतियाँ होने लगी। आखिर कोई भी मालिक कितना गलती सहन करेगा। एक दिन मालिक ने इसे बिना पगार दिए ही काम से निकाल दिया। उसके बाद यह थोड़ा सा मानसिक रूप से परेशान रहने लगा। फिर कुछ दिनों के बाद इसने शराब भी पीना शुरू कर दिया।"

शक्ति सिंह ने भी अनुभव किया उसके मुँह से शराब की बदबू तो आ रही थी। मतलब उसने उस समय शराब पी रखा थी।

दुकानदार ने आगे कहा, "इसकी माँ सरकारी अस्पताल में भर्ती है। अब सरकारी अस्पताल में सारी दवाइयाँ कहाँ मिलती हैं? अधिकांश दवाइयाँ तो बाहर से ही खरीदनी पड़ती हैं। इसकी माँ की बीमारी में इसके सारे जमा पैसे खर्च हो गए। इसे कहीं काम भी नहीं मिल रहा है। इसीलिए यह ऐसे ही यहाँ आकर भीख माँगा करता है। कुछ लोग इस पर तरस खा कर कुछ पैसे दे देते हैं। जिससे इसके लिए थोड़े से शराब के पैसे भी निकल जाते हैं और इसके माँ का इलाज भी हो जाता है।"

शक्ति सिंह ने एक लंबी साँस ली और कहा, "अच्छा! तो यह बात है।"

जब तक सौरभ कि बात चल रही थी तब तक तो वह चुप था। पर जैसे ही उन दोनों की बातें खत्म हुई वैसे ही वह शक्ति सिंह के पैरों में लिपटकर फिर से जोर-जोर से रोने लगा।

शक्ति सिंह को वह व्यक्ति कुछ अजीब ही लगा। वह उसके पैरों से लिपटकर इस तरह रो रहा था कि शक्ति सिंह समझ नहीं पा रहा था कि वह क्या करे। कुछ देर तक वह सोच में डूबा रहा,

फिर अचानक उसके चेहरे पर एक अलग सी चमक आ गई। उसने सौरभ को दोनों हाथों से सहारा देकर उठाते हुए कहा, "चिंता मत करो भाई! तुम्हारी माँ का इलाज मैं कराऊँगा।"

शक्ति सिंह ने जल्दी से दुकानदार को प्रसाद के पैसे चुकाए, एक पानी की बोतल खरीदी, और सबको गाड़ी में बैठने का इशारा करते हुए सौरभ से कहा, "चलो, पहले तुम्हारा घर देखते हैं, फिर अस्पताल चलकर तुम्हारी माँ से मिलते हैं।" इसके बाद उसने राहुल और बाकी दोनों को भी जल्दी से गाड़ी में बैठने के लिए कहा।

राहुल और राजू को समझ में नहीं आ रहा था कि अचानक भैया को क्या हुआ। वे लोग तो यहाँ के बाद नाश्ता करने के बारे में सोच रहे थे। उस समय दिन के लगभग ग्यारह बजने वाले थे और भूख से उनका हाल बेहाल हो रहा था। उन्हें उम्मीद थी कि यहाँ से निकलते ही वे अच्छा सा नाश्ता करेंगे, पर भैया ने अचानक कुछ और ही प्लान बना लिया था।

गाड़ी में बैठते ही शक्ति सिंह ने सभी को थोड़ा-थोड़ा प्रसाद दिया। प्रसाद खाने और थोड़ा पानी पीने के बाद उनके शरीर में थोड़ी ताकत लौटती हुई महसूस हुई।

****

सौरभ का घर वहाँ से थोड़ी ही दूर, पास के मुहल्ले में था। वह मुहल्ला सरकारी अस्पताल के करीब तो था, लेकिन मुख्य सड़क से विपरीत दिशा में और नदी के किनारे होने के कारण

वहाँ बहुत कम आबादी थी। उस इलाके में आने-जाने वालों की संख्या लगभग नगण्य थी।

शक्ति सिंह ने सौरभ के घर के बाहर गाड़ी पार्क की, फिर सभी लोग गाड़ी से उतरकर सौरभ के घर के अंदर चले गए। उस घर में कुल दो कमरे थे, जिसके एक में उसकी माँ रहती थीं और दूसरे कमरे में वह खुद रहता था।

शक्ति सिंह ने ध्यान से सौरभ के घर और उसके आसपास के इलाके को देखा। ऐसा लगा जैसे वह हर चीज़ का गहराई से निरीक्षण कर रहा हो। कुछ देर देखने के बाद, उसके चेहरे पर एक संतुष्टि के भाव झलक आई, मानो उसे वह चीज़ मिल गई हो जिसकी उसे तलाश थी। फिर उसने सभी को गाड़ी में बैठने के लिए कहा और सौरभ की माँ से मिलने के लिए सरकारी अस्पताल की ओर चल पड़ा।

सौरभ की माँ एक वृद्ध महिला थीं, जो अस्पताल के बिस्तर पर बेचैनी से बार-बार करवटें बदल रही थीं। उनका दर्द बढ़ता ही जा रहा था, और उनकी निगाहें बार-बार दरवाजे पर अटक जातीं। उन्हें बस इंतजार था कि उनका बेटा जल्दी से इंजेक्शन लेकर आए, जिससे उन्हें दर्द से कुछ राहत मिल सके। नर्स भी दो-तीन बार आकर पूछ चुकी थी और हर बार हल्के व्यंग्य के साथ कहती, "अभी तक आपका लड़का दवाई लेकर नहीं आया? कहीं फिर से दारू पीकर पड़ा तो नहीं होगा, बेचारा?" फिर थोड़ी सी हँसी के साथ वहाँ से चली जाती।

उसे भी अपने बेटे की हकीकत पता थी कि वह अब अक्सर अपनी कमाई का एक हिस्सा शराब पर खर्च कर देता है और फिर जैसे-तैसे कहीं से पैसों का इंतजाम कर दवाई लेकर आता है। इसलिए, अब इस तरह के ताने और बातें सुनना उसकी

आदत बन चुकी थी। वह खामोशी से सब सुनती, मन ही मन दर्द को सहती, और बस अपने बेटे के लौटने का इंतजार करती।

जब शक्ति सिंह, रास्ते में मेडिकल की दुकान से इंजेक्शन लेकर अस्पताल में दाखिल हुआ तब सौरभ की माँ बेचैनी से दरवाजे की ओर ही टकटकी लगाए देख रही थी । शक्ति सिंह उनके पास पहुँचते ही दोनों हाथ जोड़कर प्रणाम किया और कहा, "माँजी! आपका बेटा रास्ते में मुझे आपके लिए परेशान मिला, इसलिए मैं आपके लिए दवाइयाँ ले आया हूँ। आप अब अपनी सेहत की चिंता न करें।आपके देखभाल की सारी जिम्मेदारी अब मेरी होगी।"

शक्ति सिंह की बात सुनकर सौरभ की माँ की आँखों में कृतज्ञताके भाव आ गए। उसने बड़े ही स्नेह पूर्वक कहा, "बेटा भगवान तुम्हारा भला करे। चिंता तो मुझे अपने बेटे की होती है। पता नहीं मेरे जाने के बाद इसका क्या होगा?"

शक्ति सिंह ने उसे पूरी तरह से आश्वस्त करते हुए कहा, "आप इसकी भी चिंता मत कीजिए। आज से आपके बेटे की भी सारी जिम्मेदारी मेरी रहेगी।"

शक्ति सिंह नर्स को दवाइयां देकर वहाँ से बाहर निकला तो फिर वह सभी को लेकर एक शराब के ठेके पर गया, जहाँ उसने सौरभ को कुछ पैसे दिए और कहा कि वह जी भरकर शराब पी ले और उसके बाद सीधा घर चला जाए; वह उसकी माँ का अस्पताल में ख्याल रख लेगा। बाकी तीनों को एक रेस्टोरेंट के बाहर छोड़ने के बाद उसने राहुल को कुछ पैसे और कुछ कामों की सूची दी और कहा कि नाश्ता करने के बाद स्यापा को फार्महाउस छोड़ दे और दोनों मिलकर उस सूची के कामों को

निपटा लें। इसके बाद वह खुद रजिस्ट्री ऑफिस चला गया, जहाँ उसे पिछले रजिस्ट्री के कमीशन का हिसाब करना था।

मनपसंद नाश्ता करने के बाद स्यापा को फार्महाउस छोड़, राहुल और राजू दोनों बाइक पर तगादे (उधारी वसूली) के लिए निकल पड़े। राहुल ने घड़ी देखी; दिन के एक बजने वाले थे। इसका मतलब था कि लिस्ट के अनुसार सभी तगादे पूरे करने के लिए उन्हें काम में तेजी दिखानी थी। तीन से चार तगादे करते-करते शाम के पाँच बज चुके थे। पर इन सब के बीच राहुल का ध्यान पूरी तरह शक्ति सिंह की बातों पर ही अटका रहा। राहुल ने राजू से कहा,"राजू!आज भैया की एक बात मेरी समझ में बिल्कुल ही नहीं आई।"

"वैसे भैया की कौन सी बात तुम्हें समझ में आती है?" राजू ने मजाक में कहा।

"हाँ, ये बात भी सही है," राहुल हंसते हुए बोला, "पर..."

"पर क्या?"

"बाकी बातें तो फिर भी कुछ समझ में आ जाती हैं, लेकिन आज जो हुआ, वहतो बिल्कुल ही मेरी समझ में नहीं आया।"

"कौन सी बात?" राजू ने पूछा।

"पहले तो भैया हमें अच्छा-सा मनपसंद नाश्ता कराने वाले थे। फिर अचानक वह शराबी टकरा गया, और भैया उसे लेकर उसकी माँ के इलाज के लिए अस्पताल चले गए। आखिर इसका क्या मतलब है?"

"अरे! भैया तो लोगों की मदद करते ही रहते हैं, उन्हें अगला चुनाव जो जीतना है। ऐसे में लोगों की मदद करेंगे तो ही तो वोट मिलेंगे उन्हें।"

"चलो, यह भी एक वजह हो सकती है," राहुल ने सोचा।

कुछ देर बाद राहुल ने फिर से कहा, "राजू! मुझे भैया की एक बात समझ में नहीं आई।"

"अब कौन सी बात समझ में नहीं आई?"

"जब भैया को अस्पताल ही जाना था, तब वह उस सौरभ का घर देखने क्यों गए? सीधे अस्पताल भी तो जा सकते थे," राहुल ने सोचते हुए कहा।

"अरे, छोड़ न यार!" राजू ने बात को टालते हुए कहा, "भैया की बातें भैया ही जानते और समझते हैं। हम लोगों को इन बातों को दिमाग में लाने से क्या फायदा? अभी देखो, हमें और कहाँ-कहाँ तगादे के लिए जाना है?"

राहुल ने कहा, "अभी दो लोगों से पैसे मिल गए हैं। अब तीसरे आदमी के पास जाना है। उसके बाद एक ट्रैक्टर वाले से बालू के सिलसिले में बात करनी है। श्याम किशोर जी से टैंकर की बात तो हो ही गई है। बस ट्रैक्टर वाले से मिलना है, उसके बाद फार्महाउस वापस चलेंगे।"

"ठीक है!" राजू ने हिदायत देते हुए कहा, "चलो पहले तीसरे व्यक्ति के पास चलते हैं। और हाँ!, अब भैया की नहीं समझने वाली बातों पर कोई चर्चा मत करना।"

"ठीक है।"

राहुल ने कह तो दिया, पर उसके दिमाग में अब भी शक्ति सिंह की बातें ही घूम रही थीं। जब तीसरे व्यक्ति से पैसे लेकर निकला, तो राहुल ने एक बार फिर कहा, "भाई! मुझे भैया की एक बात समझ में नहीं आई।"

राजू झल्लाते हुए बोला, "अब तुझे कौन सी बात समझ में नहीं आई?"

"भैया ने सौरभ को शराब पीने के लिए पैसे क्यों दिए? जहाँ तक मैं जानता हूँ, भैया बिना मतलब के किसी पर एक रुपया भी खर्च नहीं करते। फिर उन्होंने उस शराबी को पैसे क्यों दिए?"

इस बार राजू सच में भड़क उठा, "भाई, क्यों न तुम खुद जाकर भैया से ही सारी बातें पूछ लेते हो?"

राहुल ने झेंपते हुए कहा, "पागल हो क्या? भैया से पूछने की किसमें हिम्मत है?"

"तो छोड़ो न भाई, भैया की बातें उन्हीं पर रहने दो। किसलिए अपना दिमाग खपा रहे हो? अभी हमें कहाँ जाना है, इस पर ध्यान दो।"

राहुल ने कहा, "अब बस ट्रैक्टर वाले से मिलना है, फिर फार्महाउस चलेंगे।"

राजू ने मजाक में धमकी दी, "देख, अगर अब एक बार भी भैया की समझ में न आने वाली बातों का जिक्र किया, तो मैं चलती बाइक से कूद जाऊँगा। फिर तुम अकेले ही जाना।"

राहुल के मन में लगातार शक्ति सिंह की बातें ही घूमती रहीं, लेकिन उसने राजू से और कुछ पूछने की हिम्मत नहीं हुई।

पाँच

संजू और संजीत की जिंदगी में जबसे गुड़िया आई थी तबसे उनकी जिंदगी ही बदल चुकी थी। उन्हें ऐसा लगता था जैसे उनकी जिंदगी अब उसी के चारो और सिमट कर रह गई है। वह अभी मात्र छह महीने की ही थी पर ऐसा लगता था जैसे वह उन दोनों की बातें अच्छी तरह समझती हो।

संजू ने गुड़िया से खेलते हुए मजाक में कहा, "तुम्हारे पापा तो हमारी बात मानते ही नहीं हैं। कब से कह रही हूँ कि तुम्हारे लिए एक एलआईसी पॉलिसी ले लें। अब तुम ही इन्हें समझाओ।"

गुड़िया ने भी मासूमियत भरी मुस्कान के साथ अपने पापा की ओर देखकर कुछ ऐसे कहा, जैसे वह अपनी माँ की बात का समर्थन कर रही हो। उसकी इस भोली-भाली प्रतिक्रिया को देखकर संजू और संजीत दोनों हँस पड़े।

"अब तो गुड़िया ने भी हाँ कह दी है, तो कोई एलआईसी पॉलिसी खुलवा ही दीजिए, "संजू ने संजीत से हलके से तंज कसते हुए कहा तो संजीत थोड़ी देर के लिए गंभीर हो गया और फिर धीरे से बोला, "आजकल इंश्योरेंस एजेंट बच्चों के फायदे से ज्यादा अपने फायदे के बारे में सोचते हैं। वे ऐसी पॉलिसी बेचते हैं जिसमें उनका कमिशन ज्यादा होता है, और मुझे नहीं लगता कि इससे गुड़िया को कोई खास फायदा होगा। मैं सोच रहा हूँ कि इसके नाम से एक प्लॉट खरीद लिया जाए। जमीन में इन्वेस्ट

करने से अच्छा रिटर्न मिलेगा, जो इसके भविष्य में काम आ सकता है।"

संजू का दिल किसी अनहोनी की आशंका से बेचैन होने लगा। उसने कई लोगों के मुँह से सुन रखा था कि दलाल एक ही जमीन के टुकड़े को धोखे से कई लोगों को बेच देते हैं। उसके बाद वे लोग अपनी जिंदगी भर की कमाई गंवाकर आपस में झगड़ते रहते हैं या फिर सालों तक कोर्ट-कचहरी के चक्कर लगाते रहते हैं। संजू ने चिंतित होकर कहा, "प्लॉट खरीदने के लिए बहुत सारे पैसों की जरूरत होती है। इतने पैसे कहां से आएंगे? और सुना है, इसमें बहुत धोखाधड़ी होती है।"

संजू की बात सुनकर संजीत भी गंभीर हो गया। उसने सोचते हुए कहा, "तुम सही कह रही हो। धोखाधड़ी का यह काम तो इतना बढ़ गया है कि जिनके नाम पर जमीन नहीं होती, वे भी नकली कागज बनाकर और अधिकारियों की मिलीभगत से दूसरों को जमीन बेच देते हैं। पर मेरे साथ ऐसा होने की संभावना लगभग नही के बराबर है, और इसके दो प्रमुख कारण हैं। पहला, मैं पुलिस में हूँ, और कोई भी व्यक्ति पुलिस वाले को धोखा देने की हिम्मत शायद ही कर सके। दूसरा, मेरा एक अच्छा दोस्त प्लॉट बेचने का काम करता है, और मुझे उस पर पूरा भरोसा है कि वह कभी मुझे धोखा नहीं देगा। मैं आज ही उससे बात करूँगा ताकि वह मुझे कोई अच्छा प्लॉट दिखा सके। जहाँ तक पैसों की बात है तोउसका भी इंतजाम हो ही जाएगा। कुछ बैंक वाले लगातार लोन के लिए फोन कर रहे हैं, तो वहाँ से कुछ लोन मिल सकता है। इसके अलावा, दोस्तों से भी कुछ उधार लिया जा सकता है। बाकी रकम का इंतजाम भी कहीं न कहीं से हो ही जाएगा। बस एक अच्छा प्लॉट पसंद आ जाए, तो सब

ठीक हो जाएगा। मैं आज ही इस बारे में अपने दोस्त से बात करने वाला हूँ।"

संजू भी अब उत्साहित होकर बोली कि उसके पास कुछ गहने हैं, जिन्हें बेचकर डेढ़ से दो लाख रुपये तक का इंतजाम हो सकता था तब संजीत ने मुस्कुराते हुए मजाकिया अंदाज में कहा, "देखा! बैठे-बैठे ही डेढ़ से दो लाख का इंतजाम हो गया। बाकी पैसे भी कहीं न कहीं से हो ही जाएंगे। बस, अब मैं आज ही अपने दोस्त से बात करता हूँ कि वह मुझे गुड़िया के लिए कोई अच्छा सा प्लॉट दिखा दे।"

****

शक्ति सिंह हॉल में आकर बैठ गया और रिमोट उठाकर टीवी पर कोई समाचार चैनल लगाने लगा। थोड़ी ही देर में राहुल और राजू भी वहाँ आ गए। राहुल ने अपने लिए एक गिलास में पानी भर लिया, जबकि राजू ने दो गिलास उठाए। जैसे ही राजू दोनों गिलास में शराब डालने लगा, शक्ति सिंह ने राहुल का मजाक उड़ाते हुए कहा, "भाई! कभी-कभी अपने गिलास में भी एक-दो ढक्कन शराब डाल लिया करो। ये क्या हमेशा सिर्फ पानी ही पीते रहते हो?"

राजू ने भी हँसते हुए शक्ति सिंह का साथ दिया, "भैया, एक-दो ढक्कन तो दूर, अगर ये खाली ढक्कन भी सूंघ ले, तो भी इसे नशा हो जाएगा!"

राहुल ने शर्माते हुए कहा, "आप लोग भी तो शराब में पानी ही मिलाकर पीते हो। मैं भी पानी में शराब मिलाकर पीता हूँ।

बस मेरी शराब की मिलाई हुई मात्रा जीरो होती है। मुझे नशा के लिए शराब की ढक्कन सूंघने की आवश्यकता नहीं। मैं पानी को ही शराब समझकर पीता हूँ और मुझे नशा हो जाता है।"

शक्ति सिंह ने ठहाका लगाते हुए कहा, "भाई, तुम इस दुनिया के आठवें अजूबे हो। और सुनाओ, इन तीन-चार दिनों में क्या-क्या हुआ?"

राजू ने दो गिलासों में शराब डालने के बाद थोड़ा पानी और बर्फ मिलाई। एक गिलास शक्ति सिंह को दिया और दूसरा खुद उठा लिया। राहुल ने पानी भरा गिलास उठाया। तीनों ने एक साथ गिलास उठाकर कहा, "चीयर्स!"

राहुल ने सलाद का एक टुकड़ा उठाकर मुँह में रखते हुए कहा, "भैया, दो ट्रैक्टर बालू के साथ माल भेजा जा चुका है और वे सही जगह पर पहुंच भी गए हैं। इसके अलावा, दो टैंकर पानी में शराब भरकर सजल प्रदेश में भेजा गया था। श्याम किशोर जी ने दोनों टैंकर का पैसा और पुराने बकाए के पचास हजार रुपये भी भिजवा दिए हैं।"

शक्ति सिंह ने चिकन के कुछ टुकड़े खाते हुए जवाब दिया, "यह तो बहुत अच्छी बात है।"

राहुल ने बात आगे बढ़ाते हुए कहा, "और भैया, आज उस पीपल के पेड़ के पास वाली जमीन को एक आदमी देखने आया था। वह रेट पूछ रहा था, लेकिन मैंने कहा कि पहले जमीन पसंद कर लो, रेट की बात बाद में करेंगे।"

शक्ति सिंह ने कुछ पल सोचकर कहा, "उससे छह लाख रुपये रेट बताना। अगर मोल-भाव करे, तो साढ़े पांच लाख तक फाइनल कर देना।"

"जी भैया," राहुल ने सिर हिलाते हुए जवाब दिया।

शक्ति सिंह ने अपनी ग्लास एक ही घूंट में आधी खत्म की और दो-तीन चिकन के टुकड़े उठाकर चबाते हुए थोड़ी गंभीरता से कहा, "राहुल! नदी के किनारे वाली सरकारी जमीन, जिसे हम अब तक नहीं बेच पाए हैं, उसे बेचने का यही सही समय है। वहां पर कोई प्राइवेट स्कूल बन रहा है। उसी बहाने वह सरकारी जमीन किसी को बेच सकते हैं। बड़े साहब की भी एक-दो महीने में पोस्टिंग होने वाली है। उनके रहते इसे निपटा दिया जाए तो अच्छा रहेगा। पता नहीं, नए साहब के साथ हमारी सेटिंग हो पाए या नहीं। अगर कोई अच्छा ग्राहक मिले, तो उस प्लॉट को निकालने की कोशिश करना।"

"जी भैया!" राहुल ने सहमति में सिर हिलाया।

इतने में राजू ने उत्साहित होकर कहा, "भैया, आज ही एक पुलिस वाले ने राहुल को फोन किया था। उसे कोई प्लॉट चाहिए।"

शक्ति सिंह के चेहरे पर मुस्कान तैर गई। उसने कहा, "यह तो बहुत अच्छी बात है।"

लेकिन राहुल ने थोड़ी आशंका जताते हुए कहा, "भैया, वो मेरा दोस्त है, और ऊपर से पुलिस वाला भी। क्या उसे इस तरह धोखे से सरकारी जमीन बेचना ठीक रहेगा?"

शक्ति सिंह ने अपनी गिलास का बचा हुआ शराब एक ही घूंट में खत्म किया, फिर आराम से चिकन का एक टुकड़ा उठाकर चबाने लगा। थोड़ी गंभीरता से अपने चेहरे पर दार्शनिकों वाले भावलाते हुए बोला, "राहुल! इस धंधे में कभी-कभी अपनों के कंधों के उपर पैर रख कर आगे बढ़ना पड़ता है। यहाँ' न कोई किसी का दोस्त होता है, न ही दुश्मन। हमारी दोस्ती सिर्फ पैसों से

होती है। पैसा जैसे भी आए, बस आना चाहिए। यही हमारे धंधे का नियम है।"

राहुल के लिए भैया की बातें पत्थर की लकीर थीं। भैया जो एक बार कह दें, उसके आगे सवाल उठाने की कोई गुंजाइश नहीं रहती थी। उनका आदेश ही उसके लिए सर्वोपरि था। भैया ने उसकी जिंदगी बदल दी थी। एक अनाथ को न सिर्फ सहारा दिया, बल्कि उसे समाज में इज्जत के साथ जीने का हक दिलाया। उनके कहने पर ही उन्होंने उसके दोस्त राजू को भी अपने साथ जगह दी थी। आज भैया उनके साथ बैठकर खाना खाते थे, उन्हें अपनी बराबरी का दर्जा देते थे। राहुल सोचता था, आज के जमाने में ऐसा कौन करता है? भैया ने जो कुछ उसके लिए किया, वह कभी नहीं भूलेगा। लेकिन अपने दोस्त को धोखा देना उसे अंदर से कचोट रहा था।

थोड़ा झिझकते हुए राहुल ने फिर से धीरे से कहा, "भैया, लेकिन एक पुलिस वाले को इस तरह सरकारी जमीन बेचना... क्या यह ठीक रहेगा? अगर बाद में उसे पता चला कि हमने उसे धोखा दिया है, तो क्या होगा?"

शक्ति सिंह जोर से ठहाके मारते हुए हँस पड़ा, फिर उसने चिकन के कुछ टुकड़े मुँह में डाले और चबाते हुए अचानक थोड़ी गंभीरता ओढ़ ली। अपने चेहरे पर दार्शनिक भाव लाते हुए उसने फीर से कहा, "राहुल! मिडिल क्लास आदमी अपनी गलतियों का ढिंढोरा कभी नहीं पीटता। यह उसकी कमजोरी नहीं, बल्कि यही उसका सबसे बड़ा खजाना होता है। इसी खजाने के सहारे वह गरीबी में भी शांति से अपना जीवन जी सकता है। अपनी सही छवि बनाए रखने के लिए वह किसी भी हद तक जा सकता है। यह उसकी सबसे बड़ी ताकत है, जिससे वह बड़े से बड़े लोगों को

भी झुका सकता है। वह यह बात कभी नहीं किसी को बताएगा कि वह किसी के द्वारा बेवकूफ बना दिया गया। खासकर जब वह पुलिसवाला हो। यह तो हमारे लिए और भी अच्छा है।"

थोड़ा रुककर उसने समझाया, "सोचो, अगर वह सबको बता दे कि एक पुलिसवाले को भी बेवकूफ बनाया गया, तो उसकी कितनी बदनामी होगी! लोग कहेंगे कि एक पुलिसवाला भी ठगा गया? इसीलिए वह किसी से यह बात साझा ही नहीं करेगा कि किसी ने उसे बेवकूफ बना गया। यह हमारे लिए और भी फायदेमंद है।"

राजू, जो इस बातचीत को गौर से सुन रहा था, आखिरकार उसने भी बोला, "भैया, अगर उसने कंप्लेन कर दी तो?"

शक्ति सिंह ने बिना किसी हिचक के जवाब दिया, "देखो, अपने धंधे में थोड़ा रिस्क तो रहता ही है। लेकिन ऐसी नौबत आएगी ही नहीं। और मान लो, अगर उसने शिकायत कर भी दी, तो कोर्ट में ऐसे मामले सालों तक चलते रहते हैं। कोई नतीजा नहीं निकलता है। और अगर मामला सच में गंभीर हो गया, तो हमारे पास एक आखिरी उपाय है–हम उसके पैसे वापस कर देंगे। फिर कह देंगे, 'भाई, हमें सच में नहीं पता था कि यह सरकारी जमीन थी। हम भला क्या एक पुलिसवाले को धोखा देंगे? ऐसा करने के बारे में हम तो सोच भी नहीं सकते हैं।"

आज भैया कुछ ज्यादा ही खुल कर बात कर रहे थे। इसलिए राजू ने सोचा किवे सारे प्रश्न जो कभी भैया से पूछना चाह रहा था और जिनके पूछने की कभी हिम्मत नहीं हुई उन्हें आज बस पूछ ही ले। क्या पता कभी फिर दुबारा ऐसा अवसर मिले या न मिले। उसने शक्ति सिंह से पूछा, "भैया ये जो हमलोग सरकारी जमीन लोगों को बेचते रहते हैं तो क्या उनके साथ गलत काम

नहीं करते हैं?" शक्ति सिंह इस सवाल पर भी शांत और बेफिक्र था। उसने कहा, "देखो, हम कोई गलत काम नहीं करते। इस धंधे में कई लोग बड़े घोटाले करते हैं–एक ही जमीन को कई लोगों को बेच देते हैं। फिर वे लोग आपस में लड़ते रहते हैं या कोर्ट के चक्कर काटते रहते हैं। लेकिन हम ऐसा नहीं करते। हम एक जमीन सिर्फ एक ही व्यक्ति को बेचते हैं। वह उस पर अपना घर बनाकर शांति से रह सकता है।

दूसरा, हम सरकारी जमीन को बहुत कम कीमत पर बेचते हैं ताकि गरीब आदमी भी अपने घर का सपना पूरा कर सके। और जब सरकारी जमीन पर कॉलोनी बस जाती है, तो सरकार को मजबूरी में उसे वैध करना ही पड़ता है। इस तरह हम किसी के साथ अन्याय या किसी का नुकसान नहीं करते हैं।"

राजू को "वैध" शब्द का अर्थ शायद समझ में नहीं आया। उसने पूछा, "यह वैध का मतलब क्या होता है?"

राहुल ने समझाया, "वैध का मतलब है कि सरकार कानूनी तौर पर लोगों को उस जमीन पर रहने का अधिकार दे देती है।"

राजू ने मुस्कुराते हुए कहा, "सरकार कानूनी अधिकार तो देगी ही! आखिरकार, उन्हें वोट जो लेना है। अगर वो कॉलोनी के लोगों को बेघर कर देगी, तो उसे वोट कौन देगा?"

शक्ति सिंह यह सुनकर खुश हुआ और बोला, "वैसे भी, हम सरकारी जमीन बेचकर सरकार की मदद ही कर रहे हैं। यदि, इसके लिए सरकार चाहे तो हमें पुरस्कार भी दे सकती है।"

राजू और राहुल को यह बात समझ में नहीं आई। दोनों ने एकसाथ पूछा, "भैया, सरकार की मदद कैसे?"

शक्ति सिंह ने अपनी बात स्पष्ट की, "देखो, जब हम सरकारी जमीन बेचते हैं, तो वो सीधे-सादे लोगों को ही बेचते हैं। वैसे भी, ऐसी जमीन की जरुरत शायद ही कभी सरकार को पड़े। लेकिन अगर कभी पड़ी भी, तो सरकार आसानी से थोड़ी कानूनी सख्ती दिखाकर अपनी जमीन इनसे वापस ले सकती है। अब सोचो, अगर उस जमीन पर गुंडों और बदमाशों का कब्जा हो गया, तब क्या होगा?

उस जमीन को खाली कराने में सरकार के पसीने छूट जाएंगे। पुलिस बल भेजना पड़ेगा, लाठीचार्ज करना पड़ेगा, और कई बार गोलीबारी भी हो सकती है, जिसमें जान-माल का नुकसान हो सकता है। ऐसे हालात में सरकार की बदनामी होती है, और कभी-कभी तो सरकार के गिरने की नौबत भी आ जाती है। तो देखो, हम सरकारी जमीन बेच नहीं रहे हैं बल्कि हम तो बस सरकारी जमीन को सुरक्षित हाथों में सौंप रहे हैं, ताकि वह गुंडे-मवालियों से बची रहे।"

शक्ति सिंह की इस दलील पर राजू और राहुल हँस पड़े। दोनों ने मजाकिया लहजे में कहा, "भैया, यह गुंडे-मवाली वाली बात तो गजब है! बस, कल से ही उस पुलिसवाले को फँसाकर सरकारी जमीन वाले मिशन पर काम शुरू कर देते हैं!"

छः

रंजना एक अप्रतिम सौंदर्य की धनी युवती थी। उसकी छरहरी काया मानो किसी कलाकार ने उसे बड़ी बारीकी से तराशा हो। उसका दूध जैसा गोरा रंग, सूरज की किरणों में ऐसे चमकता जैसे मानो आसमान से उतरकर कोई परी आई हो। उसकी बड़ी-बड़ी चमकती हुई आँखें, जो किसी को भी दीवाना बना दे।

लेकिन उसकी खूबसूरती से अधिक चर्चा उसकी पढ़ाई के प्रति लगन की होती थी। रंजना हमेशा पढ़ाई को प्राथमिकता देती थी और किसी भी परीक्षा के करीब आते ही पूरी तरह से किताबों में डूब जाती थी। उस दौरान उसे न घर से बाहर जाना पसंद था और न किसी और काम में रुचि रहती थी।

कुछ ही दिनों में उसके कॉलेज में एक परीक्षा होने वाली थी। इसलिए वह सुबह जल्दी उठकर पढ़ाई में जुटी हुई थी। उस दिन उसकी बड़ी बहन का जन्मदिन भी था। घर के बाकी सदस्य हर साल की तरह मंदिर जाने की तैयारी में उत्साहित थे। रंजना की माँ ने उसे सुबह से दो-तीन बार मंदिर चलने के लिए कहा, लेकिन हर बार उसने ठंडे अंदाज में मना कर दिया और किताबों में खोई रही।

माँ ने हैरानी जताते हुए कहा, "तुम तो अपनी दीदी के हर जन्मदिन पर सबसे ज्यादा उत्साहित रहती थी। सुबह सबसे पहले तैयार होकर पूरे घर में हंगामा मचाती थी कि जल्दी चलो, मंदिर जाना है। पर आज क्या हुआ? तबीयत तो ठीक है न,बेटी?"

रंजना ने बिना नजर उठाए जवाब दिया, "माँ, मेरी तबीयत को कुछ नहीं हुआ है। मैं बिल्कुल ठीक हूँ।"

माँ को अभी भी संतोष नहीं हुआ। उन्होंने फिर पूछा, "तो फिर मंदिर क्यों नहीं जा रही हो?"

रंजना ने उसी बेरुखी से कहा, "क्योंकि मेरी दस दिनों बाद परीक्षा है। और तुम तो जानती हो कि परीक्षा के समय मैं पढ़ाई के अलावा और कुछ नहीं करती। यहाँ तक कि घर से बाहर भी तभी निकलती हूँ जब कॉलेज जाना हो। दीदी को मैंने पहले ही जन्मदिन की शुभकामनाएँ दे दी है और यह भी बता दिया है कि मैं मंदिर नहीं आ पाऊँगी।"

माँ ने चौंकते हुए कहा, "पर परीक्षा तो तुम्हारी चार महीने बाद है! अभी दस दिनों बाद कौन-सी परीक्षा है? वैसे भी, मैं जानती हूँ कि परीक्षा के समय तुम कितनी गंभीर हो जाती हो। पिछली बार अपनी सहेली के जन्मदिन पर भी उसकी पार्टी में नहीं गई थी। उसने कितनी बार बुलाया था, यहाँ तक कि मुझसे भी तुम्हें भेजने की विनती की थी। लेकिन तुमने किसी की नहीं सुनी। पर अभी कौन-सा एग्जाम है? कुछ तो बताओ।"

रंजना ने चिढ़कर लगभग चीखते हुए कहा, "कुछ है एग्जाम, माँ!" और फिर से अपनी किताबों में व्यस्त हो गई।

माँ समझ गई कि उसे समझाने का कोई फायदा नहीं। परीक्षा के समय रंजना के पढ़ाई के जुनून के आगे किसी की भी नहीं चलती थी। इसलिए माँ ने बाकी सबको तैयार होने के लिए कहा और खुद भी मंदिर जाने की तैयारी में लग गई।

****

राहुल ने शक्ति सिंह को फोन लगाया। उधर से "हैलो" की आवाज सुनते ही वह तेजी से बोलने लगा, "भैया, पुलिस वाले को जमीन पसंद आ गई है। मैंने उसे बताया कि अच्छी जमीन अब शहर में बची ही नहीं है। यह प्लॉट तो नदी के किनारे है, इसलिए अभी तक खाली पड़ा हुआ था। अब बगल में ही बड़ा स्कूल बन रहा है, तो इसकी कीमत जल्द ही बढ़ जाएगी। मैंने उसे समझाया कि अगर वह जल्दी नहीं करेगा, तो कोई और खरीद लेगा। इसलिए जल्द से जल्द अपने नाम रजिस्ट्री करा ले।"

राहुल ने आगे कहा, "मैंने जमीन की मालकिन का नाम कुसुम देवी बताया है, जो एक बूढ़ी महिला है। जैसा आपने कहा था, वही खाता संख्या और प्लॉट नंबर दिया है। लेकिन वह रजिस्ट्री ऑफिस जाकर प्लॉट की जांच कराना चाहता है। यह काम वह एक-दो दिनों में करेगा।"

यह सुनकर शक्ति सिंह ने राहत की साँस ली। उसने कहा, "बहुत अच्छी खबर है कि उसे प्लॉट पसंद आ गया। अब यह किसी भी हाल में हमारे हाथ से नहीं निकलना चाहिए। क्या उसकी कोई फोटो तुम्हारे पास है?"

राहुल ने थोड़ा सोचा और फिर याद आया कि उसने एक बार उस पुलिस वाले की फोटो खींची थी। यह सुनकर शक्ति सिंह के चेहरे पर संतोष भरी मुस्कान फैल गई। उसने तुरंत आदेश दिया, "सुनो, वह फोटो पप्पू और भोला को भेज दो। उन्हें बोलो कि उस पर नजर रखें। शंभू को भी वह फोटो भेज दो और तीनों से कहो कि कल से रजिस्ट्री ऑफिस के बाहर अपनी ड्यूटी शुरू कर दें। साथ ही, बिपिन बाबू को बोलो कि अपना लैपटॉप लेकर वहां पहुँच जाएँ और सुबह से ही अपने ठिकाने पर जम जाएँ। उन्हें

कुसुम देवी का खाता और प्लॉट नंबर भी भेज दो, ताकि वे जरूरी कागजात पहले से तैयार कर लें। यह ग्राहक बड़ी मुश्किल से फँसा है। इसे किसी भी कीमत पर हाथ से जाने नहीं देना है।"

"ठीक है, भैया!" राहुल ने कहा और फोन काटकर काम में लग गया।

सात

रजिस्ट्री ऑफिस मुख्य सड़क से थोड़ा अंदर की ओर स्थित था। सड़क से दाईं ओर मुड़ते ही एक बड़ा खुला क्षेत्र गाड़ियों की पार्किंग के लिए तय था। पार्किंग के पास कुछ छोटी चाय और फोटोकॉपी की दुकानें थीं। पार्किंग से थोड़ा पैदल चलने पर एक रास्ता दाहिनी ओर मुड़कर संकरे गली में बदल जाता था, जबकि दूसरा रास्ता सीधे व्यवहार न्यायालय की ओर जाता था।

उस संकरी गली से एक बार में केवल एक-दो लोग ही गुजर सकते थे। गली के अंत में एक गेट था, जिससे अंदर दाखिल होते ही टीन की छत वाला एक आयताकार स्थान था। यहां पर लोग जमीन रजिस्ट्री, स्टांप पेपर की बिक्री, जरूरी दस्तावेज तैयार करने और ऑनलाइन जमीन की जांच जैसे कार्य किया करते थे।

भोला और पप्पू ने पार्किंग क्षेत्र और उसके आसपास निगरानी रखने का जिम्मा संभाला, जबकि शंभू ने गली और टीनशेड के नीचे का इलाका अपने नियंत्रण में लिया। बिपिन बाबू सुबह नौ बजे से ही अपने लैपटॉप के साथ मोर्चा संभाल चुके थे। सभी ने अपनी निगाहें लक्ष्य पर जमा दीं।

पहले दिन तो कोई हलचल नहीं हुई। दूसरे दिन दोपहर के बारह बज चुके थे, लेकिन वह व्यक्ति अभी तक तो नहीं आया

था। राहुल का फोन लगातार आ रहा था। हर बार वह आदेश देता, "ध्यान रखना, अगर कोई गड़बड़ हुई तो इसका अंजाम अच्छा नहीं होगा।"

पप्पू ने उकताते हुए भोला से कहा, "यार, कब तक यूं ही देखते रहेंगे? चलो, चाय पीते हैं।" दोनों पास की चाय की दुकान पर चले गए।

चाय पीने के बाद जैसे ही पप्पू ने पैसे देकर पलटा, उसका दिल जोर से धड़कने लगा। उसने देखा कि वही व्यक्ति, जिसकी तस्वीर राहुल ने भेजी थी, पार्किंग में बाइक खड़ी कर अंदर की ओर आ रहा था। पप्पू ने भोला को तुरंत तस्वीर दिखाने को कहा, और दोनों ने पुष्टि की कि वह वही आदमी है।

भोला ने राहत की साँस लेते हुए कहा, "अगर थोड़ी सी भी देर हो जाती, तो आज आफत आ जाती। भैया हमें कहीं का नहीं छोड़ते।"

दोनों ने तुरंत अपने-अपने काम पर ध्यान देना शुरू कर दिया। जैसे ही वह व्यक्ति उनके पास से गुजरा, पप्पू ने उसे देखकर कहा, "प्रणाम सर! आप पुलिस में हैं, न?"

भोला ने भी हां में हां मिलाई, "मैंने भी सर को वर्दी में कहीं देखा है।"

संजीत उनकी बातों से चिढ़ गया और बोला, "तुम लोगों को इससे क्या मतलब? अपने काम से काम रखो।"

पप्पू ने तुरंत खुशामद भरे स्वर में कहा, "ठीक है, साहब! कोई काम हो तो बताइएगा।"

संजीत ने उन्हें डाँटकर वहाँ से भगा दिया, लेकिन वे दोनों थोड़ी दूरी बनाकर उसके पीछे-पीछे चलने लगे।

पप्पू ने भोला से कहा, "पता है यहाँ कितनी लूट है? यहाँ पैसों के लालच में कौन गलत सलाह दे दे, कुछ कहा नहीं जा सकता।"

"हाँ भाई! लोग अपने खून पसीने की कमाई ऐसे ही गवां कर जाते हैं। पता ही नहीं चलता किस पर विश्वास किया जाए। भोला ने भी हामी भरते हुए कहा।"

"भाई विश्वास करने लायक यहाँ एक ही आदमी हैं, और वह हैं, बिपिन बाबू। एक वही हैं जिनपर आँख बंद करके भरोसा किया जा सकता है। लेकिन वह इतना अंदर बैठते हैं कि लोग वहाँ तक पहुँच ही नहीं पाते और बाहर से ही ठगी का शिकार होकर चले जाते हैं।" दोनों ने बातों ही बातों में बिपिन बाबु का नाम लेते हुए कहा।

संजीत को आशंका हुई कि कहीं ये लोग किसी बिपिन बाबू के दलाल तो नहीं? यदि ऐसा है तो वे फिर मुझसे एक बार बात करने की कोशिश करेंगे। पर थोड़ी देर बाद उसने देखा कि वे दोनों अचानक कहीं गायब हो गए।

यह सब क्या था? संजीत को कुछ ज्यादा समझ में नहीं आया। उसने थोड़ी राहत की साँस ली और तुरंत एक योजना बनाई। पहले वह आराम से सब कुछ जाँचेगा और तसल्ली करने के बाद ही किसी के पास उस प्लॉट की जाँच कराने जाएगा।

पप्पू ने शंभू को और फिर बिपिन बाबू को फोन कर सूचना दे दिया कि शिकार आ गया है और वे सतर्क होकर अपने-अपने काम में लग जाएँ।

जैसे ही संजीत संकरी गली से होकर अंदर आया, उसने देखा कि टीनशेड के नीचे लोग लैपटॉप पर व्यस्त थे। तभी एक अधेड़

व्यक्ति उसके पास आया। वह शंभू था। उसने संजीत से कहा, "प्रणाम, साहब! आप पुलिस में हैं, न?"

संजीत ने शंभू को एक बार बड़े ही ध्यान से ऊपर से नीचे तक देखा। वह देखने में तो सीधा सादा ही लग रहा था। उसकी हल्की-हल्की दाढ़ी बढ़ी हुई थी जैसे तीन चार दिनों से सेव नही किया हो। संजीत ने अनुमान लगाया कि वह भी शायद किसी के लिए दलाली करता हो। संजीत ने कहा, "हां! मैं पुलिस में ही हूं।"

शंभू ने आदर से कहा, "यहां कैसे आना हुआ? जमीन के कागजात चेक कराने आए हैं क्या?"

संजीत को हल्का सा आश्चर्य हुआ। उसे यह सोचने पर मजबूर होना पड़ा कि इन्हें कैसे पता चला कि वह जमीन के कागज दिखाने आया है। फिर उसने कंधे उचकाते हुए खुद को समझाया, शायद ये लोग हर आने-जाने वाले से ऐसे ही सवाल करते होंगे।"

इसके बाद उसके मन में एक और विचार आया, "अगर यह आदमी भी किसी का दलाल हुआ, तो जरूर अपने मालिक का नाम बताएगा।" उसने शंभु की ओर देखते हुए पूछा, "यहां प्लॉट की जानकारी कहां से मिलती है?"

शंभु ने तुरंत जवाब दिया, "यहाँ सिर्फ एक ही व्यक्ति है जिस पर आँख बंद करके भरोसा किया जा सकता है–बिपिन बाबू। मैं आपको उन्हीं के पास ले चलता हूँ।"

संजीत कुछ पल के लिए सोच में पड़ गया। उसे याद आया कि कुछ देर पहले भी वे दोनों किसी बिपिन बाबू का ही जिक्र कर रहे थे। अब यह भी उसी का नाम ले रहा है। कहीं ऐसा तो नहीं कि ये सब बिपिन बाबू के आदमी हैं?" उसने खुद से सवाल किया।

फिर एक और विचार आया, "हो सकता है ये सच में मेरी मदद करना चाहते हों। आखिरकार, पुलिस में होने की वजह से मुझे कई बार लोगों से सम्मान मिला है। शायद ये लोग मेरी नौकरी और वर्दी की वजह से मुझे पहचानते हैं और मेरी सहायता करना चाहते हैं।"

आखिरकार, उसने तय किया, "चलो, बिपिन बाबू से मिल लेते हैं। उनसे मिलने के बाद ही आगे का कोई फैसला करेंगे।"

संजीत शंभू के पीछे-पीछे चलता हुआ एक पतली गली में दाखिल हुआ। उसने देखा कि एक पच्चीस-तीस वर्ष का व्यक्ति सफेद कमीज और सफेद पैंट पहने हुए लैपटॉप पर झुका हुआ कुछ ध्यानपूर्वक देख रहा था। उसके बगल में दो व्यक्ति बैठे थे, जो शायद जमीन के किसी मामले में बातचीत करने आए थे।

वह व्यक्ति क्लीन शेव था, हल्की और घनी मूंछों के साथ चेहरे पर एक सादगी भरी मुस्कान थी, जो उसे भरोसेमंद और ईमानदार दिखा रही थी। पहली नजर में ही वह कोई भद्र पुरुष प्रतीत हो रहा था, जो छल-कपट से कोसों दूर लगता था। संजीत के मन में ख्याल आया, "क्या यही विपिन बाबू हैं?"

जैसे ही दोनों पास पहुंचे, शंभू ने संजीत से कहा, "ये हैं बिपिन बाबू।"

बिपिन बाबू ने मुस्कुराते हुए हाथ के इशारे से उन्हें बैठने को कहा। उनकी मुस्कान थोड़ी और खिल गई, जब उन्होंने पहले से मौजूद व्यक्तियों की ओर देखते हुए कहा, "बहुत बढ़िया! आप बिना किसी हिचकिचाहट के इस जमीन को खरीद सकते हैं। यह जमीन पूरन सिंह के नाम पर है, और इसकी रसीद भी कट रही है। यह उनकी खानदानी संपत्ति है, और इसमें किसी प्रकार का झंझट नहीं है।"

46 राकेश कुमार

दोनों ने बिपिन बाबू की ओर कृतज्ञता से देखते हुए कहा, "आपकी स्वीकृति हमारे लिए बहुत बड़ी बात है। हमने आपके बारे में बहुत कुछ सुना था। हर कोई यही कहता है कि अगर भरोसेमंद कोई है, तो वह बिपिन बाबू ही हैं। आज आपसे मिलकर दिल को सुकून मिला कि हम सही जगह आए।"

उन्होंने विनम्रता से उनकी फीस के बारे में पूछा। बिपिन बाबू हल्की मुस्कान के साथ बोले, "मेरी सेवा से आप लोगों के चेहरे पर खुशी नजर आए, मेरे लिए सबसे बड़ी फीस यही है। बस, मैंने एक मामूली सी राशि फीस के तौर पर रखी है, ताकि हमारे घर का थोड़ा बहुत खर्च चलता रहे।"

उन दोनों ने उनकी बताई फीस अदा की और आदरपूर्वक धन्यवाद देते हुए कहा, "आपका बहुत-बहुत आभार।" इसके बाद वे संतुष्टि और प्रसन्नता के साथ वहाँ से चले गए।

संजीत ने यह सब देखकर महसूस किया कि वह सही जगह आया है, जहाँ उसे अपने काम के लिए सच्ची सलाह मिल सकती है।

उन दोनों व्यक्तियों के जाने के बाद, शंभू ने बिपिन बाबू से संजीत का परिचय कराते हुए कहा, "यह साहब पुलिस में हैं। इन्हें जमीन से जुड़े कुछ कागजात की जाँच करानी है। मैंने इन्हें देखा तो तुरंत आपके पास ले आया।"

बिपिन बाबू ने चेहरे पर मुस्कान लाते हुए कहा, "बिल्कुल सही किया। यहाँ तो हालात ऐसे हैं कि लूट मची हुई है। लोग पैसे के लालच में किसे कब धोखा दे दें, इसका कोई भरोसा नहीं। समझ में नहीं आता, लोग ऐसे पैसे का करेंगे क्या? अरे! मरने के बाद कुछ साथ नहीं जाने वाला। सारी पाप की कमाई यहीं रह जाएगी। इंसान खाली हाथ आता है और खाली हाथ ही चला

जाता है। बस, ऐसा काम करो कि अपना घर-परिवार ठीक से चल सके, बच्चे थोड़े पढ़-लिख जाएँ। और क्या चाहिए?"

फिर बिपिन बाबू ने संजीत से जमीन के खाता और प्लॉट नंबर के बारे में पूछा। जैसे ही संजीत ने खाता और प्लॉट नंबर बताया, बिपिन बाबू ने अपने लैपटॉप पर कुछ देखने का नाटक किया और बोले, "अरे साहब, यह जमीन तो कुसुम देवी के नाम से दिख रही है।"

कुसुम देवी का नाम सुनते ही संजीत खुशी से उछल पड़ा। उसने उत्साह से कहा, "हाँ, हाँ, यही नाम बताया गया था! वैसे, जमीन में कोई दिक्कत तो नहीं है ना?"

बिपिन बाबू ने उसे आश्वस्त करते हुए कहा, "अरे नहीं! जमीन बिल्कुल एक नंबर की है। वैसे, इसकी रसीद कट रही है न? क्या आपने चेक किया है?"

संजीत ने ना में सिर हिलाया, तो बिपिन बाबू ने उसे फिर से तसल्ली देते हुए कहा, "कोई बात नहीं, मैं अभी चेक कर देता हूँ।" उन्होंने तुरंत अपने लैपटॉप पर पहले से तैयार रसीद की एक नकल दिखाते हुए कहा, "यह देखिए, रसीद कुसुम देवी के नाम से कट रही है। अब और क्या चाहिए? आप निश्चिंत होकर इसे ले लीजिए। आजकल शहर में रजिस्ट्री वाली जमीन मिलनी मुश्किल है। जो जमीन बची हैं, वे या तो सरकारी जमीन हैं या किसी के कब्जे में हैं। आप तो वाकई भाग्यशाली हैं जो आपको ऐसी अच्छी जमीन मिल गई।"

संजीत की खुशी का ठिकाना न रहा। वह इस खुशी को जल्द से जल्द संजू के साथ साझा करने के लिए बेचैन हो उठा। उसने बिपिन बाबू की फीस चुकाई और खुशी-खुशी अपने घर की ओर चल पड़ा।

48 राकेश कुमार

आठ

एक खास अंदाज में बाइक के हॉर्न की बजने की आवाज सुनते ही रंजना के चेहरे पर मुस्कान खिल उठी। वह इस आवाज को अच्छी तरह पहचानती थी–यह उसके जीजाजी के आने का खास तरीका था। रंजना खुशी से दौड़ती हुई घर के बाहर निकली और चहकते हुए बोली, "प्रणाम जीजाजी! आज इधर अचानक रास्ता कैसे भटक गए?"

संजीत ने भी शरारत भरे लहजे में जवाब दिया, "कल दीदी के जन्मदिन पर ना तो आप सुबह मंदिर में मुझसे मिलने आईं, और ना ही शाम को केक काटने की पार्टी में दिखीं। तो फिर मुझे ही आपसे मिलने आना पड़ा।"

"दस दिनों के बाद मेरे एग्जाम होने वाले हैं इसीलिए। आप तो जानते ही हैं कि एग्जाम के समय में मैं कहीं भी किसी पार्टी समारोह में नहीं जाती हूँ।" जब रंजना ने अफ़सोस व्यक्त करते हुए कहा तब संजीत ने चौंकते हुए कहा, "पर एग्जाम तो तुम्हारे चार महीने बाद होने वाले हैं फिर अभी कौन से एग्जाम हैं?"

इतने में रंजना की माँ भी बातचीत में शामिल हो गईं। उन्होंने मुस्कुराते हुए कहा, "हाँ हाँ!, अब आप ही इससे पूछिए कि अभी कौन से एग्जाम हैं! कल से मैं पूछ-पूछ कर थक गई, पर मुझे तो कुछ नहीं बताया। चलो, अब अपने जीजाजी को ही बता कि ये कौन से एग्जाम की तैयारी हो रही है।"

ना चाहते हुए भी रंजना को यह बात बतानी ही पड़ी। एक हल्की मुस्कान के साथ, उसने अपनी बात शुरू की, "आप सभी को पता है कि हमारा कॉलेज नया-नया ही खुला है। इसी वजह से बाहर से एक टीम आने वाली है यह जाँचने के लिए कि यहाँ पढ़ाई सही ढंग से हो रही है या नहीं। वे अपने साथ प्रश्न पत्रों का एक सेट भी लाने वाले हैं, और छात्रों के प्रदर्शन के आधार पर कॉलेज को ग्रेड दिया जाएगा। प्रिंसिपल सर ने यह भी घोषणा की है कि जो छात्र टॉप दस में आएंगे, उन्हें दस-दस हजार रुपये का इनाम मिलेगा। इसीलिए आज सभी को छुट्टी दी गई है ताकि हम अच्छी तैयारी कर सकें और कॉलेज की इज्जत बढ़ा सकें।"

संजीत ने उसे चिढ़ाते हुए कहा, "तो पढ़ाई दस हजार रुपये के लिए हो रही है?"

रंजना ने तुरंत अपनी सफाई देते हुए कहा, "नहीं जीजाजी! बात पैसों की नहीं है। मेरे लिए हर परीक्षा मायने रखती है। चाहे वह कॉलेज की प्रतिष्ठा से जुड़ी हो या मेरी अपनी। मैं हर परीक्षा को गंभीरता से लेती हूँ।"

अभी उनकी बातों का सिलसिला और आगे बढ़ता कि तभी माँ ने बीच में टोका, "बेटा, इसकी बातें तो मेरी समझ से बाहर हैं। तुम अपनी सुनाओ, सब ठीक है ना?"

रंजना से मज़ाक करने के चक्कर में संजीत यह भूल ही गया था कि वह वहाँ क्यों आया था। उसे याद आया तो झट से मिठाई का डिब्बा माँ को थमाते हुए बोला, "हम लोग गुड़िया के लिए एक अच्छा सा प्लॉट देख रहे थे, जो आगे चलकर उसके काम आ सके। और अब हमें एक शानदार लोकेशन पर प्लॉट

मिल गया है। मैं अभी उसी को चेक कराने गया था। बहुत ही बढ़िया जगह है।" संजीत के चेहरे पर खुशी झलकने लगी।

उसकी बात सुनकर रंजना भी खुशी से खिल उठी। उसने उत्साहित होकर कहा, "गुड़िया के लिए प्लॉट! यह तो वाकई बहुत अच्छी खबर है!"

लेकिन माँ के चेहरे पर चिंता की लकीरें उभर आईं। उसने संजीत की ओर देखते हुए कहा, "बेटा, मैंने सुना है कि जमीन के मामलों में बहुत झंझट होते हैं। तुमने सब कुछ अच्छे से जाँच लिया है ना? और इतनी बड़ी रकम की ज़रूरत पड़ेगी, तो उसका इंतज़ाम कैसे होगा?"

रंजना ने भी माँ का साथ देते हुए कहा, "हाँ जीजाजी! आपने अच्छी तरह से सब देख-समझ लिया है ना?"

संजीत दोनों की चिंता समझ सकता था। उसने उन्हें आश्वस्त करते हुए कहा, "चिंता की कोई बात नहीं है। वहाँ बिपिन बाबु हैं ना! वे बहुत ही भले आदमी हैं। उन्होंने कहा है कि जो हम जमीन खरीदने वाले हैं वह बहुत ही बढ़िया प्लाट है। और जहाँ तक पैसों कि बात है तो कहीं न कहीं से उसके भी इंतजाम हो ही जाएँगे।"

इसके बाद रंजना कुछ कहने ही वाली थी कि माँ ने उससे कहा, "जीजाजी से केवल बातें ही करती रहेगी कि इन्हें चाय नाश्ता भी देगी?" पर संजीत ने यह कहते हुए वहाँ से जल्दी से अपने घर की ओर चल दिया कि चाय नाश्ता वह फिर कभी कर लेगा। अभी उसको यह ख़ुशी कि खबर संजू को भी सुनानी थी।

****

संजू अपने दोनों पैर सीधे फैलाकर बैठी थी और उसपर गुड़िया को लिटाकर उसकी मालिश कर रही थी। बीच-बीच में वह गुड़िया से ठिठोली करती, और उसकी खिलखिलाती हँसी पूरे कमरे में गूंज उठती। संजू के चेहरे पर खुशी और संतोष की चमक थी। उसे यह सोचकर गर्व महसूस हो रहा था कि भगवान ने उसे इतनी प्यारी और सुंदर बेटी उपहार में दिया है।

इसी बीच, संजीत मुस्कान लिए घर में दाखिल हुआ। उसने चहकते हुए कहा, "हमें गुड़िया के लिए एक शानदार जमीन आखिरकार मिल ही गई! आज मैं रजिस्ट्री ऑफिस गया था, वहाँ बिपिन बाबू से मुलाकात हो गई।"

"कौन बिपिन बाबू?" संजू ने हैरानी से पूछा।

संजीत ने उत्साहित स्वर में कहा, "बिपिन बाबू बहुत अच्छे और भरोसेमंद इंसान हैं। उनका वहाँ काफी नाम है। सबने कहा कि अगर किसी पर भरोसा किया जा सकता है, तो वो हैं बिपिन बाबू। उन्होंने बताया कि जो जमीन हम खरीदने वाले हैं, वह बहुत ही उम्दा है। अभी शहर में ऐसी जमीन मिलना मुश्किल है। जो भी जमीन बची है, उसमें कुछ न कुछ परेशानी जरूर है। उन्होंने कहा कि हम वाकई भाग्यशाली हैं जो हमें इतनी अच्छी जमीन मिल रही है।"

बातें करते-करते संजीत के चेहरे पर गर्व और खुशी की चमक आ गई। उसकी चमकती आँखे उसकी खुशी को बयां कर रही थीं। उसकी यह खुशी देखकर संजू के होंठों पर भी मुस्कान खिल गई। उसने गुड़िया को हल्के से गुदगुदाते हुए कहा, "देखो, तुम्हारे पापा तुम्हारे लिए कितनी मेहनत कर रहे हैं। तुम्हारे लिए एक जमीन खरीद रहे हैं। जब तुम बड़ी हो जाओगी, तो इसी जमीन को

बेचकर तुम्हारी शादी किसी राजकुमार से करेंगे। अब पापा को थैंक्यू बोलो।"

गुड़िया ने संजीत की ओर देखा और अपने नन्हें अंदाज में कुछ ऐसे आवाज निकाली, जैसे सच में थैंक्यू कह रही हो। यह देख संजू और संजीत खिलखिलाकर हँस पड़े और प्यार से गुड़िया को चूम लिया।

पर संजू के मन में जाने क्यों एक अनजाना डर गहराने लगा। उसने संजीत से कहा, "सुनिए, मेरा मन अजीब सा घबरा रहा है। क्यों न हम एक बार उस जमीन के मालिक से खुद मिल लें? हो सकता है उससे हमें प्लॉट के बारे में और भी कुछ जानकारी मिले।"

संजीत ने उसकी बात सुनी और थोड़ी देर के लिए सोच में पड़ गया। उसके मन में भी हल्की चिंता ने जगह बना ली, लेकिन उसने संजू को सांत्वना देते हुए कहा, "देखो, राहुल मेरा बहुत अच्छा दोस्त है। वह कभी मेरे साथ गलत नहीं करेगा। लेकिन शायद वह हमें जमीन के मालिक से मिलने नहीं देगा। आखिरकार, वह जमीन बेचने वाला दलाल है। इन लोगों की कमाई ही कमीशन से होती है। वे मालिक को असली कीमत कभी नहीं बताते। ये लोग मालिक को कुछ और, और खरीदार को कुछ और कीमत बताते हैं।"

संजू ने धीमे स्वर में सुझाव दिया, "फिर भी, एक बार कोशिश करने में क्या हर्ज है? आप राहुल से कहें कि पैसों की कोई बात नहीं करेंगे। बस प्लॉट के बारे में और जानकारी चाहिए। यह सुनकर शायद वह तैयार हो जाए।"

****

सभी लोग अपने-अपने गिलास लेकर पहले की ही तरह बैठ गए। तभी शक्ति सिंह ने एक सफेद पाउडर की पुड़िया निकालकर दिखाते हुए कहा, "राहुल, क्या तुम जानते हो, ये क्या है?"

राहुल ने नकारते हुए सिर हिला दिया। यह देखकर शक्ति सिंह के चेहरे पर एक कुटिल मुस्कान फैल गई। उसने रहस्यमय अंदाज में कहा, "यह ऐसी चीज है, जिससे किसी को भी अपना गुलाम बनाया जा सकता है। एक बार इसकी आदत जिसे लग जाए, तो अगर उसे न मिले, तो वह इस कदर बेचैन हो जाता है कि दीवार पर सिर मारकर अपना सिर फोड़ ले। इस पाउडर से किसी को भी काबू में लाकर उससे अपनी मनमर्जी के काम कराए जा सकते हैं।"

राहुल ने हैरानी से पूछा, "भैया, आप इससे क्या करने वाले हैं?"

शक्ति सिंह ने आत्मविश्वास से जवाब दिया, "हम इससे एक ऐसी फसल तैयार करेंगे, जिसकी जरूरत के वक्त मनचाही कीमत वसूली जा सकेगी। आज रात उसी के पास चलेंगे।"

शक्ति सिंह की बातों का मतलब राहुल को पूरी तरह समझ में नहीं आया, लेकिन उसने ज्यादा दिमाग लगाने की कोशिश नहीं की। उसने सोचा, "चलो, रात में भैया खुद ही उससे मिलवाएंगे, तब सबकुछ साफ हो जाएगा।"

बात बदलने के लिए राहुल ने कहा, "भैया, वो पुलिस वाला बहुत चालाक निकला। जितना सीधा-सादा लग रहा था, उतना है नहीं। अब वह प्लॉट के मालिक से मिलना चाहता है। कह तो रहा है कि पैसों के बारे में बात नहीं करेगा, लेकिन मुझे कुछ सही नहीं लग रहा।"

शक्ति सिंह कुछ पल के लिए गहरी सोच में डूब गया। फिर अचानक उसके चेहरे पर एक योजना की झलक उभरी। उसने कहा, "देखो राहुल, वो तुम्हें अपना दोस्त समझता है, और वैसे भी हमें इस प्लॉट के लिए मुश्किल से कोई ग्राहक मिला है। उसे सीधे-सीधे मना करना ठीक नहीं होगा, और उसे हाथ से जाने देना तो बहुत बड़ा रिस्क होगा। मेरे पास एक आइडिया है। क्यों न विमलेश को कुसुम देवी बनाकर उससे मिलवाया जाए? आखिर रजिस्ट्री के वक्त भी किसी को कुसुम देवी तो बनाना ही पड़ेगा।"

****

सौरभ का दिन चाहे भीख माँगने में बीतता या कभी-कभार शराब पीने में, लेकिन शाम होते ही वह अपने छोटे-से घर में जरूर लौटता था। अपनी माँ से मिलने अस्पताल भी जाता, लेकिन घर लौटना उसकी आदत बन चुका था। आज उसने शराब नहीं पी थी, और रात के करीब नौ बजे वह गहरी नींद में सो चुका था। तभी दरवाजे पर हुई जोरदार दस्तक ने उसे चौंका दिया।

दरवाजा खोलते ही सामने शक्ति सिंह को देखकर वह हैरान रह गया। बिना कुछ बोले, उसने दोनों को अंदर बुलाया और अपनी चारपाई पर बैठने का इशारा किया।

लेकिन शक्ति सिंह ने हाथ के इशारे से मना करते हुए कहा, "मैं यहाँ बैठने नहीं आया। मैं ये बताने आया हूँ कि तुम्हें अपनी माँ की बिल्कुल भी चिंता करने की जरूरत नहीं है। हम उसका ख्याल रख रहे हैं।"

शक्ति सिंह के कहने पर सौरभ ने एक पानी का गिलास लाकर दिया। शक्ति सिंह ने चुपचाप सफेद पाउडर की पुड़िया उस

पानी में घोल दी और सौरभ की ओर बढ़ाते हुए कहा, "ये लो, ये तुम्हारे लिए एक बेहतरीन दवाई है। इसे पीते ही तुम्हारी सारी समस्याएं दूर हो जाएंगी।"

सौरभ पहले से ही अपनी माँ की चिंता में डूबा हुआ था। शक्ति सिंह उसे किसी फरिश्ते की तरह लगा, जो बिना किसी स्वार्थ के उसकी माँ का ख्याल रख रहा था। उसने बिना सोचे-समझे वह घोल पी लिया। कुछ ही देर में उसे ऐसा महसूस होने लगा जैसे उसकी सारी चिंताएं कहीं गायब हो गई हों। उसकी आंखें भारी हो गईं, और वह गहरी नींद में चला गया।

शक्ति सिंह ने यह देख मुस्कुराते हुए राहुल से कहा, "चलो, अब इसे इसकी अगली खुराक दस दिनों बाद की जरूरत पड़ेगी। हमें इसे धीरे-धीरे कम करके हर पांच दिन पर इसकी आदत डालनी है।"

नौ

"तुम तो फालतू की ज़िद लेकर बैठी हो। इसका मतलब तो यही हुआ कि तुम्हारी हर बात मानी जाए, "जब रंजना की माँ ने हल्की नाराजगी और थोड़ा गुस्सा जताते हुए कहा तब रंजना ने भी अपनी बात पर ज़ोर देते हुए जवाब दिया, "ये बेकार की ज़िद नहीं है, माँ। ज़रा सोचो, हमारे कॉलेज में दो हजार से भी ज़्यादा बच्चे पढ़ते हैं। उनमें से सिर्फ दस लोगों को चुना गया, और उन दस में से छह लडकियाँ हैं। उनमें से एक तुम्हारी बेटी भी है। क्या ये छोटी बात है? और अब सबने इनाम के मिले पैसों से मिलकर हरिद्वार घूमने का प्लान बनाया है, तो इसमें परेशानी क्या है?"

माँ का दिल तो माँ का ही दिल होता है। बेटी को पहली बार इतनी दूर भेजने की बात से उनका मन घबराया हुआ था। उन्होंने समझाते हुए कहा, "देखो, मैंने आज तुम्हारे पसंद का खाना बनाया है। कब से कह रही हूँ कि खा लो, लेकिन तुम तो पता नहीं कौन सी ज़िद पकड़कर बैठी हो। उन पैसों से यहीं कोई पार्टी कर लो, या कुछ ऐसा खरीद लो जो तुम्हारे लिए यादगार बने। तुम्हारे जीजाजी गुड़िया के लिए जमीन खरीद रहे हैं। उन्हें

पैसों की ज़रूरत होगी। चाहो तो इन दस हज़ार रुपयों से उनकी मदद कर दो। इतनी दूर घूमने जाने की क्या ज़रूरत है?"

रंजना ने अपनी बात पर जोर देते हुए कहा, "माँ, मैं भी गुड़िया की मदद करना चाहती हूँ, लेकिन उसके लिए तो काफी पैसे चाहिए होंगे। इस दस हजार रूपएसे क्या होगा? और फिर हम इतनी दूर भी तो नहीं जा रहे! बस हरिद्वार ही तो जा रहे हैं। वो भी अकेले नहीं, हम छह सहेलियाँ साथ जा रही हैं। मेरी सबसे प्यारी सहेली भी साथ होगी।"

"कॉलेज के बाद हम सब अलग हो जाएंगे। फिर शादी हो जाएगी, और उसके बाद तो जिम्मेदारियाँ ही होंगी। बच्चों की पढ़ाई, उनकी नौकरी, फिर उनकी शादी... इन सबके बीच कौन घूमने की सोच पाता है, माँ?तुम ही बताओ, शादी के बाद तुम कितनी बार घूमने गई हो? और सोचो, क्या हम छह सहेलियों को फिर कभी एक साथ घूमने का अवसर मिलेगा? कभी नहीं। यही एक अवसर हमारे पास है। चार महीने बाद फाइनल एग्जाम है, और फिर पता नहीं हम कहाँ - कहाँ किस जगह चली जाएंगी? यही तो समय है जब हम अपनी सहेलियों के साथ खुलकर जिंदगी जी सकते हैं।"

रंजना की ये भावनात्मक बातें सुनकर माँ का दिल भी पिघल गया। वह अपनी ही जिंदगी के बारे में सोचने लगीं। शादी के बाद तो वह भी परिवार और जिम्मेदारियों में इस तरह उलझ गई थीं कि कहीं घूमने का ख्याल भी नहीं आया। अब तो बस यही सोचती थीं कि रंजना की शादी हो जाए, तो शायद वह कहीं तीरथ धाम कर पाए। भावुक होकर उन्होंने पूछा, "कब जाना है?"

रंजना के चेहरे पर अचानक खुशी छलकने लगी। उसने कहा, "बस दो सप्ताह बाद माँ! उस समय हमारे कॉलेज की विंटर

वैकेशन भी रहता है। और रिजर्वेशन भी उपलब्ध है ट्रेन में। बस वे सब मेरे हाँ करने का इंतजार कर रहे हैं।"

माँ के चेहरे पर भी एक छोटी सी मुस्कान आ गई। उन्होंने कहा, "जब तुम लोग निश्चय कर ही लिए हो तो जाओ। पर अच्छे से जाना। और सब साथ में ही रहना। अच्छे से घूमकर सही सलामत वापस आ जाना।"

रंजना ने चहकते हुए माँ को गले लगा लिया और कहा, "थैंक्यू माँ! तुम कितनी अच्छी हो!"

माँ के चेहरे पर मुस्कान तैर गई। उन्होंने कहा,बस-बस! अब झूठी तारीफ करना बंद करो। अभी थोड़ी देर पहले ही इसी प्यारी माँ से रूठी हुई थी। अब जाकर अपना मनपसंद नाश्ता कर लो।"

****

लगभग आधा घंटा इंतजार करने के बाद, शक्ति सिंह ने ज़बरदस्ती मुस्कुराते हुए कहा, "वो प्लॉट की मालकिन, एक वृद्ध महिला हैं। इसीलिए उन्हें तैयार होने में थोड़ा समय लग रहा है।" उसके चेहरे पर एक अजीब सी बेचैनी झलक रही थी। मन ही मन वह यही सोच रहाथा कि किसी तरह यह पुलिस वाला उसके जाल में फँस जाए।

उसके मोबाइल पर घंटी बजी। फोन उठाते ही एक संदेश मिला और उसके चेहरे पर हल्की राहत और घबराहट का मिला-जुला भाव उभर आया। उसने पुलिस वाले से साथ चलने का आग्रह किया, लेकिन मन ही मन बस यही प्रार्थना कर रहा था कि सब कुछ उसकी योजना के अनुसार ठीक से निपट जाए।

शक्ति सिंह संजीत को लेकर एक सुनसान सी जगह पर एक पुराने और टूटे-फूटे घर के सामने पहुँचा जिसे देखकर संजीत जरा सा हैरान हो गया। "भला ऐसे खस्ताहाल घर में कौन रहता होगा?" उसके मन में यह सवाल कौंध गया।

अंदर प्रवेश करते ही उसने देखा कि चारपाई पर एक वृद्ध महिला बैठी थी और शायद इन्हीं लोगों की प्रतीक्षा कर रही थी। उसे देखते ही शक्ति सिंह ने बड़ी ही शिष्टता से दोनों हाथ जोड़कर प्रणाम किया। बुढ़िया ने भी उसी शिष्टता से शक्ति सिंह को युग-युग जीने और खुश रहने का आशीर्वाद दिया। शक्ति सिंह को देख संजीत ने भी दोनों हाथ जोड़कर उस वृद्ध महिला को प्रणाम किया और उस वृद्ध महिला ने उसे भी खुश रहने और युग-युग जीने का आशीर्वाद दिया।

शक्ति सिंह ने बात को आगे बढ़ाते हुए कहा, "अम्मा, ये हैं पुलिस वाले साहब, जो आपकी जमीन खरीदने जा रहे हैं।"

उस बुजुर्ग महिला ने भावुक हो गहरे भावनात्मक स्वर में कहा, "भगवान तुम्हारा भला करे बेटा! तुम इस जमीन को खरीदकर इस बूढ़ी औरत पर बहुत बड़ा उपकार कर रहे हो। मेरे दो बेटे हैं, जो एक बार कमाने के लिए बाहर तो फिर वहीं के होकर रह गए। उन्होंने वहीं अपनी गृहस्थी बसा ली। कई बार उनसे कहा कि इस जमीन को बेचकर पैसे आपस में बाँट लो, लेकिन उनके पास यहाँ आने का वक्त ही नहीं है।"

कहते-कहते बुजुर्ग महिला की आँखों में आँसू छलक आए। माहौल में एक गमगीन सन्नाटा छा गया।

शक्ति सिंह ने उसे ढांढस बँधाने के लिए नरम स्वर में कहा, "अम्मा, रोजी-रोटी के लिए आदमी को बाहर जाना ही पड़ता है।

कई लोग बाहर जाते हैं और फिर वहीं के होकर रह जाते हैं। यह तो अब आम बात हो गई है।"

बुढ़िया ने अपनी सफेद साड़ी के पल्लू से आँसू पोंछते हुए, भर्राए स्वर में कहा, "क्या करूँ, बेटा? आखिर एक माँ हूँ। बच्चे भले ही अपनी माँ को भूल जाएँ, लेकिन माँ का दिल तो हमेशा अपने बच्चों के लिए धड़कता है। अब मेरी जिंदगी का क्या भरोसा, कब खत्म हो जाए।"

संजीत भावुक हो गया। उसने धीरे से कहा, "ऐसा मत कहिए, माँ। आप बस बताइए, मैं आपके लिए क्या कर सकता हूँ?"

बुढ़िया ने अपने भावों पर काबू करने की कोशिश करते हुए कहा, "बस, मेरी एक ही आखिरी इच्छा है। इस जमीन को बेचकर जो भी पैसे मिलें, उन्हें मेरे दोनों बेटों के खाते में किसी तरह जमा करा दें। पता नहीं, मेरे जाने के बाद इस जमीन का क्या होगा। मेरे पति ने इसे इसलिए खरीदा था, कि यह उनके बच्चों के काम आ सके। अब वो तो नहीं रहें, लेकिन मैं चाहती हूँ कि यह जमीन बेचकर उनके सपने को पूरा कर दूँ। बच्चों तक यह संपत्ति पहुँच जाए, तो शायद मेरे पति की आत्मा को शांति मिल जाए।"

कहते कहते बुढ़िया की आंखों में फिर से आँसू आ गए। वह किसी विचारों में खो गई।

शक्ति सिंह ने बुढ़िया को सांत्वना देते हुए उसे विचारों से बाहर निकाला और कहा, "अम्मा, हम पूरी कोशिश कर तो रहे हैं कि आपकी जमीन किसी तरह बिक जाए। हम सबकी यही इच्छा है कि आपके प्लॉट का कोई खरीदार मिल जाए। और आपको तो हमने कितनी बार कहा कि आप हमारे साथ चलकर रहिए। पता नहीं, आप यहाँ अकेली क्यों पड़ी रहती हैं?"

बुढ़िया एक बार फिर से भावुक हो गई। उसने कहा, "बेटा, इस घर से उनकी बहुत सारी यादें जुड़ी हुई हैं। यह घर उन्होंने मेरे लिए बनवाया था। हमने अपने जीवन के बहुत से सुखद पल इसी घर में साथ बिताए हैं। अब इस बुढ़ापे में उनकी यादें ही मेरे जीने का सहारा हैं। इस घर को छोड़कर मैं कहाँ जाऊँगी? मेरा जीना भी अब इसी घर में है और मरना भी अब यहीं होगा।"

शक्ति सिंह ने मुस्कुराते हुए कहा, "ठीक है, अम्मा। भला आपकी जिद्द के आगे आज तक हमारी कभी चली है?" फिर उसने संजीत की तरफ इशारा करते हुए कहा, "साहब को आपसे कुछ पूछना था।"

संजीत बुढ़िया की बातों से भावुक हो गया था। उसने धीमे स्वर में कहा, "मुझे कुछ नहीं पूछना है," और कमरे से बाहर चला गया। उसके साथ राहुल भी चुपचाप कमरे से बाहर आ गया। दोनों धीरे-धीरे चलते हुए कुछ दूर तक आगे बढ़ गए।

उधर, बुढ़िया ने सभी से आग्रह किया, "अब मैं थोड़ा आराम करना चाहती हूँ। इस बुढ़ापे में ज्यादा देर तक बैठा नहीं जाता।"

शक्ति सिंह ने मुस्कुराते हुए हल्के अंदाज में बुढ़िया को छेड़ा और धीरे से कहा, "कितना ओवरएक्टिंग करता है भाई!" दोनों के होठों पर एक हंसी तैर गई। फिर शक्ति सिंह ने मजाकिया लहजे में कहा, "बस इसी गेटअप में रजिस्ट्री ऑफिस आ जाना।"

जैसे ही शक्ति सिंह राहुल और संजीत के पास पहुंचा, उसका चेहरा गंभीर हो गया। उसने संजीत की ओर देखते हुए कहा, "अरे! ओ अम्मा फिर से भावुक हो गई थीं। मैं बहुत मुश्किल से उन्हें समझा कर आया हूँ। साहब, आप तो उनकी हालत देख ही रहे हैं। पता नहीं, कब टपक जाए?"

फिर उसने राहुल की तरफ इशारा करते हुए कहा, "आप राहुल के दोस्त भी हैं और पुलिस में भी। इसी नाते एक सलाह देना चाहूँगा। मानना-ना मानना आपके ऊपर है। ऐसी जमीन आपको और कहीं नहीं मिलेगी। जिस लोकेशन पर यह जमीन है, वैसी जगह पर मिलना मुश्किल है। बगल में स्कूल बन रहा है, और उसके बनते ही इस जमीन की कीमत कई गुना बढ़ जाएगी। भले अभी आपको इसकी जरूरत न हो, लेकिन भविष्य में आप इसे भारी मुनाफे में बेच भी सकते हैं।

अभी अम्मा के रहते रजिस्ट्री भी आसान है। बाद में दोनों बेटों को साथ लाना पड़ेगा, जो इतना आसान काम नहीं होगा। मेरी मानिए तो जितनी जल्दी हो सके, उतनी जल्दी रजिस्ट्री करा लीजिए।"

दस

उसकी सबसे बड़ी समस्या इतनी जल्दी धन का प्रबंध करना था। संजीत पर उस बुढ़िया की बातों का गहरा प्रभाव पड़ा था। वैसे भी उसे प्लॉट तो खरीदना ही था। वह उस महिला की स्थिति से इतना द्रवित हो गया था कि जल्द से जल्द उस प्लॉट को खरीदकर उसकी मदद कर देना चाहता था।

उसने विभिन्न बैंकों से संपर्क किया, जहाँ से उसे लोन मिलने की संभावना थी। कुछ जगहों पर उसे सफलता भी मिली। इसके अलावा, उसने अपने कुछ मित्रों से उधार लिया और अपनी पत्नी के गहने बेचकर भी धन जुटाया। इस तरह, उसने अलग-अलग स्रोतों से पैसों का प्रबंध कर अंततः उस प्लॉट की रजिस्ट्री करा ही ली।

शाम को उस प्लॉट की रजिस्ट्री की खुशी में दो अलग-अलग जगहों पर जश्न मनाया गया। एक तरफ संजीत ने अपने कुछ रिश्तेदारों के साथ होटल में पार्टी रखी, तो दूसरी ओर शक्ति सिंह ने अपने फार्महाउस पर राहुल और राजू के साथ शराब का आनंद लिया।

राजू एक बढ़िया शराब की बोतल लेकर आया। राहुल पानी का गिलास लेकर पास ही बैठ गया और शक्ति सिंह के कहने पर एलसीडी टीवी में समाचार चैनल लगाने लगा।

चैनल बदलते-बदलते उसकी नजर अचानक एक चैनल पर आकर रुक गई और वह चिल्ला उठा। "भैया, यह तो वही आदमी है जिसे किसी ने धोखे से सरकारी जमीन बेच दी थी और उसकी मेहनत की कमाई हड़प ली थी"!

टीवी पर संदीप वर्धन का इंटरव्यू चल रहा था।

संदीप वर्धन को देखते ही शक्ति सिंह के चेहरे पर एक व्यंग्य भरी कुटिल मुस्कान आ गई। उसने ठहाका लगाते हुए कहा, "हां ! और अब यही वजह है कि यह आदमी पागल हो गया है। जब आदमी पागल हो जाता है, तो ऐसे ही बहकी-बहकी बातें करने लगता है, भाषण झाड़ने लगता है, शायर बन जाता है, या फिर किताबें लिखने लगता है।"

राजू ने तुरंत बात पकड़ी और कहा, "भैया! सुना है कि इसने भी कोई किताब लिखी है, जिसमें इसने बताया है कि अब कोई भी आदमी किसी से बेवकूफ नहीं बन सकता है।"

शक्ति सिंह ठहाके लगाते हुए बोला, "क्या कहा? कोई बेवकूफ नहीं बन सकता है? अरे! आज ही तो हमने किसी को बेवकूफ बनाया है।"

राहुल ने भी जोर का ठहाका लगाते हुए कहा, "और वह भी एक पुलिस वाले को"!
तीनों हँसी में ऐसे डूबे गए, जैसे अपनी कुटिल चालाकी पर गर्व कर रहे हों।

शक्ति सिंह ने दारू का ग्लास उठाया, और राजू व राहुल ने उसका साथ दिया। तीनों ने एक साथ कहा, "चीयर्स"! शक्ति सिंह ने एक ही साँस में अपनी पूरी ग्लास खाली कर दी। फिर उसने चिकन के दो-तीन टुकड़े मुँह में डालकर चबाते हुए अपने चेहरे पर दार्शनिक वाले भाव ले आया और कहा,

"राजू! जब तक इस दुनिया में शेर रहेंगे, तब तक भगवान को उनके लिए बकरियां भी बनानी ही पड़ेंगी। जब तक हमारे जैसे चालाक और धूर्त लोग इस दुनिया में हैं, तब तक भगवान को हमारे लिए सीधे सादे-लोगों को भी बनाना ही पड़ेगा, जिन्हें हम आसानी से बेवकूफ बनाकर लूट सकें। चाहे कोई कितनी भी किताबें लिख ले या कितने भी भाषण दे ले, लोग बेवकूफ बनते रहेंगे और हम उन्हें बेवकूफ बनाकर लूटते रहेंगे।"

उनका ध्यान फिर से टीवी स्क्रीन की ओर गया। संदीप वर्धन का इंटरव्यू अब अपने अंतिम पड़ाव पर था।

संचालक ने संदीप वर्धन से पूछा, "क्या आप अंत में हमारे दर्शकों को कोई संदेश देना चाहेंगे?"

संदीप वर्धन ने गंभीर स्वर में कहा, "हां"!
उसने आगे कहा, "यह दुनिया बहुत बेरहम है। यहाँ किसी को भी आपकी खून- पसीने की कमाई हड़पने में जरा भी झिझक नहीं "होती।

संदीप वर्धन के चेहरे के भाव सख्त हो गए। उनकी मुट्ठियाँ कस गईं, और उनकी आवाज में दृढ़ता झलकने लगी। उन्होंने आगे कहा,

"ये सीधे- सादे लोग, जो रूखी- सूखी रोटी खाकर, आधे पेट रहकर, कभी भूखे सोकर, अपनी मेहनत की कमाई का एक- एक रुपया बचाते हैं, ताकि अपने परिवार के लिए एक छत का इंतजाम कर सकें, उनके भविष्य को छीन लेने में कुछ लोगों को ज़रा भी शर्म नहीं आती। लेकिन मेरी बात याद रखना, अगर उनके पैसों को लूटकर तुम दावतें उड़ाते हो, बिरयानी खाते हो, तो अगली बार जब तुम वह बिरयानी खाने बैठोगे, याद रखना कि वह बिरयानी तुम्हारे पसीने की कमाई की नहीं, बल्कि किसी

के खून से सनी हुई है। तब देखना, वह बिरयानी तुम्हारे गले से नीचे कैसे उतरती है"!

राहुल और शक्ति सिंह ठहाके मारकर हँसने लगे। थोड़ी ही देर में राजू भी उनके साथ में शामिल हो गया।

शक्ति सिंह ने हँसते-हँसते रिमोट उठाया और टीवी बंद करते हुए कहा, "यह आदमी तो सच में पागल हो गया है।"

कमरा उनकी जोरदार ठहाकों से गूंज गया। जब कमरा थोड़ा शान्त हुआ तो शक्ति सिंह ने गंभीर होते हुए कहा, "राहुल! मैं सोच रहा हूँ कि कल एक छोटी सी पार्टी रख लेते हैं। आखिर अगले चुनाव के लिए इन्हीं लोगों से काम लेना है। और उसके बाद केदारनाथ धाम जाकर बाबा के दर्शन कर आते हैं। चुनाव की व्यस्तता शुरू होने से पहले भगवान भोलेनाथ का आशीर्वाद ले लेना चाहिए।

राहुल और राजू ने सहमति में सिर हिलाते हुए कहा, "जी भैया।"

ग्यारह

केदारनाथ का मंदिर भगवान शिव को समर्पित एक प्राचीन और पवित्र तीर्थस्थान है, जो उत्तराखंड राज्य की खूबसूरत पहाड़ियों के बीच स्थित है। यह मंदिर हिमालय की गोद में बसा अपनी प्राकृतिक सुंदरता और आध्यात्मिक महत्ता के लिए प्रसिद्ध है। यहाँ तक पहुंचने के लिए तीर्थयात्री अक्सर हरिद्वार से अपनी यात्रा शुरू करते हैं।

हरिद्वार से ऋषिकेश होते हुए केदारनाथ जाने का मार्ग सुंदर पहाड़ी घाटियों और हरियाली से भरा है। इस यात्रा का एक हिस्सा टैक्सी या वाहन से तय किया जा सकता है, लेकिन आखिरी चरण पैदल ही पूरा करना होता है। पैदल यात्रा के दौरान पहाड़ों के मनोरम दृश्य, बहती नदियां और शुद्ध वातावरण मन को मोह लेते हैं। ऐसा महसूस होता है जैसे यह स्थान स्वर्ग का एक टुकड़ा हो और यहीं ठहर जाने का मन करता है।

उत्तराखंड में चारों धामों का विशेष महत्व है, जिनमें केदारनाथ धाम के अलावा बद्रीनाथ, गंगोत्री और यमुनोत्री शामिल हैं। कई तीर्थयात्री इन चारों धामों की यात्रा करते हैं, जिसे चारधाम यात्रा भी कहा जाता है। वहीं, कुछ तीर्थयात्री केवल बद्रीनाथ और केदारनाथ के दर्शन करते हैं।

अधिकांश तीर्थयात्री अपनी यात्रा की शुरुआत हरिद्वार से करते हैं, जहाँ हर की पौड़ी में स्नान करना अत्यंत शुभ और पवित्र माना जाता है। ऐसा कहा जाता है कि यहाँ स्नान करने से सभी पाप धुल जाते हैं और मन को शांति मिलती है।

चार धाम की पवित्र यात्रा न केवल तीर्थयात्रियों को आध्यात्मिक शांति प्रदान करती है, बल्कि हिमालय की हरी-भरी वादियों, बर्फ से ढके पहाड़ों और घाटियों के अद्भुत प्राकृतिक सौंदर्य का आनंद लेने का अवसर भी देती है। यह यात्रा आस्था और प्रकृति के गहरे मिलन का प्रतीक बन जाती है।

शक्ति सिंह अपने दो दोस्तों के साथ हर की पौड़ी में स्नान कर केदारनाथ की यात्रा पर निकल पड़ा। गंगा की पवित्रता और तीर्थयात्रा की शुरुआत ने उसे कुछ पल के लिए मानसिक शांति दी, लेकिन उसका मन केवल एक ही उद्देश्य पर केंद्रित था– बाबा के आशीर्वाद से विधायक का चुनाव जीतना। रास्ते में बर्फीले पहाड़, हरे-भरे जंगल और घाटियों के अद्भुत दृश्य थे, पर शक्ति सिंह का ध्यान केवल भगवान शिव पर ही लगा रहा। वह मन ही मन प्रार्थना कर रहा था कि किसी भी तरह बाबा का आशीर्वाद मिल जाए ताकि उसका चुनाव जीतने का सपना पूरा हो सके।

यह चुनाव उसके लिए केवल एक चुनाव ही नहीं था, बल्कि उसकी पूरी जिंदगी का प्रश्न था। सुशील कुमार की कृपा उसके लिए अनिवार्य थी, और वह जानता था कि उनकी उम्मीदों पर खरा उतरने के लिए चुनाव जीतना ही एकमात्र रास्ता था। सुशील कुमार की नाराजगी का मतलब उसकी जिंदगी एक मौत के समान था।

हरिद्वार से ऋषिकेश होते हुए शक्ति सिंह आखिरकार केदारनाथ धाम पहुंच ही गया। वहाँ की ठंडी हवा और दिव्यता ने उसके मन को मोह लिया। अगले दिन सुबह, वह बाबा के दर्शन के लिए हाथ में प्रसाद लेकर लाइन में लग गया। घंटों इंतजार के बाद उसे बाबा के दर्शन का सौभाग्य प्राप्त हुआ। उस पवित्र क्षण में उसने पूरे मन से बस एक ही बात मांगी :"बाबा, मेरी जिंदगी अब आपके हाथों में है। मुझे विधायक का चुनाव जीतने का आशीर्वाद दीजिए। बस, और कुछ नहीं चाहिए।"

दर्शन के बाद, दोस्तों के कहने पर वह बद्रीनाथ के लिए रवाना हो गया। वहाँ भी उसने पूरे भाव से भगवान के दर्शन किए। लंबी और थकावट भरी यात्रा के बाद वह वापस ऋषिकेश लौटा गया।

यात्रा लंबी थी, लेकिन उसे इस बात की बेहद खुशी थी कि बाबा के दर्शन अच्छे से हो गया। इससे भी बड़ी संतोष की बात यह थी कि पूरे रास्ते उसने सिर्फ बाबा का ही ध्यान किया और मन ही मन उनसे यही प्रार्थना करता रहा कि अगला विधायक का चुनाव वह जीत जाए।

ऋषिकेश में राम झूला और लक्ष्मण झूला देखने के बाद उनका अगला पड़ाव हरिद्वार था, जहाँ उन्होंने रात बिताने और अगले दिन हरिद्वार घूमने की योजना बनाई थी। वहाँ से वे फिर अपने घर लौटने वाले थे।

लक्ष्मण झूला का आनंद लेने के बाद जैसे ही वे लौटने के लिए तैयार हुए, शक्ति सिंह की नजर दोनों तरफ दुकानों में टंगे सफेद प्लास्टिक के डिब्बों पर पड़ी। लगभग हर दुकान पर ये

डिब्बे बड़े आकर्षक तरीके से गुच्छों में सजे हुए थे। पूछने पर पता चला कि इन डिब्बों का उपयोग लोग गंगा जल भरकर घर ले जाने के लिए करते हैं।

गंगा नदी वहाँ स्वच्छ और निर्मल रूप में बहती हैं। यही कारण है कि लोग वहां से गंगा जल ले जाना पसंद करते हैं। शक्ति सिंह की ऐसी कोई योजना पहले से नहीं थी, लेकिन उसने सोचा कि जब वह यहाँ तक आया है तो क्यों न वह भी एक बोतल गंगा जल भर ही ले। क्या पता, कभी इसकी जरूरत पड़ जाए। यही सोचकर उसने पास की एक दुकान से प्लास्टिक की एक बोतल खरीदी और जल भरने के लिए घुटने तक पानी में उतर गया।

****

रंजना ने अपनी सहेलियों के साथ हरिद्वार घूमने का खूब आनंद लिया। हर की पौड़ी में स्नान करने के बाद उन्होंने मनसा देवी के दर्शन किए, फिर चंडी देवी और अन्य कई मंदिरों में घूमते हुए पूरा दिन बिताया। शाम को गंगा आरती देखने का अद्भुत अनुभव उनके लिए यादगार बन गया।

अगले दिन ऋषिकेश में राम झूला और लक्ष्मण झूला घूमने के बाद घर लौटने का समय था। जैसे ही सड़क किनारे दुकानों में टंगी प्लास्टिक की बोतलों पर उसकी नजर पड़ी, उसे अचानक याद आया कि उसकी माँ ने हरिद्वार से गंगा जल लाने के लिए कहा था।

अंतिम न्याय 71

"अरे नहीं! मैं तो इतनी जरूरी बात भूल ही गई थी। अच्छा हुआ अभी याद आ गया, वरना घर पहुंचने पर माँ की डांट तो पक्की थी," उसने मन ही मन बड़बड़ाया। तुरंत ही उसने एक प्लास्टिक की बोतल खरीदी और गंगा जल भरने के लिए नदी में घुटने तक पानी में उतर गई।

शक्ति सिंह ने प्लास्टिक की बोतल में थोड़ा सा गंगा जल डालकर उसे तीन-चार बार अच्छी तरह धोया। इसके बाद उसने एक बार पूरी बोतल भरकर पानी वापस उड़ेल दिया। अब जल भरने के लिए उसने मन ही मन "हर-हर गंगे" का जाप किया और बोतल को नदी के पानी में डुबो दिया। गुड़गुड़ की आवाज के साथ बोतल धीरे-धीरे भरने लगी।

जैसे ही बोतल पूरी तरह भर गई, उसने उसे बाहर निकाला और लौटने के लिए अपने बाईं ओर मुड़ने ही वाला था कि उसकी नजर एक युवती की खूबसूरत आँखों से टकरा गई। उनमें ऐसा आकर्षण था जिसने शक्ति सिंह को बांध लिया। वह स्तब्ध होकर उन्हें देखता ही रह गया।

युवती अत्यंत सुंदर थी, और उसकी आँखों में गहराई व मासूमियत की झलक थी। पहली बार शक्ति सिंह किसी लड़की को इतनी करीब से देख रहा था। उधर, शक्ति सिंह के चेहरे की सहजता और भोलापन भी युवती का ध्यान खींच चुका था। दोनों की नजरें आपस में मिल गईं, और ऐसा लगा जैसे वे एक-दूसरे की आंखों को जी भरकर देख लेना चाह रहे हों।

दोनों वहीं खड़े होकर अपलक एक-दूसरे को देखते रहे। न कोई हलचल थी, न कोई शब्द। ऐसा प्रतीत हो रहा था जैसे समय ठहर गया हो। उनकी धड़कनें जैसे थम सी गई थीं।

उनकी निगाहें अभी भी एक दूसरे में खोई हुई थीं कि अचानक रंजना का फोन बज उठा। फोन उसकी सहेली का था, जो नदी किनारे उसका इंतजार कर रही थी। रंजना की तंद्रा टूट गई, और उसे यह एहसास होने में कुछ पल लग गए कि वह गंगा जल भरने के लिए आई थी।

उसने जल्दी से बोतल में जल भरा और एक बार नजर उठाकर शक्ति सिंह को देखा। उसकी नजरों में हल्की सी शरारत और एक प्यारी मुस्कान थी। वह मुस्कान देकर नदी से बाहर निकल गई। शक्ति सिंह वहीं खड़ा जड़वत उसे जाते हुए देखता रहा, जब तक कि वह पूरी तरह से उसकी नजरों से ओझल नहीं हो गई।

रंजना के ओझल होते ही शक्ति सिंह की चेतना लौटी। उसे अपनी स्थिति समझने में कुछ क्षण लगे। उसने देखा कि उसके एक हाथ में पानी से भरी बोतल था और दूसरे हाथ में उसका ढक्कन। उसने धीरे से बोतल पर ढक्कन लगाया और भारी कदमों से नदी से बाहर आ गया।

बाहर आते ही उसके चेहरे पर एक अजीब सी उदासी छा गई। उसकी आँखें अनायास ही रंजना को ढूंढने लगीं, लेकिन वह कहीं नजर नहीं आई। वह क्षण जो कुछ देर पहले इतना जीवंत था, अब उसे अधूरा सा लगने लगा। शक्ति सिंह के मन में जैसे एक अनकहा सवाल रह गया हो, जिसका जवाब अब उसे कहीं नहीं मिलने वाला था।

ऋषिकेश से हरिद्वार के लिए निकलते समय भी शक्ति सिंह की निगाहें भीड़ में बस रंजना को ही तलाशती रहीं। मन में एक ही इच्छा थी, "काशएक बार फिर उन आँखों का दर्शन हो ! "जाता।

हरिद्वार पहुंचकर उन्होंने रात बिताने के लिए एक कमरा किराए पर लिया। लेकिन वह रात शक्ति सिंह के लिए किसी बेचैन ख्वाब जैसी थी। उसकी आँखों में बार-बार रंजना की झलक उभरती रही– वह चमकती हुई आंखें, वह प्यारी मुस्कान। वह उसे भूलने की कोशिश करता, पर जितना कोशिश करता, उतनी ही उसकी यादें गहरी हो जातीं।

अगली सुबह जब हर की पौड़ी पर जहाँ उसके दोस्त जल क्रीड़ा का आनंद ले रहे थे, वहाँ शक्ति सिंह अकेला बैठा रंजना की यादों में डूबा हुआ था। उसकी आँखों के सामने बारबार रंजना - का मुस्कुराता चेहरा घूम जाता और मन में सवालों का तूफान उठ जाता: "वह कहाँ से आई थी? क्या वह किसी दूर के शहर से आई थी? या कहीं विदेश से आई थी? वह तो किसी विदेशी जैसी नहीं लग रही थी। पर अगर अपने देश की हुई, तब भी वह कहाँ की होगी? वह देश के किस कोने से आई होगी?"

इन सवालों का कोई जवाब न मिलने पर शक्ति सिंह के दिल में एक टीस उठती। उसे यह सोचकर उदासी घेर लेती कि शायद अब उससे दोबारा कभी मुलाकात नहीं हो पाएगी।

स्नान के बाद उसके दोस्त हरिद्वार घूमने और मंदिरों में दर्शन करने में मग्न थे। लेकिन शक्ति सिंह की दुनिया जैसे रंजना की यादों तक सिमट गई थी। हर मंदिर में, हर देवी-देवता के आगे, उसने पूरे मन से बस यही प्रार्थना की: "कोई चमत्कार कर दो कि मुझे एक बार फिर उन आँखों के दर्शन करने का सौभाग्य मिल जाए।"

रंजना का हाल भी कुछ वैसा ही था जैसा शक्ति सिंह का था। बार-बार उसकी आँखों के सामने शक्ति सिंह का मासूम चेहरा उभर आता। वह उसकी गहरी नजरों और उसके चहरे की

मासूमियत को याद करके बस तड़प कर रह जाती। मन में अनगिनत सवाल उमड़ते रहते: "पता नहीं वह कहाँ से आया होगा? देश के किस कोने का होगा? हरिद्वार में तो लोग देश-विदेश से आते हैं। क्या कभी उससे फिर से मुलाकात हो पाएगी?" इन सवालों का कोई जवाब न पाकर उसके दिल में भी एक अजीब सी टीस उठ जाती।

हरिद्वार से लौटने के बाद दोनों ही अपनी-अपनी दुनिया में खोए-खोए से रहने लगे। उनके आस-पास सब कुछ चलता रहा, लेकिन भीतर जैसे कोई खालीपन घर कर गया था। शक्ति सिंह को बार-बार रंजना की आँखें और उसकी हल्की सी मुस्कान याद आती, और रंजना को बार-बार शक्ति सिंह का शांत और मासूम चेहरा।

दोनों के दिलों में बस एक ही ख्वाहिश थी: "काश! कोई चमत्कार हो जाए और हम एक बार फिर से मिल जाएं।" पर हर बार यह सोचकर कि शायद यह मुलाकात अब कभी नहीं हो पाएगी, उनका मन और उदास हो जाता। वे न चाहते हुए भी एक-दूसरे की यादों में कैद हो गए थे, और हर बीतते दिन के साथ यह तड़प और गहरी होतीचली गई।

बारह

राहुल ने जब शक्ति सिंह को मॉल में नए साल के अवसर पर लगे सेल के बारे में बताया, तो शक्ति सिंह ने सोचा कि वह हरिद्वार से अपने दोस्तों के लिए कुछ भी नहीं ला सका था। उसने सोचा कि मॉल से कपड़े खरीदकर उन्हें तोहफे में देना अच्छा रहेगा। उसने राहुल, राजू और स्यापा से कहा कि अगले दिन सुबह दस बजे तक तैयार हो जाएँ ताकि वे मॉल जा सकें।

वह मॉल शहर में नया- नया खुला था, और फिलहाल उसकी केवल एक ही मंजिल थी। मॉल के अंदर प्रवेश करते ही सामने महिलाओं के कपड़ों का सेक्शन था, बीच में पुरुषों के कपड़े और सबसे आखिर में बच्चों के कपड़े।

शक्ति सिंह ने जैसे ही मॉल के अंदर कदम रखा, उसका दिल अचानक जोरजोर से धड़कने लगा। उसकी नजरों के सामने वही - आँखें थीं, जिनके दर्शन के लिए वह हर पल बेचैन रहता था। पहले तो उसे अपनी आँखों पर विश्वास ही नहीं हुआ। "क्या यह सच है? क्या वह यहीं, मेरे अपने ही शहर में है?"

दूसरी ओर, रंजना का भी बिल्कुल यही हाल था। उसने जैसे ही शक्ति सिंह को देखा, उसका दिल जोर से धड़कने लगा। उसे

भी विश्वास करना मुश्किल हो रहा था कि जिसे वह एक बार देखने के लिए बेचैन थी वह उसी के शहर का निकलेगा।

दोनों एक पल के लिए स्तब्ध रह गए। भीड़ के बीच उनके लिए जैसे समय थम गया हो। उनकी नजरें फिर से आपस में मिलीं, और एक बार फिर वह कनेक्शन महसूस हुआ जो हरिद्वार में हुआ था।

दोनों एक पल के लिए फिर से एक-दूसरे की आँखों में खो गए। उनके होठों ने कुछ कहने की कोशिश की, लेकिन कोई शब्द बाहर नहीं आ सके।

आखिरकार, रंजना ने झिझकते हुए चुप्पी तोड़ी। उसने हल्की आवाज में पूछा, "आप... क्या यहीं इसी शहर में रहते हैं?"

शक्ति सिंह इस सवाल से थोड़ा हड़बड़ा गया। उसने अटकते हुए जवाब दिया, "हाँ... हाँ, मैं भी इसी शहर में रहता हूँ।"

दोनों के दिलों में बातें तो बहुत थीं, पर वे क्या और कैसे कहें, यह समझ नहीं पा रहे थे। उनके दिमाग जैसे ठहर गए थे। इसी बीच रंजना के मन में अचानक एक ख्याल कौंधा, जिसने उसे अंदर तक डरा दिया–फिर से शक्ति सिंह को खोने का डर।

यह विचार उसे बेचैन कर गया। उसे लगा, "कहीं ऐसा न हो कि वह फिर से इस शहर की भीड़ में कहीं खो जाए और फिर कभी न मिल सके।" उसने जल्दी से कहा, "आप अपना फोन नंबर दे दीजिए... अगर बाद में आपसे कुछ बात करनी हो तो..." यह कहते-कहते उसका चेहरा लाल हो गया।

शक्ति सिंह भी थोड़ा झिझका, पर उसने तुरंत अपना नंबर बताया। दोनों ने अपने-अपने मोबाइल में एक-दूसरे का नंबर सेव

किया। शक्ति सिंह के मोबाइल में शायद यह पहला नंबर था, जो किसी लड़की का था।

अभी वे कुछ और बातें करने ही वाले थे कि राहुल की आवाज ने उनकी तंद्रा तोड़ दी। "भैया, जरा यह देखिए तो, यह शर्ट कैसी लग रही है?" राहुल की आवाज सुनकर शक्ति सिंह ने जल्दी से रंजना की ओर देखा और हल्के से मुस्कुराया। रंजना ने भी एक मुस्कान के साथ सिर हिलाया, और दोनों ने होठों पर एक मुस्कान के साथ आंखों ही आंखों में एक दूसरे से विदा लिया।

"उफ! यह क्या था?" शक्ति सिंह और रंजना दोनों के मन में यही सवाल घूम रहा था। क्या सच में वे अभी-अभी मिले थे, या यह सब कोई सपना था? दोनों अपने-अपने मोबाइल में बार-बार एक दूसरे का नंबर चेक करते। स्क्रीन पर नाम देखते ही उनके चेहरे पर हल्की मुस्कान उभरती, और फिर सुकून का एक भाव छा जाता।"अब हम इस भीड़ में नहीं खोएंगे,"यह ख्याल उनके दिल को राहत देता।

रंजना बहुत दिनों के बाद इतनी खुश थी। उसने मॉल में जमकर शॉपिंग की। माँ के लिए, पिताजी के लिए, दीदी और जीजा जी के लिए, और अपनी प्यारी गुड़िया के लिए भी। हर खरीदारी के साथ उसके चेहरे पर एक अजीब सी चमक थी, मानो उसका हर चुनाव किसी खास खुशी से प्रेरित हो।

घर पहुंचते ही माँ ने रंजना को देखकर कहा, "अरे! आज तो बहुत खुश नजर आ रही हो। हरिद्वार से लौटने के बाद पहली बार इतनी खुश देख रही हूँ। बताओ, मॉल में कोई जादूगर मिल गया था क्या?"

माँ की बात सुनकर रंजना के दिल में जैसे लड्डू फूटने लगे। वह मन ही मन जैसे कह रही थी, "हाँ माँ, सच में कोई जादूगर
78 राकेश कुमार

ही मिल गया था।" लेकिन बाहर से उसने मुस्कुराते हुए कहा, "नहीं माँ, सेल में बहुत अच्छे कपड़े मिल गए, बस इसीलिए। देखो, मैं सबके लिए क्या-क्या लेकर आई हूँ।

फिर उसने एकएक कर के सबकी चीजें दिखानी- शुरू कर दीं।" ये देखो, तुम्हारे लिए कितनी सुंदर साड़ी लाई हूँ। और ये देखो, अपनी प्यारी गुड़िया के लिए कितनी प्यारी ड्रेस लाई हूँ।" उसकी बातों में एक अजीब सी खुशी झलक रही थी।

हालांकि वह शॉपिंग के बहाने माँ से बात टाल गई थी, लेकिन उसका मन अब भी शक्ति सिंह के ख्यालों में खोया हुआ था। उसकी आँखों में वही मुलाकात घूम रही थी। वह हर पल उसी के बारे में सोचती और बीच-बीच में बिना किसी वजह के मुस्कुरा देती।

आज का दिन रंजना के लिए सच में खास था। जिसके मिलने की कोई उम्मीद नहीं थी, वह अचानक उसी के शहर में मिल गया। और सबसे बड़ी बात यह थी कि अब उसके पास शक्ति सिंह का फोन नंबर था। यह एहसास उसे एक अनजानी खुशी से भर रहा था। अब कोई डर नहीं था कि वे फिर से बिछड़ जाएंगे। जब भी उसका दिल चाहेगा, वह उससे बातें कर सकेगी।

तेरह

सुशील सिंह का संदेश साफ और सख्त था। उन्होंने शक्ति सिंह को निर्देश दिया कि अगले छह महीनों में चुनाव संभावित हैं, इसलिए वह अपने क्षेत्र में लोगों के बीच अधिक से अधिक समय बिताए। उन्होंने समझाया कि यह वक्त उनके लिए बेहद महत्वपूर्ण है, और जनता को यह बताना जरूरी है कि बीते पाँच सालों में उन्हें किन--किन योजनाओं का फायदा हुआ है।

इसके साथ ही, सुशील सिंह ने इस बात पर भी जोर दिया कि शक्ति सिंह अपने भविष्य के वादों को भी प्रभावशाली तरीके से पेश करे। जनता को यह विश्वास दिलाना जरूरी है कि अगले पाँच सालों में क्षेत्र का और अधिक विकास होगा। शक्ति सिंह को घर-घर जाकर लोगों से संवाद करने की सलाह दी गई ताकि व्यक्तिगत संपर्क से जनता का भरोसा और मजबूत हो सके।

सबसे महत्वपूर्ण चेतावनी यह थी कि आने वाले छह महीनों में शक्ति सिंह ऐसा कोई भी कदम न उठाए, जिससे चुनाव में नुकसान उठाना पड़े। सुशील सिंह ने स्पष्ट किया कि यह समय उनके लिए हर मामले में सतर्क और जिम्मेदार बने रहने का है। शक्ति सिंह को हर गतिविधि को लेकर सावधानी बरतने की

सलाह दी गई ताकि राजनीतिक विपक्ष को किसी प्रकार का मुद्दा न मिल सके।

यह अल्टिमेटम शक्ति सिंह के लिए न सिर्फ एक राजनीतिक चुनौती थी, बल्कि यह भी तय करने का मौका था कि वह अपने क्षेत्र और जनता के साथ किस तरह का जुड़ाव बनाकर रखे।

राहुल और राजू के बीच बातचीत का विषय आज फिर से शक्ति सिंह ही था।

राहुलने राजू से कहा, "राजू! भैया जब से बाबा का दर्शन करके लौटे हैं, तब से क्या बदले-बदले से नहीं लग रहे हैं? पहले तो वह दो दिन भी बिना शराब के नहीं रह पाते थे, लेकिन अब देखो, वहां से लौटने के बाद अब तक शराब को हाथ तक नहीं लगाया है।"

राजू ने उसकी बात से सहमति जताते हुए कहा, " हाँ! और सिर्फ यही नहीं, वहाँ से आने के बाद कुछ दिनों तक तो बिल्कुल गुमसुम हो गए थे। ऐसा लग रहा था जैसे सच में बाबा जी के भक्त बन गए हों। लेकिन मॉल से लौटने के बाद उनका रवैया कुछ और ही हो गया है। अब तो बिना किसी बात के ही मुस्कुराते रहते हैं। कहीं बाबा के दर्शन का ही असर तो नहीं है? कहीं ऐसा तो नहीं कि वह साधु-सन्यासी बनाने के बारे में सोच रहे हों?"

राहुल ने राजू की बात को हंसते हुए काट दिया। "ऐसा कुछ नहीं होने वाला है। भैया को मैं अच्छे से जानता हूं। अभी कल ही वह सौरभ के पास पाउडर लेकर गए थे, ताकि उसे अपना गुलाम बना सकें, और आज तो वह हमें अपने साथ फील्ड में ले जाने वाले हैं। घर- घर जाकर लोगों से मिलने की तैयारी है। बड़े

मालिक का फोन आया था, इसलिए चुनाव की तैयारियां अभी से शुरू हो रही हैं।"

राजू ने एक लंबी सांस ली और कहा, "भैया की बातें सिर्फ भैया ही समझ सकते हैं। उनके दिमाग में क्या चलता है, इसे समझ पाना आसान नहीं है।"

दोनों ने एक-दूसरे की ओर देखा और चुपचाप भैया के साथ फिल्ड में जाने के लिए तैयार होने लगे।

****

शक्ति सिंह ने अपनी कार से उतरते ही आदतन अपना फोन निकाला और रंजना का नंबर देखने लगा। यह उसकी रोज़मर्रा की आदत बन चुकी थी। दिन में कई बार वह ऐसा करता– रंजना का नाम पढ़ता, उसका नंबर देखता और उसके चेहरे पर मुस्कान तैर जाती। उसके भीतर एक अजीब सी गुदगुदी उठ जाती।

उस दिन भी जब उसने रंजना का नाम मोबाइल स्क्रीन पर देखा, तो उसकी मुस्कान और गहरी हो गई। उसका मन हुआ कि तुरंत फोन कर ले। परंतु, हाथ बढ़ा कर रुक गया। उसने सोचा, "कहीं उसे डिस्टर्ब न कर दूं। पता नहीं अभी वह क्या कर रही होगी।"

फोन को वापस जेब में रखने ही वाला था कि तभी घंटी बज उठी। चौंक कर उसने फोन को संभाला। स्क्रीन पर नाम देखकर उसकी साँसे तेज़ हो गईं। फोन रंजना का था। उसने किसी तरह खुद को संभालते हुए फोन उठाया और कहा,

"हेलो! मैं अभी तुम्हें ही फोन करने वाला था।"

उधर से एक मधुर और चंचल आवाज़ आई,
"तो फिर किया क्यों नहीं?"

"वो ... मैंने सोचा कि कहीं तुम्हें डिस्टर्ब न कर दूं। पता नहीं, तुम अभी क्या कर रही होगी।"

रंजना हँस पड़ी,

"अच्छा! तो मेरे बारे में इतना सोचते हो?"

"और नहीं तो क्या?"

उनकी बातों ने मानो उन्हें किसी और दुनिया में पहुंचा दिया। दोनों के दिल में एक अजीब सी हलचल और आनंद की अनुभूति - होने लगी।

थोड़ा सहज होकर रंजना ने पूछा,
"अच्छा! अभी क्या कर रहे हो?"

"कुछ खास नहीं। चुनाव पास आ रहे हैं, तो एक गाँव में लोगों से मिलने आया हूँ। शक्ति "सिंह ने अपनी आवाज़ को सामान्य बनाए रखने की कोशिश की।

रंजना ने हल्के-फुल्के अंदाज़ में छेड़ते हुए कहा,
"ओह! तो नेतागिरी करते हो?"

शक्ति सिंह को लगा जैसे रंजना उसके सामने खड़ी होकर मुस्कुरा रही हो। उसकी खिलखिलाहट ने उसे और भी आकर्षित कर दिया।

"नेतागिरी नहीं, समाज सेवा करता हूँ। लोगों की समस्याएँ सुनता हूँ और उन्हें सुलझाने की कोशिश करता हूँ, ताकि वे मुझे फिर से वोट देकर सेवा का मौका दें।" शक्ति ने हँसते हुए अपनी बात कही।

रंजना ने शरारत भरे लहजे में कहा,
"अच्छा! तो फिर मेरी भी एक समस्या है। क्या उसे सुलझा सकते हो?"

शक्ति ने उत्सुक होकर जवाब दिया,
"क्यों नहीं? यही तो मेरा काम है। बताओ, क्या है तुम्हारी समस्या?"

रंजना ने खिलखिलाते हुए कहा,
"अभी नहीं, बाद में बताऊंगी। बाय"!

और फोन काट दिया।

शक्ति सिंह के चेहरे पर एक मीठी मुस्कान थिरक उठी। परंतु, वह थोड़ा बेचैन भी हो गया। "क्या सच में उसे कोई समस्या थी, या यह बस उसका कोई मज़ाक था?" उसे याद आया कि वह रंजना के बारे में कितना कम जानता है। बातचीत अभी शुरू ही हुई थी, और इतनी जल्दी खत्म भी हो गई। पर उसके दिल में हलचल मचाने के लिए इतना काफी था।

चौदह

शक्ति सिंह ने अपने फार्महाउस के अलावा झोपड़पट्टी के पास एक छोटा सा घर ले रखा था। यह घर उसके लिए एकांत का ठिकाना था, जहाँ वह काम की थकान या बेचैनी महसूस करने पर समय बिताने चला आता। इस घर में उसे जिंदगी की भागदौड़ से दूर एक अलग ही सुकून मिलता था। वहाँ बैठकर वह घंटों खुद के बारे में सोचता और अपने विचारों में खो जाता।

यह घर शक्ति सिंह का निजी स्थान था, जहाँ किसी और को जाने की इजाजत नहीं थी। हालांकि, झोपड़पट्टी में रहने वाले बच्चों को वह कभी-कभी पढ़ाई में मदद कर देता और वहाँ के जरूरतमंद लोगों को आर्थिक सहायता भी कर दिया करता जिससे उसकी वहाँ के लोगों से पहचान और उसकी छवि अच्छी बनी रहे।

हालांकि, इन दिनों शक्ति सिंह वहाँ ज्यादा आने लगा था। अब वह अक्सर उस घर में जाकर रंजना की यादों में डूबा रहता या उससे फोन पर लंबी बातें करता। घंटों बातचीत के बाद भी दोनों को यही लगता कि बातें अधूरी ही रह गई हैं। ऐसा लगता, जैसे वे हमेशा बस एक-दूसरे से बात करते ही रहें।

रंजना से बातचीत के अलावा शक्ति सिंह के दिमाग में सिर्फ दो ही बातें घूमती रहती थीं। पहली बात थी उस बूढ़ी औरत का अस्पताल में होना। वह चाहता था कि वह औरत जिंदा तो रहे लेकिन अस्पताल से बाहर न आए। इसके लिए उसने अस्पताल के कुछ स्टाफ को अपने पक्ष में भी कर लिया था। दूसरी बात थी सौरभ को हर पांचवें दिन ड्रग्स की खुराक देना। सौरभ को समय पर ड्रग्स न मिलने पर उसकी हालत बिगड़ने लगती। छठे दिन वह बेचैन हो जाता और सातवें दिन उसकी बेचैनी इतनी बढ़ जाती कि वह अपना सिर दीवार या पत्थर पर मारने लगता।

रंजना ने शक्ति सिंह को फोन किया। वह अभी अपने एकांत रूम में अकेला बैठा उसी के यादों में खोया था। फोन उठाते ही उसने कहा, "हाय! मैं अभी तुम्हें ही याद कर रहा था।"

"अच्छा! क्या मुझे याद करने के अलावा और कोई और भी काम भी करते हो?"

"मुझे तुम्हें याद करने के अलावा कुछ और काम करने की जरूरत ही क्या है?"

"अच्छा जी! और जो तुम लोगों की समस्या सुनकर उन्हें दूर करते हो उसका क्या?"

"वह भी काम बीच-बीच में कर लेता हूँ।"

"मेरी भी एक समस्या है। क्या उसे भी दूर कर दोगे?"

"मैं कोशिश करूँगा। पहले अपनी समस्या तो बताओ।"

"मुझे गणित का एक प्रश्न समझ में नहीं आ रहा है। क्या तुम समझा दोगे?"

शक्ति सिंह थोड़ा सा गंभीर हो गया। उसने उसी गंभीरता से कहा, "वैसे मैं कभी-कभी छोटे बच्चों को ट्यूशन पढ़ा लेता हूं। पर कभी बड़े बच्चे को पढ़ाया नहीं।"

"तो अब कोशिश कर लो।"

शक्ति सिंह थोड़ा असमंजस से कहा, "ठीक है, आ जाओ एक बार कोशिश करूँगा तुम्हें भी पढ़ाने की।"

दोनों मॉल के बाद आज पहली बार मिलने जा रहे थे। अभी तक उनकी बातें सिर्फ फोन पर ही होती थीं। उनके दिल मिलने के लिए मचल उठे और तरह-तरह के ख्याल हिलोरे मारने लगे।

शक्ति सिंह ने उसे अपना पता बताते हुए कहा, "रेलवे क्रॉसिंग पार करते ही जो बाईं और झोपड़पट्टी है उसी के पीछे की ओर से रास्ता बना हुआ है। उस रास्ते से बहुत कम लोग आते जाते हैं और वह रास्ता बिल्कुल ही सुनसान रहता है। वह रास्ता सीधा मेरे घर तक आ जाता है। घर के बाहर मेरा नाम लिखा होगा।"

फोन रखते ही रंजना के दिल में एक हलचल सी मच गई। उसे पास में ही एक मेडिकल की दुकान दिख गई जहां से उसने कोई एक पैकेट खरीदा। फिर वह एक साइकिल रिक्शा से रेलवे क्रॉसिंग तक आ गई।

उसने रिक्शा को वहीं छोड़ दिया और वहाँ से पैदल ही शक्ति सिंह से मिलने के लिए चल पड़ी।

****

शक्ति सिंह के मन में भी बिल्कुल उथल-पुथल मचा हुआ था। वह रंजना से मिलने के लिए जीतना उत्साहित था उससे ज्यादा

नर्वस अनुभव कर रहा था। अब तक तीन से चार बार कुर्सियों और मेजों को ठीक से व्यवस्थित कर चुका था। परदे को बारीकी से जाँच कर दो से तीन बार ठीक कर चुका था। घड़ी के धूल को दो से तीन बार साफ कर चुका था। अपने बेड को भी दो से तीन बार व्यवस्थित कर चुका था। "हाँ! अब ठीक है।" उसने एक बार फिर से सबकुछ ठीक करने के बाद कहा और फिर से सभी चीजों को ध्यान से देखने लगा।

रंजना को शक्ति सिंह के घर तक पहुँचने में ज्यादा परेशानी नहीं हुई। रेलवे क्रॉसिंग के बगल वाली गली जहाँ खत्म हुई वहाँ बाई ओर एक मकान बना था जिस पर काले रंग की पट्टी पर सफेद पेंट से नाम लिखा हुआ था "शक्ति सिंह।"

नाम पढ़ते ही रंजना के दिल में एक गुदगुदी सी हुई। उसने धड़कते दिल के साथ दरवाजे को हल्का सा अंदर की ओर धकेला तो दरवाजा अंदर की ओर खुल गया। शक्ति सिंह का दिल जोर से धड़कने लगा। उसने जब अपने सामने रंजना को देखा तो बस देखता ही रह गया।

कमरे में कदम रखते ही रंजना ने बड़े ध्यान से चारों ओर नज़र दौड़ाई। वहाँ रखी हर चीज़ का वह बारीकी से निरीक्षण कर रही थी। कुछ देर की चुप्पी के बाद उसने कहा, "तो तुम यहां रहते हो?"

शक्ति सिंह, थोड़ा असहज होते हुए, पीछे हटकर बोला, "हाँ! बस यहाँ कुछ बच्चों को ट्यूशन पढ़ा लेता हूँ और थोड़ा एकांत में समय बिता लेता हूँ।"

रंजना मुस्कुराई और पास रखी एक कुर्सी पर बैठ गई। उसने अपने पर्स से एक किताब निकाली, उसे मेज पर रखते हुए कहा,

"इस चैप्टर में एक सवाल समझ नहीं आ रहा था। क्या तुम बता सकते हो इसका उत्तर क्या होगा?"

शक्ति सिंह उसकी बात सुनकर पास वाली कुर्सी पर बैठ गया और किताब को ध्यान से देखने लगा। जब उसने किताब में लिखे प्रश्न पर हाथ रखा, तो उसकी उंगली रंजना की उंगली से हल्के से छू गई। उस क्षण, जैसे उनके पूरे शरीर में एक हल्की सनसनी दौड़ गई।

रंजना ने उसकी ओर मदहोश भरी नज़रों से देखा और हल्की मुस्कान दे दी। शक्ति सिंह ने खुद को संभालने की कोशिश करते हुए किताब पर ध्यान केंद्रित किया, लेकिन उसकी नज़र बार-बार रंजना की ओर भटक जाती।

उसके बालों से आती भीनी-भीनी खुशबू ने शक्ति सिंह को पूरी तरह से मदहोश कर दिया था। किताब पढ़ने की कोशिश करते-करते हुए वह अनजाने में थोड़ा और करीब खिसक गया। उनकी उंगलियां फिर से एक दूसरे से छू गईं, और इस बार, मानो उनके शरीर में बिजली सी दौड़ गई।

उनकी साँसों की गरमाहट ने उन्हें मदहोश करना आरंभ कर दिया। शक्ति सिंह का एक हाथ अपने आप रंजना के पीछे गले के ऊपर चला गया और उसने अपनी गर्दन बाईं ओर शक्ति सिंह की तरफ घुमा दी। थोड़ी देर के लिए दोनों एक दूसरे की आंखों में देखा और फिर शक्ति सिंह अपना होंठ रंजना के होंठ पर रख दिया। उफ़! इतना मधुर! इतना रसीला! उनका पहला स्पर्श जैसे एक अनोखी दुनिया में प्रवेश था।

धीरे-धीरे उनकी साँसे तेज होने लगीं। शक्ति सिंह ने उसे धीरे से अपनी बाहों में उठाया और बेड तक ले गया। कमरे की निस्तब्धता में दोनों की धड़कनों की आवाज़ गूंज रही थी।

शक्ति सिंह ने अपना होंठ फिर से रंजना के होंठ पर रख दिया। दोनों के सांसों की गरमाहट उनके शरीर में फैलने लगी और उस गरमाहट में एक-एक कर दोनों के कपड़े उनके शरीर से अलग होते चले गए।

शक्ति सिंह ने ऊपर से नीचे तक रंजना को देखा। वह पहली बार किसी स्त्री को इस रूप में देख रहा था। उसने फिर से अपना होंठ रंजना के होंठ पर रख दिया।

उन दोनों की साँसे तेज तेज चलने लगीं। शरीर का सारा खून तेज गति से दौड़ने लगा। उनके शरीर गर्म होकर पिघलने लगे और पिघलकर एक होने लगे। रंजना ने अपने पर्स से एक छोटा पैकेट निकाला और शक्ति सिंह की ओर बढ़ाया। पैकेट के उपयोग के साथ ही उनके पिघलते शरीर पिघलकर एक हो गए। उनके शरीरों की गर्मी धीरे-धीरे पूरे कमरे में फैलने लगी। कुछ देर बाद उनके शरीर कि गर्मी पुरे कमरे में फैल गई और उनके शरीर पूरी तरह शांत हो गए।

दोनों के लिए ही यह सब पहला अनुभव था। इतना आनंद, इतना सुख दुनिया में कोई चीज हो सकता है और वह भी अपने शरीर के अंदर छुपा हो, यह उन दोनों को आज पहली बार अनुभव हो रहा था।

रंजना ने उठकर अपने कपड़े पहने, अपनी किताबों को उठाकर पर्स में डाला। शक्ति सिंह की तरफ देखकर एक बार मुस्कुराई और जाने लगी।

शक्ति सिंह चाहता था कि अभी वह कुछ देर उसके साथ रहे। उसने बड़े ही अनुराग से रंजना की ओर देखा और पूछा,"फिर कब मिलोगी?

रंजना ने एक मुस्कान के साथ कहा, अगले हफ्ते संडे को इसी समय मिलने आऊंगी। उसने धीरे से दरवाजा खोला और फिर उसे बंद करते हुए कमरे से बाहर चली गई।

शक्ति सिंह उसके ख्यालों में खोया हुआ बहुत देर तक वैसे ही बेड पर लेटा रहा।

पंद्रह

पिछले दो महीनों में शक्ति सिंह ने काफी सक्रियता दिखाई। वह लगातार गांव-गांव और घर-घर जाकर लोगों से मिलता रहा, उनकी समस्याएं ध्यान से सुनता और जहाँ संभव होता, उनकी थोड़ी-बहुत मदद भी करता। इन व्यस्तता के बावजूद, वह दो चीजों के लिए समय निकाल ही लेता था। एक तो सौरभ को समय से ड्रग्स देना और दूसरा रंजना से मिलना। वह सप्ताह में एक बार रंजना से मिल ही लेता था। उनके बीच का यह रिश्ता, जो धीरे-धीरे गहरा होता जा रहा था, उसकी व्यस्त दिनचर्या के बीच एक सुकून भरा कोना बन गया था।

लेकिन अब परिस्थितियां बदलने वाली थीं। चुनाव का समय निकट आ रहा था, और अनुमान था कि अगले कुछ महीनों में चुनाव की अधिसूचना जारी हो जाएगी। अधिसूचना जारी होते ही आचार संहिता लागू हो जाएगी, जिससे शक्ति सिंह के लिए सार्वजनिक आयोजनों और अन्य प्रचार गतिविधियों पर सीमाएं तय हो जाएंगी।

सुशील कुमार ने इस स्थिति को भांपते हुए तय किया कि आचार संहिता लागू होने से पहले एक बड़ी रैली का आयोजन किया जाए। इस रैली में लोगों के बीच खुलकर उपहार बाँटे जाए ताकि अधिक से अधिक समर्थन जुटाया जा सके। योजना के

तहत जरूरतमंद लोगों को व्हीलचेयर और महिलाओं को सिलाई मशीनें मुफ्त में वितरित करने का निर्णय लिया गया। इस कदम से न केवल जन समर्थन बढ़ता बल्कि चुनावी माहौल को उनके पक्ष में करने में भी मदद मिलती।

जिम्मेवारी शक्ति सिंह को सौंपी गई। सुशील कुमार ने स्पष्ट कर दिया था कि सभी ब्लॉक, गांव, शहर से इस तरह लोगों को चुना जाए कि उनका इनाम मिलना उस पूरे क्षेत्र में सकारात्मक असर पैदा करे। यह कार्य बेहद चुनौतीपूर्ण था, क्योंकि इसका असर रैली की सफलता और जनसमर्थन पर पड़ने वाला था।

शक्ति सिंह को न केवल लाभार्थियों की सूची तैयार करनी थी, बल्कि रैली की संपूर्ण व्यवस्था भी देखनी थी। मंच निर्माण और उसकी सजावट से लेकर प्रशासनिक स्वीकृतियां हासिल करने तक, हर छोटी-बड़ी जिम्मेदारी उसी पर थी। सुशील कुमार ने दो टूक शब्दों में कह दिया था कि रैली हर हाल में सफल होनी चाहिए।

यह चुनाव शक्ति सिंह के लिए केवल एक चुनाव नहीं था; यह उसके जीवन और अस्तित्व का सवाल बन गया था। उसे यह भली-भांति ज्ञात था कि अगर वह इस अभियान में विफल हुआ, तो सुशील कुमार उसकी जिंदगी को नरक बना देंगे। सुशील कुमार ने साफ कहा था कि चुनाव तक वह अपनी निजी चिंताओं को पूरी तरह भूल जाए और केवल चुनाव पर ध्यान केंद्रित करे।

शक्ति सिंह ने यह बात गंभीरता से ले ली। उसने लाभार्थियों की सूची तैयार करने और रैली को सफल बनाने के लिए एक विस्तृत योजना बनानी शुरू की। वह हर कार्य को बारीकी से देख रहा था, ताकि कोई कमी न रह जाए।

इतनी व्यस्तता के बीच शक्ति सिंह को सौरभ को ड्रग्स देने के लिए ही समय निकालना मुश्किल था तो ऐसे में रंजना से मिलने के लिए समय निकालना तो जैसे असंभव सा ही होने वाला था।

रंजना की आगामी परीक्षा की तारीखें भी तय हो चुकी थीं, और अगले एक महीने तक उसकी दुनिया किताबों और पढ़ाई तक सीमित होने वाली थी। परीक्षा की तैयारी और व्यस्तता के बीच, उसके लिए भी शक्ति सिंह से मिलना लगभग असंभव सा था।

ऐसे में, दोनों ने यह तय किया कि इन व्यस्तताओं से पहले एक बार मिलकर साथ समय बिताया जाए। यह मुलाकात उनके लिए खास थी-एक आखिरी मुलाकात, जो आने वाले कठिन दिनों की दूरी को थोड़ा आसान बना सके।

****

रंजना शक्ति सिंह की बाहों में लेटी हुई थी। उसका एक हाथ उसके गालों की मख़मली नरमाहट पर फिसल रहाथा और उसका दूसरा हाथ उसके सुन्दर सुडौल शरीर से खेल रहा था। पिछले दो महीनों से लगभग सप्ताह में एक बार दोनों मिल ही लेते थे। पर उस दिन की बात कुछ और थी। वे अब दो महीनों से ज्यादा समय के लिए बिछड़ने वाले थे। रंजना की परीक्षाएं शुरू होने वाली थी जो लगभग एक से डेढ़ महीने चलने वाली थी। शक्ति सिंह भी दो महीने बाद होने वाली रैली को सफल बनाने के लिए जी जान से जुटने वाला था। इसलिए वे अब दोनों एक लम्बे समय की जुदाई के बाद ही मिल सकते थे।

रंजना ने सोचा कि रात नौ बजे से पहले-पहले अपने घर पहुंच जाएगी क्योंकि ज्यादा देर होने से रेलवे क्रॉसिंग के बाद शायद रिक्शा न मिले। पर जहां दोनों को एक हफ्ते की दूरी भी असहनीय लगने लगती थी वहीं इतने दिनों के लिए एक दुसरे से अलग रहना उनके लिए कोई आसान काम नहीं था। दोनों पूरी तरह से भावनाओं में डूब चुके थे। दोनों जितना समय साथ में बिता सकते थे उतना दोनों साथ में बिता लेना चाहते थे। शाम के लगभग छह बज रहे थे और इसका मतलब अभी दोनों कम से कम दो घंटे तक साथ में समय बिता सकते थे।

शक्ति सिंह ने रंजना से कहा,"मैं सच में कितना किस्मत वाला हूँ कि मुझे तुम्हारा साथ मिला।"

रंजना के चेहरे पर थोड़ी सी शरारत आ गई। अबतक इन दो महीनों में वह शक्ति सिंह के बारे में लोगों के मुँह से कुछ न कुछ सुन रखा था। पर वह उन बातों पर ज्यादा ध्यान नहीं दी थी क्योंकि उसका मानना था कि शक्ति सिंह एक अच्छा इंसान है जो लोगों की सेवाएं करता है। बाकी लोग तो हर किसी के बारे में कुछ न कुछ कहते ही रहते हैं। उनकी बातों पर क्या ध्यान देना? उसने शक्ति सिंह को छेड़ते हुए कहा, "मैंने सुना है कि तुम कुछ गलत काम करते हो?"

"मैं?" शक्ति सिंह ने थोड़ा सा चौंकते हुए कहा।

फिर एक पल रुक कर कहा, "हां! मैं गलत नहीं, बहुत गलत काम करता हूँ।"

"क्या?" इस बार चौंकने की बारी रंजना की थी। तो क्या कुछ लोग शक्ति सिंह के बारे जो बातें कह रहे थे वे सच कह रहे थे?

शक्ति सिंह ने थोड़ी सी गंभीरता से कहा, "हाँ! आज के जमाने में गलत काम क्या है? आज के जमाने में गलत काम है सही काम करना, लोगों की सेवा करना, लोगों की भलाई करना। आज जितना लोग गलत काम करते हैं वे ही लोग दूसरों को सही लगते हैं। मेरे जैसे लोग हमेशा दूसरों को गलत ही लगते हैं।"

"अच्छा वैसे!" रंजना ने थोड़ी सी राहत की सांस ली। उसके दिल को बहुत सुकून मिला कि वह उसके बारे में गलत धारणा नहीं बना रखी थी।

उसके चेहरे पर फिर से शरारत आ गए और उसने फिर से शक्ति सिंह को चिढ़ाने के अंदाज में कहा, "पर हमने सुना है तुम कुछ गलत काम जैसे कुछ खून वगैरह...?"

"अरे नहीं..। मैं किसी का खून नहीं कर सकता।"

रंजना धीरे से खिलखिलाकर हंस दी। उसी हंसी के साथ फिर से चिढ़ाते हुए कहा, "क्यों? क्या डरपोक हो...?"

शक्ति सिंह ने फिर से बड़ी ही गंभीरता से कहा, "नहीं, मैं डरपोक नहीं हूँ। मेरा मानना है कि इस दुनिया में सभी को जीने का हक है। चाहे वे कोई कीड़े-मकोड़े ही क्यों न हों। हर जीव को भगवान ने ही बनाया है और भगवान की हर बनाई हुई चीज दया के पात्र होते हैं। उन्हें भी समान अधिकार के साथ जीने का अधिकार मिलना चाहिए।"

रंजना को अपने अंदर एक गर्व की अनुभूति हुई। साथ ही उसे यह जानकर अच्छा लगा कि इसके जीवन में एक सच्चा और अच्छा आदमी आया है। उसने कहा, "मैं भी सच में कितनी किस्मत वाली हूँ जो तुम्हारे जैसा इंसान मेरी जिंदगी में आया।"

शक्ति सिंह के चेहरे पर भी एक मुस्कान आ गई। उसने हौले से कहा, " सुनो"

"हाँ कहो!"

"क्या मैं तुम्हें एक किस कर लूं!"

रंजना उसकी मासूमियत पर फिर से खिलखिलाकर हँस दी और साथ ही उसकी मासूमियत देख उसे तरस भी आ गया। उसने एक प्यारी सी मुस्कान के साथ कहा, "सिर्फ एक किस?"

"नहीं...! मेरा मतलब....।"

"अरे बुद्धू! अभी दो घंटे के लिए मैं बिल्कुल तुम्हारी हूँ। तुम जो चाहे मेरे साथ कर सकते हो।"

शक्ति सिंह अपने होंठ रंजना के होंठ पर रख दिया। उसे अपनी गोद से हटाकर बेड पर लिटा दिया और खुद खिसककर उसके बगल में आ गया।

उसके होंठ फिर से रंजना के होंठों से मिलने लगे, जैसे कोई प्यासा झरने से सजीवता पा रहा हो। शक्ति सिंह के हाथ रंजना के कोमल गालों पर फिसलने लगे,. धीरे-धीरे, उसकी उंगलियों का सफर गालों से उतरकर गर्दन की ओर बढ़ा और फिर वहाँ से और नीचे की ओर फिसलने लगे। शक्ति सिंह के होंठ, उसके हाथों का अनुसरण करते हुए, धीरे-धीरे नीचे की ओर बढ़ने लगे। हर चुंबन जैसे रंजना के भीतर एक नई ऊर्जा का संचार कर रहा था। उनकी धड़कनों की लय जैसे एक नई रागिनी बुन रही थी, जो दोनों के दिलों को जोड़ रही थी।

रंजना की साँसे गहरी होने लगीं, और उसने धीरे से अपने आँखे बंद कर ली। शक्ति सिंह के स्पर्श ने उस पर मानो बिजली की तरंगें बिखेर दीं। उनके शरीर अब किसी वाद्य यंत्र की तरह

थे, जिनसे निकलती हर ध्वनि और हर तरंग एक ही गीत गा रही थी–एकता, समर्पण, और प्रेम का। मदहोशी की इस अवस्था में सब कुछ अपने आप होता चला गया। उनकी आत्माएं और शरीर कब एक हो गए और उनकी साँसे एक-दूसरे में कब विलीन हो गई उन्हें पता ही नहीं चला।

उन्हें होश तब आया जब रंजना की सुबह आँख खुली। उसने घड़ी पर नजर डाली सुबह के चार बज चुके थे।

"अरे नहीं...!" रंजना ने माथे पर हाथ रखते हुए कहा।"

"क्या हुआ?"

"माँ का पंद्रह मिस कॉल है।"

"अब क्या होगा?"

"पता नहीं...! माँ बहुत गुस्से में होगी।"

उसने जल्दी से अपने कपड़े पहने और कमरे से बाहर निकल गई।

शक्ति सिंह ने दरवाजा अंदर से बंद किया और फिर औंधे मुँह लेट गया।

रंजना चाहती थी कि किसी भी तरह जल्दी से अपने घर पहुँच जाए। उसकी किस्मत अच्छी थी कि रेलवे क्रॉसिंग पार करते ही उसे एक ऑटोरिक्सा मिल गया। शायद रेलवे स्टेशन से किसी पैसेंजर को घर छोड़कर वापस जा रहा होगा।

उसके कदम जैसे जैसे घर के करीब-पहुँच रहे थे, उसके दिल की धड़कनें तेज हो रही थीं। घर के पास पहुँचते ही उसने देखा कि उसकी माँ बेचैनी से आंगन में चक्कर लगा रही थीं।

जैसे ही माँ की नज़र उस पर पड़ी, उनका गुस्सा फूट पड़ा। "कहाँ रहती हो? कोई फिक्र है भी या नहीं? ये कैसी पढ़ाई है जो

पूरी रात बाहर रहकर करनी पड़ती है?" उनकी आवाज़ में चिंता और आक्रोश का मिश्रण था।

रंजना ने खुद को संभालते हुए सफाई देने की कोशिश की। "वो माँ, एक प्रोजेक्ट बना रहे थे, थोड़ा लेट हो गया। फिर सबको नींद आ गई,"उसने थोड़ा झेंपते हुए कहा।

"फोन चेक किया था? कम से कम एक कॉल तो कर सकती थी? माँ ने अपने गुस्से को संभालते हुए सवाल किया।

"फोन साइलेंट पर था, और काम में इतनी उलझ गई कि फोन करने का ध्यान ही नहीं रहा," रंजना ने बात को हल्का करने की कोशिश की, लेकिन माँ की आंखों में शक की झलक ने उसे असहज कर दिया।

माँ ने ठंडी साँस भरते हुए कहा, "बेटी, तुम कोई ऐसा काम तो नहीं कर रही हो न, जो तुम्हें नहीं करना चाहिए? हम गरीब सही, पर हमारी इज्जत ही हमारी असली पूंजी है। इसके बिना तो हम जीते जी मर जाएंगे।"

रंजना ने चिढ़ते हुए कहा, "क्या माँ तुम फिर से शुरू हो गई?"

माँ ने बात को खत्म करने के उद्देश्य से कहा, "ठीक है, जाओ हाथ-मुँह धो लो। मैं तुम्हारे लिए चाय बना देती हूँ।

लेकिन उनकी आँखों में छुपी चिंता अभी भी बरकरार थी। बड़बड़ाते हुए उन्होंने खुद से कहा, "आजकल के बच्चे किसी की सुनते कहाँ हैं। फिर भी माँ होने के नाते मेरा फर्ज था बताना सो तुम्हें बता दिया।"

सोलह

दो महीने से अधिक समय बीत चुका था, और शक्ति सिंह की रंजना से कोई बातचीत नहीं हो पाई थी। वह सुशील सिंह की रैली की तैयारियों में इतना व्यस्त हो गया था कि रंजना से संपर्क करने के लिए समय ही नहीं निकाल सका। कई बार उसने उसे फोन करने के लिए अपना मोबाइल निकाला, लेकिन हर बार यह सोचकर रुक गया कि कहीं उसकी पढ़ाई या परीक्षाओं में खलल न पड़ जाए। नतीजतन, फोन वापस जेब में डाल लिया।

सुशील सिंह की रैली को सफल बनाने की व्यस्तता के बीच, उसकी प्राथमिकताएं सौरभ को ड्रग्स देने तक सीमित रह गई थीं। इसके अलावा उसे केवल एक ही बात याद रहती थी-सौरभ की माँ से अस्पताल में मुलाकात।

शक्ति सिंह कभी-कभी अस्पताल जाकर सौरभ की माँ का हालचाल पूछ लेता। उसे यह आश्वासन देता कि वह उसके बेटे का पूरी तरह से ख्याल रख रहा है और उसे किसी चीज की चिंता करने की ज़रूरत नहीं। साथ ही, वह नर्स को जरूरी दवाइयों के पैसे दे देता और अस्पताल के स्टाफ से यह सुनिश्चित करता कि बुजुर्ग महिला वहीं भर्ती रहे। उसकी योजना के मुताबिक, वह महिला अस्पताल में ही रहे तो सब कुछ सुचारु रूप से चलता रहेगा।

शक्ति सिंह रंजना के बारे में सोच ही रहा था कि तभी अचानक उसके फोन की घंटी बज उठी। उसका दिल जोर से धड़कने लगा और चेहरे पर अनायास ही उत्साह झलकने लगा। फोन पर रंजना का नाम देखते ही उसने तुरंत कॉल रिसीव की।

"हेलो! तुम्हारा एग्जाम कैसा गया?" उसने चहकते हुए पूछा।

"एग्जाम तो अच्छा गया," रंजना ने जवाब दिया, "लेकिन उससे भी बड़ी एक खुशी की बात बतानी है।"

"क्या?" शक्ति सिंह ने उत्सुकता से पूछा।

"मैं माँ बनने वाली हूँ।"

शक्ति सिंह को ऐसा लगा मानो वह कोई मीठा सपना देख रहा था, जिसे अचानक किसी ने ठंडे पानी के छींटे डालकर तोड़ दिया हो। एक पल के लिए वह पूरी तरह से चुप और सन्न रह गया।

रंजना ने चुप्पी तोड़ते हुए पूछा, "क्या तुम खुश नहीं हुए?"

शक्ति सिंह ने अपनी घबराहट को छिपाने की कोशिश की। चेहरे पर जबरन मुस्कान लाते हुए उसने कहा, "ऐसी बात नहीं है। मैं भी बहुत खुश हूँ। अचानक इतनी बड़ी खुशखबरी सुनकर बस चौंक गया था। सच में, मैं बहुत खुश हूँ।"

लेकिन अंदर ही अंदर उसका दिमाग तेज गति से दौड़ने लगा। वे दोनों हमेशा सावधानी बरतते थे, फिर ऐसा कैसे हो सकता है?

थोड़ा सोचने के बाद उसे याद आया कि पिछली बार जब वे मिले थे, तो दोनों भावनाओं में इतना बह गए थे कि उन्हें अपनी सावधानी का ख्याल ही नहीं रहा था।

शक्ति सिंह की खामोशी रंजना के दिल में गहरे सवाल छोड़ने लगी। फोन पर उसकी चुप्पी असामान्य थी—पहले ऐसा कभी नहीं

हुआ था। रंजना को एक अजीब सी बेचैनी होने लगी। क्या वह मासूम सा दिखने वाला व्यक्ति वास्तव में उतना सीधा-सादा नहीं, जितना उसने अब तक समझा था? क्या उसने उस पर भरोसा करके कोई बड़ी गलती तो नहीं कर दी?

"हेलो! शक्ति, कुछ बोलोगे भी?" उसने तीन-चार बार टोका, तब जाकर शक्ति सिंह की धीमी आवाज सुनाई दी।

"सुनो, क्यों न अभी इस बच्चे को हटा दें? अभी तो शुरुआती महीने हैं, ज़्यादा परेशानी नहीं होगी," उसने झिझकते हुए कहा।

यह सुनते ही रंजना के भीतर जैसे आग सुलग उठी। उसने गुस्से में लगभग चीखते हुए कहा, "कभी ऐसा सोचना भी मत!"

शक्ति सिंह को तुरंत महसूस हुआ कि उसने ग़लत बात कह दी है। उसे डर लगा कि कहीं यह बात पूरी तरह से उल्टी न पड़ जाए। उसने तुरंत अपने लहजे को नरम करते हुए कहा, "नहीं, मेरा मतलब ऐसा नहीं था। मैं तो बस तुम्हारी परेशानी के बारे में सोच रहा था।"

"मुझे कोई परेशानी नहीं है," रंजना ने अपनी आवाज को सख्त और साफ रखते हुए जवाब दिया। उसके शब्दों में दृढ़ता थी, जो शक्ति सिंह को और असहज कर गई।

"ठीक है, फिर तो यह मेरे लिए बहुत खुशी की बात है," उसने बात को संभालने की कोशिश की। माहौल को हल्का करने के लिए उसने विषय बदलते हुए पूछा, "और बताओ, तुम्हारे एग्जाम कैसे गए?"

रंजना ने जवाब देना शुरू किया, लेकिन शक्ति सिंह का ध्यान कहीं और था। कुछ देर बाद उसने अचानक कहा, "मुझे

किसी चुनाव के लिए एक ज़रूरी कॉल आ रहा है। बाद में बात करते हैं।"

उसने फोन काट दिया। पर फोन रखते ही रंजना की आंखों में एक सवाल तैरने लगा–क्या वह इंसान सच में वही है, जिसे वह अपना मान बैठी थी?

****

शक्ति सिंह के मन में रंजना को अपनाने को लेकर कोई संदेह नहीं था। वह जानता था कि रंजना जैसी लड़की उसके लिए जीवनसाथी के रूप में सबसे उपयुक्त थी। उसका स्वभाव, उसका साथ और उसके प्रति उसका आकर्षण उसे यही बताते थे कि रंजना ही उसकी जिंदगी के लिए सही चुनाव है।

लेकिन समस्या समय की थी। उस वक्त वह एक बड़े राजनीतिक संघर्ष के बीच था। चुनाव की तैयारी पूरे जोरों पर थी, और ऐसे समय में कोई भी व्यक्तिगत बात उसकी राजनीतिक संभावनाओं को खतरे में डाल सकती थी। सुशील कुमार उसे कई बार सख्त लहजे में समझा चुकेथे कि चुनाव तक निजी जीवन की सभी बातों को एक तरफ रखना होगा। शक्ति सिंह को भी यह बात अच्छी तरह समझ में आती थी। चुनाव हारने का मतलब था न केवल राजनीतिक करियर का अंत, बल्कि सुशील कुमार का कोप भी झेलना, जो उसे किसी भी तरह से बर्बाद करने में देर नहीं लगाते। एक बार चुनाव संपन्न हो जाए, चाहे वह जीते या हारे, तब वह इस स्थिति पर शांति से विचार कर सकता था। रंजना को लेकर उसकी भावनाएं सच्ची थीं, लेकिन उस समय किसी भी तरह का जोखिम उठाना खुद को बर्बाद करने जैसा था।"

रंजना के मन में शक्ति सिंह के बदलते व्यवहार को लेकर सवाल उठने लगे थे। उसकी बातों में वह मासूमियत नहीं थी जिसे सुनने के लिए रंजना के कान तरसते रहते थे। फोन पर बातें अब छोटी और औपचारिक लगने लगी थीं। जहां पहले घंटों बातों का सिलसिला चलता था, अब शक्ति सिंह जल्दी ही कॉल खत्म कर देता।

रंजना ने कई बार इस रिश्ते को आगे बढ़ाने की बात की, लेकिन हर बार उसे या तो टालने वाला जवाब मिलता "थोड़ा और समय दो।" वह चाहता था कि रंजना चुनाव तक का समय दे दे।

पर रंजना समय देने के लिए तैयार नहीं थी। उसे लगता था कि शक्ति सिंह के मन में खोट आ गया है और वह बात को टालने के लिए चुनाव का बहाना बना रहा है। यदि कोई बात उससे मनवानी है तो चुनाव से पहले ही मनवानी पड़ेगी। वैसे भी चुनाव जीतने के बाद नेता लोग कहाँ किसी की सुनते हैं।

चुनाव का दबाव इतना ज्यादा था कि शक्ति सिंह अपनी भावनाओं को व्यक्त करने में भी संकोच कर रहा था। उसने एक-दो बार सुशील कुमार के सामने अप्रत्यक्ष रूप से अपनी स्थिति का जिक्र भी किया, लेकिन सुशील कुमार ने उसे डाँटते हुए कहा, "अभी इन फालतू बातों के लिए समय नहीं है। अगर चुनाव जीतना है, तो सब कुछ भूल जाओ और सिर्फ चुनाव पर फोकस करो। व्यक्तिगत बातें बाद में भी संभल जाएंगी। अभी कोई भी गलती भारी पड़ सकती है।"

इसके बाद शक्ति सिंह के पास आगे कुछ कहने की हिम्मत नहीं बची। उधर, रंजना ने भी उस पर अप्रत्यक्ष रूप से दबाव डालना शुरू कर दिया। वह इशारों में धमकी देने लगी कि अगर वह इस रिश्ते को आगे नहीं बढ़ाता और यह बात जनता के

सामने आ गई, तो उसका चुनाव जीतना मुश्किल हो सकता है और वह चुनाव हार भी सकता है।

शक्ति सिंह, रंजना को किसी भी कीमत पर खोना नहीं चाहता था। सुशील कुमार उसकी बात सुनने को तैयार नहीं थे। ओर रंजना समय देने के लिए तैयार नहीं थी। उसकी अप्रत्यक्ष धमकियों ने उसकी बेचैनी और बढ़ा दी। सुशील कुमार के खिलाफ जाने का मतलब उसके लिए बर्बादी था, और रंजना का विरोध करना भी उसकी तबाही तय कर सकता था। वह उलझन में था और समझ नहीं पा रहा था कि इस स्थिति से कैसे निकला जाए।

****

शक्ति सिंह के दोनों हाथ मजबूती से बंधे हुए थे, और उसे एक बड़े हॉल के बीचों-बीच खंभे से बाँध दिया गया था। उसके सिर के ऊपर एक विशाल झूमर लटका हुआ था, जो धीमे-धीमे हिल रहा था। हॉल की दीवारों में अजीब यंत्र लगे हुए थे, जिनसे एक ठंडक और अजीब रहस्यमयता का आभास हो रहा था। थोड़ी ही दूरी पर सुशील कुमार एक कुर्सी पर आराम से बैठे हुए थे। उनकी बगल की दीवार पर कई स्विच और एक बड़ा सा लीवर लगा हुआ था, मानो किसी भयानक योजना को अंजाम देने की तैयारी हो।

शक्ति सिंह के सामने फर्श पर रंजना पड़ी हुई थी। उसके पेट में एक छुरा धंसा हुआ था। उसकी सांसें चल रही थीं या नहीं, यह समझना मुश्किल था। उसका चेहरा दूसरी तरफ मुड़ा हुआ

था, और उसकी स्थिति इतनी दयनीय थी कि शायद वह दर्द से बेहोश हो चुकी थी।

यह दृश्य देखकर शक्ति सिंह का कलेजा मरोड़ खा गया। उसकी आँखों में दुःख का तूफान उमड़ पड़ा। वह सुशील कुमार की ओर चीखते हुए बोला, "इसने आपका क्या बिगाड़ा था? इससे अच्छा तो आप मुझे ही सजा दे देते। इस बेचारी का क्या कसूर?"

सुशील कुमार ने उसकी ओर देखकर एक क्रूर हंसी लगाई, और अपनी कुर्सी पर थोड़ा आगे झुकते हुए कहा, "सजा तो तुम्हें भी मिलेगी, शक्ति सिंह। और तुमने अभी पूछा कि इसका क्या कसूर है?"

उसने जोर का ठहाका लगाया, और अपनी निचली होंठ को दांतों से चबाते हुए बोला, "सब कुछ इसी लड़की की वजह से हुआ है। तुम्हें क्या लगा था? तुम हमारे साथ गद्दारी करोगे, और हमें पता नहीं चलेगा? तुम्हारी ये योजना कि तुम इसके साथ भाग जाओगे? हा..हा..हा..! तुम हमें नहीं जानते। हम वो हैं, जो हिमालय की गुफा में छुपे गद्दार को भी निकाल लाते हैं। और याद रखना, सुशील कुमार अपने गद्दारों को कभी माफ नहीं करता।"

उसकी आँखों में एक खतरनाक चमक थी, और उसके चेहरे पर एक विकृत मुस्कान फैल गई। "तुम्हारी गद्दारी की सजा भी तुम्हें जरूर मिलेगी।"

सुशील कुमार ने एक स्विच दबाया, और शक्ति सिंह के पास की दीवार से धीरे-धीरे आग की लपटें निकलने लगीं। कमरे का तापमान तेजी से बढ़ने लगा, और थोड़ी ही देर में तपिश इतनी बढ़ गई कि शक्ति सिंह का शरीर जलन से तड़पने लगा। उसकी

बेचैनी और दर्द स्पष्ट थे, लेकिन सुशील कुमार अपनी कुर्सी पर बैठ ठहाके लगा रहे थे।

तड़पते हुए शक्ति सिंह के मन में एक सवाल उठा– जब सुशील कुमार उसी कमरे में मौजूद है, तो उसे यह गर्मी क्यों नहीं महसूस हो रही? तभी सुशील कुमार ने एक और स्विच दबाया। इस बार, उसके सिर के ऊपर लटका झूमर अचानक रोशनी से नहा उठा। पल भर में वह झूमर आग के विशाल गोले में बदल गया।

आश्चर्य और भय से शक्ति सिंह ने सुशील कुमार की ओर देखा। उसकी आँखों में सवाल और डर एक साथ झलक रहे थे। तभी सुशील कुमार ने काले रंग के लीवर को जोर से खींचा। झूमर, जो अब एक धधकता हुआ आग का गोला बन चुका था, जो धीरे-धीरे शक्ति सिंह की और आने लगा। जैसे-जैसे वह गोला करीब आने लगा, उसकी गर्मी से शक्ति सिंह का शरीर और भी झुलसने लगा।

झूमर का वह जलता हुआ गोला बस उसके सिर से टकराने ही वाला था कि अचानक शक्ति सिंह जोर से चीखते हुए उठ बैठा। उसकी साँसें तेज चल रही थीं, और पूरा शरीर पसीने से भीगा हुआ था। उसे एहसास हुआ कि यह सब एक सपना था, लेकिन इतना डरावना सपना कि उसका दिल अब भी जोर से धड़क रहा था।

वह पलंग पर बैठा बहुत देर तक अपने हाथ-पैर टटोलता रहा, यह सुनिश्चित करने के लिए कि वह सुरक्षित है। वह किसी सोच में डूब गया। उसकी आँखों के सामने सुशील कुमार का क्रूर चेहरा बार-बार घूमने लगा। उसे वह घटना याद आया जब सुशील कुमार ने किसी व्यक्ति को उसके सामने ही बड़ी बेरहमी से

तड़पा-तड़पा कर मार डाला था। वह व्यक्ति दर्द से तड़प रहा था, लेकिन सुशील कुमार के चेहरे पर कोई दया नहीं थी।

उसकी कानों में सुशील कुमार के उस समय के कहे शब्द गूंजने लगे: "क्या सोचा था? हमसे बचकर भाग जाओगे? हम गद्दारों को पाताल से भी ढूंढ निकालते हैं। जो मेरी बात नहीं मानता, उसका इससे भी बुरा हाल करता हूँ।"

वह घटना शक्ति सिंह को इतना विचलित कर दिया था कि बहुत दिनों तक उसके मुँह से कोई शब्द ही नहीं निकल रहे थे। फिर सुशील सिंह के प्रयास से बड़ी मुश्किल से धीरे-धीरे वह सामान्य हो पाया था। सुशील कुमार ने उसके दिमाग में धीरे-धीरे यह बात बैठाते गए कि यदि जिंदगी में आगे बढ़ना है तब दूसरों के सर पर पैर रखकर और आवश्यकता पड़ने पर दूसरों का सर कुचलकर आगे बढ़ना पड़ेगा। यह मत सोचो कि दूसरा आदमी कितना रो रहा है या तड़प रहा है। यहाँ कोई सगा नहीं और कोई अपना नहीं। बस अपनी मंजिल पर नजर रखो और जो भी रास्ते में आए उसे कुचलते हुए आगे बढ़ते जाओ।"

सुशील कुमार की इन बातों का शक्ति सिंह पर इतना असर हुआ कि वह धीरे-धीरे वह कठोर बन गया। उसे अब अपने गद्दारों को सजा देते समय जरा भी झिझक महसूस नहीं होती थी। वह सुशील कुमार के सिद्धांतों का अनुयायी बन चुका था, और इन सिद्धांतों के जरिए वह खुद को ताकतवर मानने लगा था।

लेकिन अब, हालात बदल चुके थे। इस बार बात किसी और की नहीं, खुद शक्ति सिंह की थी। जिस क्रूरता और निर्ममता का उसने अभी तक पालन किया था, वही अब उसके खिलाफ इस्तेमाल होने वाला था। "जब बात दूसरों की हो, तब हर कोई

सिद्धांतवादी बन जाता है, लेकिन जब बात खुद पर आती है, तब सारे सिद्धांत धरे के धरे रह जाते हैं।"

"अब यूँ सोचने से काम नहीं चलेगा। जो भी सोचना होगा, वह अंतिम स्तर तक सोचना होगा।" शक्ति सिंह ने खुद से कहा और अपने विचारों को किसी ठोस दिशा में मोड़ने की कोशिश करने लगा।

हालात इतने उलझे हुए थे कि उसके पास विकल्पों की कमी थी। अगर मामला सिर्फ उसका अपना होता, तो वह हिमालय की किसी गुफा में जाकर छिप सकता था। लेकिन यहाँ बात रंजना की थी, जिसे वह किसी भी कीमत पर खोना नहीं चाहता था। उसे पता था कि अगर वह अकेले भागता है, तो सुशील कुमार को तुरंत समझ आ जाएगा कि रंजना इसके पीछे है। और फिर सुशील कुमार सबसे पहले रंजना को मार डालते।

अगर वह रंजना के साथ भागता है, तो उसे किसी भीड़-भाड़ वाले इलाके में छिपना होगा ताकि अपना और रंजना का गुजारा कर सके। लेकिन सुशील कुमार जैसे शक्तिशाली व्यक्ति के लिए उन्हें ढूंढ निकालना कोई मुश्किल काम नहीं होगा। और जब वह उन्हें ढूंढेगा, तो रंजना को दोषी मानकर सबसे पहले उसी को मार डालेगा।

अगर वह सुशील कुमार की मर्जी के खिलाफ जाकर रंजना से शादी भी कर ले, तो चुनाव में हारने या जीतने से सुशील कुमार को कोई फर्क नहीं पड़ेगा। इस बगावत के लिए वह रंजना को जिम्मेदार ठहराएंगे और गद्दारी की सजा के तौर पर रंजना की मौत निश्चित होगी।

इसका मतलब तो यही निकलता है कि चाहे कुछ भी हो जाए, हर हाल में रंजना का मरना अब तय ही है। लेकिन क्या होगा

अगर वह चुनाव से पहले ही मर जाए तो! हाँ! फिर तो सारी समस्या ही खत्म हो जाएगी। बस यही ठीक रहेगा। उसका दिमाग तेजी से किसी कार्य योजना पर काम करने लगा।

उसके दिमाग तेजी से इस विचार पर काम करना शुरू कर दिया। कुछ ही क्षणों में उसके चेहरे पर एक रहस्यमय मुस्कान फैल गई। ऐसा लगा मानो उसे अपनी समस्या का समाधान मिल गया हो।

दीवार पर जोर से मुक्का मारते हुए उसने कहा, "हाँ! यही ठीक रहेगा।"

मुक्के की चोट से उसके हाथ में हल्का दर्द हुआ, और उसके मुँह से एक आह निकल गई। उसने अपने हाथ को गौर से देखा। दर्द महसूस हो रहा था, लेकिन उस दर्द में भी उसे अजीब सुकून मिल रहा था। वह खुश था कि उसे अपनी समस्या का हल मिल गया था।

अब वह बेसब्री से सुबह का इंतजार करने लगा ताकि वह खबर रंजना को सुना सके।

<h1 style="text-align:center">सत्रह</h1>

बहुत दिनों के बाद शक्ति सिंह को चैन की नींद आई। सुबह जब उसकी आँख खुली, तो घड़ी में आठ बज रहे थे। उसकी नींद सुशील कुमार के फोन से खुली, जो आगामी रैली के कार्यक्रम की तैयारियों के बारे में जानकारी लेना चाहते थे। शक्ति सिंह ने बातचीत खत्म की और फोन रख दिया।

इसके तुरंत बाद उसने रंजना को फोन लगाया। जैसे ही रंजना ने फोन उठाया, उसने कहा, "मैं इस रिश्ते को आगे बढ़ाने के लिए तैयार हूँ।"

"क्या? सच में?" रंजना खुशी से चहकते हुए बोली। उसकी आवाज में उत्साह की एक नई चमक थी। उसने महसूस किया कि बहुत दिनों के बाद शक्ति सिंह की आवाज में वह गर्मजोशी लौट आई थी।

शक्ति सिंह ने मुस्कुराते हुए कहा, "हाँ, और मैं चाहता हूँ कि पहले मैं तुम्हें प्रपोज करूँ।"

"वाव! इतना रोमांटिक!" रंजना ने हँसते हुए जवाब दिया।

"देखो!" शक्ति सिंह ने समझाना शुरू किया, "मैं एक राजनीतिक इंसान हूँ और हमारी रैली शहर के बड़े मैदान में होने वाली है। इसलिए मैं चाहता हूँ कि मैं तुम्हें उसी मैदान में प्रपोज करूँ।"

"यह तो बहुत ही शानदार आइडिया है!" रंजना ने उत्साह से कहा।

शक्ति सिंह ने आगे कहा, "पहले मैं किसी के हाथ से तुम्हें एक गिफ्ट भेजूँगा।उस गिफ्ट को खोलने से पहले तुम मुझे फोन करना। मैं तुम्हारे चेहरे की खुशी पहले फोन पर महसूस करना चाहता हूँ। मैं भी वहीं आसपास ही रहूँगा। उसके बाद, मैं एक प्यारा-सा गुलाब लेकर आऊँगा और वहीं से हम दोनों अपनी नई जिंदगी की शुरुआत करेंगे।"

रंजना खुशी से झूम उठी। "तुम इतने रोमांटिक भी हो सकते हो, यह तो मैंने कभी सोचा ही नहीं था। सच में, ऐसा प्रपोज तो कभी भी किसी ने नहीं किया होगा। लोग अक्सर पार्क या किसी रोमांटिक जगह पर प्रपोज करते हैं, लेकिन तुमने रैली ग्राउंड को चुना।"

"क्योंकि हम सबसे अलग हैं, बस, तुम समय से पहले आ जाना।"

रंजना की खुशी का ठिकाना नहीं था। उसका दिल ऐसे उछल रहा था जैसे आसमान में उड़ने को तैयार हो। इतने दिनों के बाद उसने शक्ति सिंह को खुश देखा था, और यह खुशी उसके लिए किसी खजाने से कम नहीं थी।

शक्ति सिंह की चहकती आवाज, जिसे सुनने के लिए वह इतने दिनों से तरस रही थी, अब उसके कानों में गूंज रही थी। उसे यकीन हो गया था कि अब सब कुछ ठीक हो गया है। उसकी दुनिया में फिर से बहार लौट आई थी।

****

सौरभ को उस दिन ड्रग्स की खुराक देना बेहद जरूरी था, लेकिन शक्ति सिंह अगले दिन की रात को उससे मिलने गया। बेचैनी ने सौरभ को जकड़ लिया था। उसके सिर में भारीपन शुरू हो गया था, और उसकी आंखें लाल हो रही थीं। अगर अगले दिन तक उसे ड्रग्स नहीं मिला, तो वह खुद को चोट पहुंचाने से भी नहीं चूकता।

शक्ति सिंह जब कमरे में दाखिल हुआ, तो उसने सबसे पहले सौरभ पर गुर्राते हुए गुस्सा निकाला। फिर उसने ड्रग्स का पैकेट हवा में लहराया। सौरभ की लालच भरी नजरें उस पैकेट पर टिक गईं। वह झपटकर उसे लेने के लिए बढ़ा, लेकिन शक्ति सिंह ने तेज आवाज में चिल्लाकर उसे रोक दिया, "हरामखोर! घुटनों के बल नीचे बैठ और रेंगते हुए मेरे पास आ।"

नशे का गुलाम बन चुका सौरभ मजबूर था। उसके पास शक्ति सिंह का हुक्म मानने के अलावा कोई रास्ता नहीं था। वह घुटनों के बल रेंगता हुआ शक्ति सिंह के पास पहुंचा। तभी शक्ति सिंह ने फिर से गुर्राकर कहा, "दोनों हाथ ऊपर कर, और कुत्ते की तरह बैठ जा।"

सौरभ ने वैसा ही किया। वह दोनों हाथ ऊपर करके कुत्ते की तरह बैठ गया और अपनी जीभ बहार निकालकर सांस लेने लगा। शक्ति सिंह ने अपने जूते की नोक सौरभ के कंधे पर रखते हुए जोर का धक्का दिया, जिससे वह पीछे गिर पड़ा। फिर उसने चिल्लाकर चेतावनी दी, "हमसे चालाकी करने की कभी कोशिश मत करना।"

इसके बाद शक्ति सिंह ने ड्रग्स की पुड़िया सौरभ के सामने लहराते हुए कहा, "चल, जल्दी उठ।"

सौरभ तुरंत उठा, और बिना कुछ सोचे-समझे, पैकेट झपटकर अंदर की ओर भाग गया। उसने पानी का गिलास लिया, पाउडर उसमें मिलाया और जल्दी से पी गया। कुछ ही पलों में पाउडर का असर होने लगा।

शक्ति सिंह वहीं कुर्सी पर बैठ गया और सौरभ को देखते हुए गंभीर लहजे में बोला, "अगर अगला डोज समय पर और बिना किसी झंझट के चाहिए, तो तुम्हें कल मेरा एक काम करना होगा।"

सौरभ चुपचाप उसकी बात सुनता रहा।

शक्ति सिंह ने आगे कहा, "कल तुम्हारे घर के बाहर एक ऑटो आएगी। उसमें बैठकर तुम बड़े वाले मैदान तक जाओगे, जहां रैली होने वाली है। वहाँ एक लड़की मिलेगी, जो भीड़ से अलग खड़ी होगी। उसे एक गिफ्ट का पैकेट देना।"
उसने सख्ती से आगे कहा, "तुम अपना चेहरा नकाब से ढक लोगे ताकि कोई तुम्हें पहचान न सके। गिफ्ट का पैकेट और नकाब ऑटो में मिल जाएगा। काम पूरा करने के बाद नकाब को घर पर संभालकर रखना। और सुन, अगर कोई गड़बड़ की तो अंजाम सोच लेना।"

सौरभ, जो कुछ देर पहले ही बेचैनी और बेइज्जती का सामना कर चुका था, अब शक्ति सिंह के आदेश को न मानने की हिम्मत नहीं जुटा सका। उसने सहमति में सिर हिलाते हुए धीरे से कहा, "काम हो जाएगा।"

****

उसकी बेचैनी हर पल बढ़ती जा रही थी। वह नियत समय से काफी पहले ही रैली वाले ग्राउंड में पहुँच चुकी थी। शक्ति सिंह

अभी क्या कर रहा होगा जानने के लिए उसने फोन लगाया पर पूरी घंटी बजने के बाद भी जब उसने फोन नहीं उठाया तब उसने सोचा कि हो सकता है वह सरप्राइज देने की अभी कोई प्लानिंग कर रहा हो। उसने फोन को अपने पर्स में रख कर बेचैनी से नियत समय का इंतजार करने लगी।

उधर शक्ति सिंह राहुल और राजू के साथ भवानी माता के मंदिर पहुँच गया। वह जान बूझकर सीसीटीवी के सामने से इस तरह गुजरा कि उसका चेहरा अच्छी तरह से सीसीटीवी में कैद हो जाए। पहले उसने पंडित जी को प्रणाम किया। फिर प्रसाद लाने के लिए राजू को नीचे भेज दिया और स्वयं पंडित जी से इधर उधर की बातें करने लगा। इसी बीच रंजना का एक फोन आया जिसे वह जान बूझकर नहीं उठाया।

राजू प्रसाद लेकर आ गया जिसे शक्ति सिंह ने माँ को अर्पण करने के लिए पंडित जी को दे दिया। उसने राजू के फोन से ऑटो ड्राइवर को फोन कर सुनिश्चित करना चाहा तो उस ऑटो ड्राइवर ने बताया सब ठीक है और दोनों रैली वाले ग्राउंड पहुँचने ही वाले हैं।

रंजना अब और ज्यादा इंतजार नहीं कर पा रही थी। उसने फिर से शक्ति सिंह को फोन लगाया। इस बार उसने झट से फोन उठा लिया, जैसे वह उसी के कॉल का इंतजार कर रहा हो।

"कहाँ हो?" रंजना ने जल्दी से पूछा।

"बस थोड़ी ही देर में वह पैकेट तुम्हारे पास पहुँच जाएगा।" शक्ति सिंह ने उत्साहित होते हुए कहा। "जैसे ही तुम उसे खोलोगी, मैं भी तुम्हारे पास पहुँच जाऊँगा। लेकिन पहले मैं तुम्हारे चेहरे के भाव और फीलिंग्स को महसूस करना चाहता हूँ।"
"तुम भी ना! तुम इतने रोमांटिक हो, यह तो आज पता चला।

पता नहीं कौन सा सरप्राइज़ देने वाले हो?" रंजना ने मुस्कुराते हुए कहा।

तभी उसे एक नकाब पहना हुआ आदमी हाथ में पैकेट लेकर उसकी ओर आता हुआ दिखाई दिया। वह तो खुशी के मारे उछल ही पड़ी।

"लग रहा है तुम्हारा ही गिफ्ट लेकर कोई मेरी तरफ आ रहा है।"

इतने में वह मुखौटा पहना आदमी रंजना को गिफ्ट सौंपकर चला गया। रंजना ने बड़ी ही उत्सुकता से उस बॉक्स को दो से तीन बार उलट पलटकर देखा पर उसे कुछ पता नहीं चला।

"क्या है यह? कुछ समझ नहीं आ रहा है।"
"कोई बात नहीं! बस अभी कुछ ही समय में तुम्हें पता चल जाएगा। पर पहले अपने आस पास देखकर बताओ कोई है तो नहीं?"

रंजना ने इधर-उधर नजर दौड़ाई। आस-पास टेंट लगाने वाले मजदूर काफी दूर थे। कुछ लोग पेड़ों की छांव में आराम कर रहे थे, लेकिन वे भी काफी दूर थे।

"आस पास कोई नहीं है" रंजना ने कहा तो शक्ति सिंह के कहने पर वह उस गिफ्ट का रैपर हटाने लगी।

"यह क्या है? यह तो कोई स्टील का छोटा सा बॉक्स है।" रंजना ने आश्चर्य से चौंकते हुए कहा तो शक्ति सिंह ने बड़े ही रोमांटिक अंदाज में कहा, "हम सबसे अलग हैं तो हमारा गिफ्ट भी सबसे अलग ही होगा न! ओके! अभी मैं तीन तक गिनूंगा। तुम तीन गिनते ही उस बॉक्स का ढक्कन खोल देना। ओके, एक...दो.....तीन ..धड़ाम।"

रंजना की उत्सुकता बिल्कुल ही चरम सीमा पर थी। शक्ति सिंह के तीन बोलते ही रंजना ने उस बॉक्स का ढक्कन एक झटके में खोल दिया। उस बॉक्स का ढक्कन खोलते ही एक जबरदस्त धमाका हुआ और उसके शरीर के चीथड़े उड़ कर चारो ओर बिखर गए।

शक्ति सिंह ने नम आँखों से कहा, "मुझे माफ करना! अभी मैं बाप बनने के लिए तैयार नहीं था। काश! चुनाव तक तुम रुक जाती तो सब कुछ ठीक हो जाता।"

****

सुशील कुमार अपने ऑफिस में बेचैनी से चहलकदमी कर रहे थे। उनका एक स्टाफ दो बार आकर संदेश दे चुका था, "साहब, प्रेस वाले काफी देर से बाहर इंतजार कर रहे हैं।" जब तीसरी बार वही संदेश आया, "साहब प्रेस वाले बड़ी बेसब्री से कार्यालय के बाहर भिड़ लगाए हुए हैं," तो सुशील कुमार को बाहर आना ही पड़ा।

जैसे ही वे बाहर आए, पत्रकारों ने सवालों की झड़ी लगा दी। एक पत्रकार ने पूछा, "आपकी रैली के स्थान पर बम धमाका हुआ है। इस पर आप क्या कहना चाहेंगे?"
सुशील कुमार ने कड़े शब्दों में जवाब दिया, "यह एक निंदनीय कृत्य है। जो भी इसके पीछे है, उसे किसी भी सूरत में बखशा नहीं जाएगा।"

दूसरे पत्रकार ने तुरंत दूसरा सवाल दागा, "क्या यह विपक्ष की साजिश है या किसी आतंकी संगठन की करतूत?"

सुशील कुमार ने जवाब दिया, "विपक्ष में इतनी हिम्मत नहीं है कि वह हमारे खिलाफ साजिश रच सके। ऐसा करना तो दूर, ऐसा सोचने से पहले ही उनकी पतलूनें गीली हो जाएंगी।"

तीसरा पत्रकार फिर से वही सवाल पूछ बैठा, "तो क्या आप इसे आतंकी घटना मानते हैं?"

उन्होंने दृढ़ता से कहा, "यह आतंकी घटना है या नहीं, यह हमारी जाँच एजेंसियों की रिपोर्ट के बाद ही स्पष्ट होगा। वे पूरी गंभीरता से अपना काम कर रही हैं और दोषियों को कड़ी सजा दी जाएगी।"

तभी एक अन्य पत्रकार ने चुभता हुआ सवाल किया, "विपक्ष का कहना है कि आपकी लोकप्रियता गिर रही है और अपनी रैली में भीड़ बढ़ाने के लिए यह बम धमाका आपने खुद ही कराई है।"

सुशील कुमार ने तीखे लहजे में कहा, "विपक्ष मानसिक दिवालियापन का शिकार हो गया है। भला भीड़ जुटाने के लिए बम धमाके कौन कराता है?"

एक और सवाल आया, "उनका दावा है कि आप चुनाव हारने वाले हैं और जनता की सहानुभूति पाने के लिए आपने यह कदम उठाया है।"

सुशील कुमार ने आत्मविश्वास से कहा, "चुनाव जीतने के लिए जनता की सहानुभूति नहीं, उनके आशीर्वाद की आवश्यकता होती है। जिस तरह से पहले दो बार जनता ने हमें आशीर्वाद दिया है, इस बार भी हमारे कामों के आधार पर हमें उनका साथ मिलेगा।"

पत्रकार सवाल पर सवाल करते रहे, लेकिन सुशील कुमार ने बार-बार यही कहा कि जाँच एजेंसियों के निष्कर्ष आने तक हमें इंतजार करना ही सही होगा।

आखिर में एक पत्रकार ने पूछा, "क्या आप अब भी वहाँ रैली

करेंगे?"

उन्होंने दृढ़ स्वर में कहा, "दुनिया की कोई ताकत मुझे जनता की सेवा करने से नहीं रोक सकती। रैली अपने तयशुदा समय पर ही होगी। हम उस रैली में जाएंगे और बिलकुल पहले से निर्धारित समय पर ही जाएंगे।"

अंदर लौटकर सुशील कुमार अपनी कुर्सी पर बैठ गए। उनका एक स्टाफ पानी का गिलास लेकर आया और उनके सामने रख दिया। प्यास तो उन्हें लगी थी, लेकिन पहले उन्होंने शक्ति सिंह को फोन लगाया। फोन उठते ही उस पर बरस पड़े,

"यार ये सब क्या है? मैने कहा था कि जब तक चुनाव नहीं हो जाते हैं तब तक कोई भी पंगा नहीं लेने के लिए। पता नहीं तुम कब सुधरोगे? इस बार तो मैने किसी तरह संभाल लिया है। पर यदि आगे ऐसा कुछ करते हो तो फिर तुम्ही संभालना। हमसे किसी भी तरह की सहायता की आशा मत रखना। और हाँ! यदि चुनाव में नतीजे तुम्हारी बेवकूफियों की वजह से अच्छे नहीं आए तब फिर तुम्हारे भी परिणाम अच्छे नहीं होंगे।"

शक्ति सिंह ने संक्षेप में कहा, "जी भैया।" और फोन कट गया।

सुशील कुमार ने गिलास उठाकर एक ही साँस में पानी खत्म किया। उनके चेहरे पर अब थोड़ी शांति झलकने लगी थी।

अठारह

रैली अपने नियत समय पर हुई और बेहद सफल रही। इस आयोजन को सफल बनाने के लिए शक्ति सिंह ने जी-जान से मेहनत की थी। वह हर गाँव, हर क्षेत्र में जाकर लोगों को रैली में आने के लिए प्रोत्साहित करता रहा। घर-घर जाकर लाभार्थियों की सूची तैयार की। लेकिन इस सबके बीच, रंजना की याद उसे बार-बार सताती रही।

वैसे तो उसे अपने किसी भी काम के लिए कभी पछतावा नहीं होता था, लेकिन रंजना की बात ही अलग थी। उसका चेहरा बार-बार उसकी आँखों के सामने घूम जाता। हर बार उसके दिल से एक आह निकलती, "काश,वह थोड़ा और इंतजार कर लेती!" यह सोचकर उसका दिल फिर से कचोटने लगता।

रैली के दौरान कुल पचास व्हीलचेयर और लगभग तीस सिलाई मशीनों का वितरण किया गया। यह आयोजन सुशील कुमार के लिए खास था, क्योंकि इसी मंच से उन्होंने शक्ति सिंह को विधानसभा चुनाव के लिए अपना उत्तराधिकारी घोषित किया। यह घोषणा सुनकर सभा में जोरदार तालियां गूंज उठी।

विभिन्न क्षेत्रों से आए लाभार्थियों को उनके सहायकों के साथ मंच के सामने एक पंक्ति में खड़ा किया गया। सुशील कुमार ने घोषणा की कि प्रारंभिक पाँच लाभार्थियों को व्हीलचेयर और

सिलाई मशीन शक्ति सिंह स्वयं अपने हाथों से देंगे। इसके बाद सभी लाभार्थियों को ग्रुप फोटोग्राफी के लिए व्हीलचेयर पर बैठाया जाएगा।

शक्ति सिंह ने सबसे पहले पंक्ति में खड़े व्यक्ति को सहारा देकर व्हीलचेयर पर बिठाया। जैसे ही फोटोग्राफर ने फोटो खींची और तालियां बजीं, उसने उनके सहायक को इशारा किया कि वह उन्हें वहाँ से ले जाए। इसी तरह दूसरे और तीसरे लाभार्थियों को भी व्हीलचेयर पर बिठाया गया और उनके साथ आए सहायकों को कहा गया कि वे उन्हें लेकर चले जाएं।

लेकिन जब वह चौथे लाभार्थी की ओर बढ़ा, तो वह उसके सहायक को देखते ही स्तब्ध रह गया। वह लड़की असाधारण सौन्दर्य की मलिका थी। उसकी रंगत, हाइट, और चेहरे की बनावट रंजना से इतनी मिलती-जुलती थी कि शक्ति सिंह को लगा जैसे रंजना ही उसके सामने खड़ी हो। उसका दिल तेज़ी से धड़कने लगा।

उसने चौथे लाभार्थी को व्हीलचेयर पर बैठाया, फोटोग्राफर ने फोटो खींची, और तालियों की गड़गड़ाहट हुई। लेकिन शक्ति सिंह की नज़रें उस लड़की पर ही टिकी रहीं। वह तब तक उसे देखता रहा, जब तक वह भीड़ में ओझल नहीं हो गई।

अवार्ड समारोह के बाद शक्ति सिंह को भाषण देने के लिए बुलाया गया। मंच पर खड़े होकर उसने किसी तरह अपना भाषण पूरा किया। उसकी आँखें हर क्षण भीड़ में उसी लड़की की तलाश कर रही थीं।

शक्ति सिंह के मन में अब एक नया उथल-पुथल शुरू हो चुका था। क्या वह लड़की सचमुच रंजना की याद को दोबारा

जिंदा करने आई थी, या यह उसका भ्रम था? यह सवाल अब उसके दिल और दिमाग पर हावी होने लगा।

****

उसने शराब का एक घूँट भरा और फिर कागजों में कुछ ढूँढने की कोशिश करने लगा। उसके चेहरे पर बेचैनी साफ झलक रही थी। "शायद भोला राम उसका नाम था। धीमे से बुदबुदाते हुए उसने अपना दिमाग दौड़ाया। जल्दबाजी में उसने इनाम पाने वालों की सूची निकाली और उसमें नाम ढूंढने लगा।

"हाँ! यह रहा। भोला राम का नाम पढ़ते ही उसके चेहरे की तनाव भरी लकीरें थोड़ी नरम पड़ने लगीं। उसने लिस्ट को दो से तीन बार ध्यान से खंगाला, यह पक्का करने के लिए कि कहीं कोई गलती न हो। भोला राम का नाम केवल एक बार ही दर्ज था जिसे देखकर उसे थोड़ी राहत मिली। उसने फौरन उसका पता नोट किया। वह इसी शहर के बाहर में रहने वाला था। मतलब उससे मुलाकात करने में ज्यादा परेशानी नहीं होगी।

अब वह अपने दिमाग पर जोर देकर कुछ सोचने लगा, "आखिर किस बहाने से उससे मुलाकात किया जाए!" कुछ सोचने के बाद उसे कुछ परिणाम मिलता हुआ प्रतीत हुआ। "हाँ! यही ठीक रहेगा।" उसने अपने आप से दोहराया और फिर अगले दिन का बेसब्री से प्रतीक्षा करने लगा।

अगले दिन सुबह दस बजे के आस पास ही वह भोला राम के घर की ओर चल दिया। उसके घर के पास पहुँचते ही उसने अपनी गाड़ी एक जगह पार्क कर दिया। उसका दिल तेजी से

धड़कने लगा। क्या उससे मुलाकात होगी! उसकी एक झलक देखने के लिए उसका दिल हिलोरे मारने लगा। उसने वहीं से ही देखा कि एक व्यक्ति व्हील चेयर पर बैठा है। "जरूर भोला राम ही होगा" उसने मन में सोचा। उसने आस पास नजरें दौड़ाई। कहीं भी वह लड़की तो नहीं दिखी। उसका दिल बेचैनी से धड़कने लगा।

भोला राम के पास जाते ही उसने दोनों हाथ जोड़कर प्रणाम किया और फिर कुशल क्षेम पूछने के बाद बातों बातों में ही यह तो जान लिया कि उसके घर में कुल तीन परिवार हैं। एक वह, एक उसकी पत्नी और उसकी बेटी जिसका नाम रंजू है। पर क्या रंजू ही उस दिन आई थी यह जानने के लिए उसने भोला राम से सीधे ही पूछ लिया, "उस दिन व्हील चेयर लेने के लिए आपके साथ कौन आया था?"

"वो मेरी बेटी थी।" भोला राम ने जवाब दिया।

शक्ति सिंह ने आगे कहा, "हम लोग एक फार्म भरा रहे हैं कि रैली में जो व्हील चेयर बांटे गए वे कैसे हैं और वहाँ का इंतजाम वगैरह कैसा था, कोई भी किसी तरह की परेशानी तो नहीं हुई?"

भोलाराम बड़े ही भावुक स्वर में कहा, "परेशानी क्या होगा बाबू! ये इतना बढ़िया चलने वाली कुर्सी मिल गई है इससे बढ़िया चीज हमारे लिए क्या हो सकती है। यह तो जैसे हमारे हाथ पैर ही मिल गए हैं। पहले कहीं जाने के लिए किसी के सहारे की जरूरत पड़ती थी। अब इसके मिलने से कहीं भी आस पास में जब भी जाने का मन हो तो आ-जा सकते हैं। सच में जिंदगी इतना बढ़िया हो जाएगा यह तो मैने सोचा ही नहीं था। भगवान आपका भला करेगा बाबू! सच में बहुत ही बढ़िया चीज मिला है।"

शक्ति सिंह को उसकी बातें तो अच्छी लग रही थीं पर उसका सारा ध्यान आस पास ही लगा रहा। "कहीं वह दिख नहीं रही है?" उसने अपने आप से मन ही मन कहा।

"एक फार्म में उनका हस्ताक्षर चाहिए था। अगर वो मिल जाती तो..।"

भोला राम ने कहा, "वह तो कॉलेज गई है और पता नहीं कब तक लौटेगी?"

ओह! उसके चेहरे पर एक हल्की सी मायूसी छा गई। किसी तरह अपने चेहरे पर एक नकली मुस्कान लाते हुए कहा, "ठीक है चाचा! हम कल आकार हस्ताक्षर ले लेंगे। अभी और भी लोगों के घर जाने हैं जिन्हें व्हीलचेयर मिले हैं उनके भी साथ आने वाले लोगों के हस्ताक्षर लेने हैं।"

उसके दिमाग में एक विचार तुरंत ही आया कि क्यों न कॉलेज जाकर उसे ढूंढा जाए। पर कौन सा कॉलेज?

उस शहर में दो कॉलेज थे। एक तो केवल लड़कियों और महिलाओं के लिए था। और दुसरा कॉलेज बड़ा सा था जो शहर के बाहर दूसरे छोर पर था। वह कॉलेज पढ़ाई के लिए काफी प्रसिद्ध था पर उसमें नामांकन ज्यादा नंबर लाने वालों को हो मेरिट के आधार पर दिया जाता था। "वह कौन सा कॉलेज में पढ़ती होगी?"

शक्ति सिंह के पास एक ही विकल्प था। वह महिला कॉलेज में तो जा नहीं सकता था। उसने सोचा क्यों न उस बड़े कॉलेज ही जाकर देखा जाए। क्या पता वह उसी कॉलेज में पढ़ने गई हो और वहाँ उसकी एक झलक देखने को मिल जाए।

जैसे ही शक्ति सिंह उस कॉलेज के पास में पहुँचा कि उसे कुछ लोगों की भीड़ दिखी। उसने एक जगह अपनी गाड़ी खड़ी कर रंजू को ढूंढने की कोशिश करने लगा। वह अभी अपनी नजरें इधर उधर दौड़ा ही रहा था कि उसकी नजर उसके मुनीम पर पड़ी। उसके दिमाग में तुरंत ही एक संदेह उभरा आया। "यह यहाँ काम छोड़कर कॉलेज में क्या कर रहा है?"

इससे पहले कि वह उसके आगे की गतिविधि देख पाता, उसे तुरंत ही यह ख्याल आया कि कहीं मुनीम खुद ही न उसे देख ले और पूछ बैठे कि वह यहाँ क्या कर रहा है? उसने तुरंत ही वहाँ से भाग जाना उचित समझा। उसने चोर की नजरों से इधर उधर देखा कि कोई उसे देख तो नहीं रहा है और फुर्ती से गाड़ी स्टार्ट किया और सीधा आगे चला गया। फिर आगे जाकर उसने गाड़ी घुमाई और दूसरे रास्ते से वहाँ से भाग गया।

उसने एक राहत की साँस ली। पर उसके दिमाग में बार-बार यही प्रश्न घूमने लगा कि आखिर उसका मुनीम काम छोड़कर कॉलेज में क्या कर रहा था!

****

अगले दिन सुबह-सुबह ही शक्ति सिंह फिर से रंजू के घर पहुँच गया। उसे डर था कि कहीं रंजू फिर से बाहर न चली जाए। घर के बाहर भोला राम, हमेशा की तरह, बैठा मिला। शक्ति सिंह ने उसे प्रणाम किया और विनम्रता से कहा, "चाचा, अगर रंजू जी घर में हों तो ज़रा बाहर बुला दीजिए। एक फॉर्म पर उनके साइन चाहिए।"

भोला राम को थोड़ा अजीब लगा। इतनी सुबह कोई भला किसी के घर क्यों आएगा? लेकिन उसने कुछ कहा नहीं और रंजू को आवाज देकर बुला लिया।

जैसे ही रंजू बाहर आई, शक्ति सिंह का दिल जोर-जोर से धड़कने लगा। उसे देखते ही ऐसा महसूस हुआ जैसे उसकी दुनिया थम गई हो। रंजू की मौजूदगी ने उसके भीतर अजीब सी हलचल मचा दी। उसके दिल को ऐसा सुकून मिला जैसे तपते रेगिस्तान में बारिश की ठंडक छा गई हो।

"जी, कहिए!" रंजू की मधुर आवाज ने उसे याद दिलाया कि वह वहाँ फॉर्म पर साइन करवाने आया था। थोड़ा संभलते हुए उसने फॉर्म रंजू को दिया और कहा, "यह फॉर्म पर आपके साइन चाहिए थे। मैं कल भी आया था, लेकिन शायद आप कॉलेज चली गई थीं।"

रंजू ने फॉर्म पर नजर डाली। यह तो एक साधारण सा फीडबैक फॉर्म था जिसे कोई भी भर सकता था। तो फिर यह व्यक्ति मुझसे साइन लेने के लिए दो दिन से मेरे घर का चक्कर क्यों लगा रहा है? उसने तिरछी निगाहों से उसकी गाड़ी की ओर देखा। अरे! यह तो वही गाड़ी है जिसमें कल कॉलेज के बाहर पार्टी का झंडा लगा हुआ था। अचानक उसे रैली वाले दिन का वह पल याद आ गया जब यह आदमी भीड़ में उसे एकटक देख रहा था। उसके चेहरे पर हल्की शर्म और मुस्कान आ गई। कहीं यह सच में मुझ पर फिदा तो नहीं हो गया है?

"यह लीजिए, मैंने साइन कर दिया है। बाकी चीजें आप खुद भर लीजिएगा," रंजू ने कहा।

शक्ति सिंह ने फॉर्म लेते समय हल्के से रंजू का हाथ छू लिया। उस क्षण दोनों के शरीर में एक सिहरन दौड़ गई। शक्ति सिंह के मन में रंजना के साथ बिताए पुराने पल याद आ गए।

शक्ति सिंह नहीं जानता था कि अगली मुलाकात फिर कब हो पाएगी। अचानक, उसे रंजना से मॉल में पहली बार फोन नंबर मांगने की बात याद आई। थोड़ी झिझक के साथ उसने पूछा, "अगर आपका फोन नंबर मिल जाए तो.. कभी कुछ बात करनी हो या कुछ जरुरत हो तो आसानी रहेगी।

हाय! यह मेरा फोन नंबर भी मांग रहा है! रंजू का चेहरा शर्म से लाल हो गया। उसने देखा कि आस-पास कुछ लोग उनकी तरफ देख रहे थे। उसकी झिझक और बढ़ गई। लेकिन वह खुद को रोक नहीं पाई। थोड़ा संकोच करते हुए उसने कहा, "हाँ, क्यों नहीं!" और अपना नंबर शक्ति सिंह को लिखवा दिया।

शक्ति सिंह ने तुरंत मिस कॉल देकर अपना नंबर उसे दिखाते हुए कहा, "यह मेरा नंबर है। शक्ति सिंह के नाम से सेव कर लीजिएगा।"

शक्ति सिंह का दिल खुशी से झूम उठा। वह न केवल रंजू से मिल पाया था, बल्कि उसका नंबर भी ले लिया था। अब वह जब चाहे उससे बात कर सकता था।

रंजू भी भीतर से उतनी ही रोमांचित थी। उसे यकीन नहीं हो रहा था कि यह आदमी उसका पीछा करते हुए कॉलेज तक गया था। उसने अपने फोन में उसका नाम देखा–शक्ति सिंह–और उसके चेहरे पर एक प्यारी सी मुस्कान तैर गई। यह मुस्कान उसके दिल में अजीब सा एहसास जगा रही थी, एक हलचल, जो उसने पहले कभी महसूस नहीं की थी।

उन्नीस

सुशील कुमार का फोन आया था। वे चाहते थे कि शक्ति सिंह उनके साथ ही रहे। उम्मीदवारों की सूची तय होनी थी। वैसे तो सुशील कुमार का प्रभाव पार्टी में इतना अच्छा था कि कोई उनकी सिफारिश को टाल नहीं सकता था। फिर भी पार्टी की उम्मीदवारी तय होने से पहले वे शक्ति सिंह को सभी से एक बार मिलाना चाहते थे और इसमें कम से कम चार से पाँच दिन लग सकते थे।

सौरभ को ड्रग्स देना भी जरूरी था। वह तीन चार दिनों के लिए बाहर जाने वाला था। वैसे तो राहुल को भी यह काम दिया जा सकता था। पर वह कोई जोखिम नहीं लेना चाहता था और वह चाहता था कि जितना संभव हो सके यह काम वह खुद ही करे।

शक्ति सिंह ने शाम का खाना खाने के बाद सौरभ को ड्रग्स का डोज दे दिया। जैसे ही वह घर लौटा, अचानक उसे रंजू की याद आ गई। वह कल ही उसे फोन करना चाहता था, लेकिन कल ही नंबर लेने के बाद फोन करना उसे ठीक नहीं लगा।

आखिरकार, उसने अपनी झिझक पर काबू पाते हुए रंजू को फोन लगा ही दिया। घंटी बजते ही उसका दिल जोर से धड़कने लगा।

रंजू ने जब स्क्रीन पर उसका नाम देखा, तो उसके दिल में हल्की सी गुदगुदी हुई। उसने फोन उठाते ही नजाकत से कहा, "हेलो!"

रंजू की मधुर आवाज सुनकर शक्ति सिंह को ऐसा महसूस हुआ जैसे किसी ने कानों में शहद घोल दिया हो।

"हेलो! अं... कैसी हो?" शक्ति सिंह ने थोड़ी घबराहट के साथ पूछा।

"मैं ठीक हूँ। आप कैसे हैं?"

"मैं भी ठीक हूं। आपका कॉलेज कैसा चल रहा है?"

"अभी तो कट-ऑफ लिस्ट में नाम आया है। लेकिन एडमिशन नहीं हुआ है। अगली लिस्ट निकलने के बाद ही क्लास शुरू होगी," रंजू ने बताया।

शक्ति सिंह को समझ आया कि रंजू बड़े कॉलेज में एडमिशन ले रही है। उसने पूछा, "आपने महिला कॉलेज में एडमिशन क्यों नहीं लिया?"

"वहां मेरे विषय की पढ़ाई नहीं होती। वैसे भी मेरे नंबर अच्छे आए थे, तो मुझे लगा कि बड़े कॉलेज में मेरा नाम आ जाएगा। और अब तो मेरिट में मेरा नाम आ भी गया है," रंजू ने जवाब दिया।

शक्ति सिंह को यह जानकर खुशी हुई कि बातचीत आगे बढ़ रही है। उसने कहा, "मैं भी एक बार आपके कॉलेज गया था। बहुत अच्छा कॉलेज है।"

रंजू कहना तो चाहती थी कि उसे पता है। पर उसने शरारत से पूछा,"क्यों?"

"बस ऐसे ही, कुछ काम था। आपका एडमिशन कब होगा?"

"कुछ पैसे कम पड़ रहे हैं। उनके इंतजाम होते ही हो जाएगा। अभी दो-तीन दिन का समय बाकी है," रंजू ने बताया।

शक्ति सिंह ने तुरंत पूछा, "कितने पैसों की आवश्यकता है?"

"सिर्फ सात सौ रुपये। लेकिन इंतजाम हो जाएगा," रंजू ने संकोच के साथ कहा।

"अच्छा! मैं कल किसी से भिजवा दूंगा," शक्ति सिंह ने तुरंत पेशकश की।

"नहीं-नहीं, पिताजी इंतजाम कर रहे हैं। शायद कल तक हो जाएगा," रंजू ने झिझकते हुए कहा।

"कोई बात नहीं। इसे उधार समझकर ले लीजिए। जब नौकरी लग जाए, तब लौटा दीजिएगा," शक्ति सिंह ने उसे मनाने की कोशिश की।

रंजू को पैसे लेना ठीक तो नहीं लगा, लेकिन उसने सोचा कि मना करने से कहीं वह नाराज न हो जाए। आखिरकार, उसने धीरे से हामी भर दी।

फिर उसने पूछा, "आप नहीं आएंगे?"

रंजू की आवाज सुनकर शक्ति सिंह को रंजना की याद आ गई। अगर सुशील भैया ने न बुलाया होता, तो वह जरूर कल का कार्यक्रम रद्द कर रंजू से मिलने चला जाता। राजनीति में भी कैसी मजबूरी हो जाती है? उसके मुँह से एक ठंडी सी आह निकल गई।

"कल मुझे अर्जेंट काम से बाहर जाना है। नहीं तो मैं खुद आ जाता," शक्ति सिंह ने ठंडी आह भरते हुए कहा।

"फिर कब तक वापस आएंगे?"

"शायद चार-पाँच दिन लगेंगे," उसने जवाब दिया।

"ठीक है। अपना ख्याल रखिएगा," रंजू ने प्यार से कहा।

"आप भी," शक्ति ने उत्तर दिया।

इसके बाद दोनों तरफ से फोन कट गया।

शक्ति सिंह को ऐसा महसूस हुआ जैसे सारी दुनिया का खजाना उसे मिल गया हो। उसने पैसे भेजने के लिए मुनीम जी को सबसे उपयुक्त समझा। उसने मुनीम जी को फोन कर, एक पते का विवरण दिया और कहा कि अगले दिन एक लिफाफे में बंद करके हजार रुपए रंजू के हाथ में दे दे।"

****

मुनीम को वह पता कुछ जाना-पहचाना सा लगा। उसने मन ही मन सोचा, "संविदा की सहेली का नाम भी शायद रंजू ही है। उसका घर भी शायद उसी तरफ है, जिधर का पता शक्ति सिंह ने लिखवाया है। कहीं वह वही तो नहीं?"

अगले दिन जब वह उस पते पर पहुँचा, तो उसने दूर से ही एक व्यक्ति को व्हीलचेयर पर बैठे देखा। उसे याद आया कि संविदा ने बताया था, उसकी सहेली के पिताजी को भी व्हीलचेयर मिला है। "कहीं यह वही रंजू तो नहीं?" इस विचार से उसका दिल जोर से धड़कने लगा। पास पहुँचकर उसने पहले नमस्ते की और फिर सीधा सवाल किया, "क्या रंजू जी यहीं रहती हैं?"

भोला रामने उसे ऊपर से नीचे तक देखा और पूछा, "आप कौन?"

मुनीम ने जवाब दिया, "जी, मुझे उनसे कुछ काम है।"

भोला राम ने संकित भाव से उसे ऊपर से नीचे की ओर देखा और मन ही मन सोचा, "ये कुर्सी क्या मिला कि लोग सुबह-सुबह ही अब मिलने के लिए आने लगे। फिर थोड़ा सा रुककर रंजू को आवाज लगाया, "रंजू, देखो तुमसे कोई मिलने आया है!"

रंजू जैसे ही बाहर आई, और उसने मुनीम को देखा, दोनों के मुंह से एक चीख निकला, "तुम?"

कुछ पल के लिए दोनों एक-दूसरे को देखते रह गए। रंजू, जो संविदा की सहेली थी, अक्सर उसकी बहन से मिलने उसके घर आया करती थी। वह मुनीम को अच्छी लगती थी, लेकिन उससे बात करने की हिम्मत मुनीम ने कभी नहीं जुटाई। दूसरी ओर, रंजू को भी मुनीम अच्छा लगता था, पर दोनों की बातचीत हाल-चाल तक ही सीमित रहती थी।

थोड़ी देर बाद उन्हें एहसास हुआ कि वहाँ कोई तीसरा भी मौजूद है। रंजू ने झेंपते हुए कहा, "पिताजी! वह मेरी सहेली संविदा, जो बीमार है और जिसे देखने मैं परसों गई थी, ये उन्हीं के भाई हैं।"

मुनीम ने शिष्टता दिखाते हुए भोला राम के पैर छूकर प्रणाम किया।

रंजू ने मुस्कुराते हुए कहा, "बैठो! चाय पीकर जाना।"

लेकिन मुनीम को न जाने क्यों वहाँ रुकने का मन नहीं हुआ। उसने जल्दी से लिफाफा निकालकर रंजू की ओर बढ़ाया और कहा, "यह तुम्हें देने के लिए कहा गया है।"

रंजू ने लिफाफे पर लिखा नाम देखा–"शक्ति सिंह"।उसके होंठों पर हल्की मुस्कान आ गई। वह पूछना चाहती थी कि क्या वह

शक्ति सिंह के लिए काम करता है, लेकिन फिर उसने खुद को रोक लिया। उसने मुनीम से कहा, "तुम बैठो, मैं चाय बनाकर लाती हूँ।"

मुनीम ने वहाँ से जल्दी निकलने का बहाना बना लिया। उसने कहा, "मुझे एक काम से जाना है," और चला गया।

उसके जाते ही भोला राम ने रंजू से पूछा, "वह क्या देने आया था?"

रंजू ने बिना कुछ सोचे जवाब दिया, "सहेली ने कुछ नोट्स भेजे थे, वही देने आया था," और फिर वह घर के अंदर चली गई।

****

शक्ति सिंह पूरे चार दिनों तक बेहद व्यस्त रहा। सुशील कुमार ने उसे पार्टी के बड़े-बड़े अधिकारियों से मिलवाया और अन्य प्रभावशाली लोगों से भी परिचय कराया। इन मुलाकातों के बीच, चुनाव की रणनीति पर गहन चर्चा हुई–चुनाव प्रचार कैसे किया जाए, कौन-कौन से समीकरण बनाए जाएं, लोगों के बीच क्या-क्या गिफ्ट बांटे जाएं, और पैसे कैसे व कब वितरित किए जाएं ताकि वोट हासिल किए जा सकें, साथ ही यह सुनिश्चित हो कि चुनाव आचार संहिता का उल्लंघन कर कोई मामला चुनाव आयोग तक न पहुंचे।

इस व्यस्तता के कारण शक्ति सिंह को रंजू को फोन करने का बिल्कुल भी समय नहीं मिला।

चार दिनों बाद घर लौटते ही उसे एक प्लॉट की रजिस्ट्री से संबंधित काम के सिलसिले में वहाँ के अधिकारियों से बात करने के लिए रजिस्ट्री ऑफिस जाना पड़ा।

उधर कॉलेज में दूसरी लिस्ट जारी हो चुकी थी, और संविदा का चयन हो गया था। अब उसे नामांकन के लिए कुछ दस्तावेज बनवाने थे, जो कोर्ट परिसर में तैयार होने थे। मुनीम भी इसी काम के लिए कोर्ट परिसर गया हुआ था कि उसकी मुलाकात रंजू से हो गई। रंजू भी किसी काम से वहाँ आई थी। उसे देखते ही उसके चेहरे पर मुस्कान आ गई।

"हाय! कैसे हो?" रंजू ने कहा।
"ठीक हूँ। संविदा का नाम दूसरी लिस्ट में आ गया है, उसी के लिए कागजात बनवाने आया हूँ।"
"अभी कैसी है उसकी तबियत?"
"ठीक है। बस थोड़ी कमजोरी है। और तुम यहाँ कैसे?"
"मुझे भी कुछ काम था, इसलिए यहाँ आई थी। चलो, तुम्हें यहाँ के रेस्टोरेंट की एक अच्छी चाय पिलाती हूँ। मैं जब भी यहाँ आती हूँ, वहाँ की चाय जरूर पीती हूँ।"
"अरे नहीं, मुझे कुछ काम है, जल्दी जाना है," मुनीम ने संकोच से कहा।
"अरे, चलो भी। मैं तुम्हें खा थोड़ी न जाऊँगी। काम तो चलता रहेगा," रंजू ने मुस्कुराते हुए जिद की तो उसकी जिद के आगे मुनीम को झुकना ही पड़ा, और वे दोनों चाय पीने चले गए। रंजू ने चाय का ऑर्डर देकर कहा, "और, तुम उसके यहाँ नौकरी करते हो?"

शक्ति सिंह का ख्याल आते ही रंजू के चेहरे पर हल्की मुस्कान आ गई और वह शर्म से लाल हो गई।

ठीक उसी समय, शक्ति सिंह रजिस्ट्री ऑफिस से निकलकर पार्किंग की ओर बढ़ रहा था। उसकी नजर अचानक मुनीम पर पड़ी, जो एक लड़की के साथ बैठा था। अगले ही पल उसे पहचान में आया कि वह रंजू थी।

दोनों को हँसते हुए बातें करते देख शक्ति सिंह का दिल एक बार धक से किया। उसके मन में कई तरह के विचार कौंधने लगे, लेकिन कुछ सोचकर उसने अपने कंधे झटक दिए और पार्किंग की ओर बढ़ गया।

ऑफिस पहुँचने पर उसे पता चला कि मुनीम इन दिनों बीच-बीच में बिना बताए काम से गायब हो रहा है। पूछने पर बस इतना कहता है कि वह किसी जरूरी काम से गया था।

शक्ति सिंह के मन में संदेह गहराने लगा। "क्या वह जरूरी काम के बहाने रंजू से मिलने जाता है? क्या मुझे गलतफहमी हो रही है या सच में ही वह उससे मिलने जाता है?"

उसे याद आया कि वह उस दिन भी रंजू के कॉलेज में था। "तो क्या दोनों पहले से एक-दूसरे को जानते हैं? क्या मैंने रंजू को उसके हाथ से पैसे का लिफाफा भेजकर कोई गलती तो नहीं कर दी? कहीं उस घटना के बाद ही तो दोनों करीब नहीं आ गए?"

उसके मन में विचारों का तूफान उठने लगा। हर सवाल अंत में एक ही बात पर आकर ठहरता, "कहीं मुनीम हमारे काम के साथ गद्दारी तो नहीं कर रहा है? आखिर वह काम छोड़कर रंजू से मिलने कैसे जा सकता है?"

शक्ति सिंह ने अपना ध्यान भटकाने की बहुत कोशिश की, लेकिन बार-बार रेस्टोरेंट में रंजू और मुनीम को एक साथ बैठे

देखे जाने की छवि उसकी आँखों के सामने घूम जाती और वह फिर से इन्हीं उधेड़बुनों में उलझ जाता।

136 राकेश कुमार

बीस

चुनाव की अधिसूचना जारी हो चुकी थी, और उस दिन नामांकन दाखिल करने की आखिरी तारीख थी। उधर, संविदा के कॉलेज में भी नामांकन का अंतिम दिन था। उसकी तबीयत में सुधार तो था, लेकिन कमजोरी अभी भी महसूस हो रही थी। जल्दबाजी में वह एक महत्वपूर्ण दस्तावेज घर पर ही भूल गई। न तो उसमें इतनी ऊर्जा बची थी, न ही समय, कि वह घर जाकर वह दस्तावेज ला सके। ऐसे में उसने अपने भाई, मुनीम, को फोन किया और उससे दस्तावेज लाने की गुजारिश की।

मुनीम अपनी बहन की मदद करना चाहता था, लेकिन वह पहले ही कई बार काम के बीच से गायब हो चुका था। उस दिन भी उसे ज्यादा देर के लिए गायब होना ठीक नहीं लगा। उसी समय पार्टी के कुछ लोग, राहुल और राजू, पैसे का हिसाब करने और उधारी चुकाने के लिए आ गए। अगर पैसे उस दिन पार्टी तक नहीं पहुँचते, तो शक्ति सिंह को बड़ा नुकसान हो सकता था।

मुनीम ने अपनी बहन से कहा कि वह रास्ते में जो पार्क पड़ता है, वहाँ तक पहुँच जाए। वह घर से दस्तावेज लेकर वहीं आ जाएगा। इस तरह न उसे ज्यादा दूर जाना पड़ेगा और न ही समय की बर्बादी होगी। उसने राहुल से कहा कि वह जल्दी वापस

आकर पैसों का हिसाब कर देगा और दस्तावेज लेने घर की ओर चल पड़ा।

इस बीच, सुशील कुमार दो गाड़ियों के साथ शक्ति सिंह को नामांकन दाखिल कराने के लिए प्रतिनिधि अधिकारी के कार्यालय चले गए।

डॉक्यूमेंट लेकर जैसे ही मुनीम पार्क पहुँचा, उसने संविदा को फोन किया कि वह पार्क के गेट पर आ जाए। लेकिन जब वह पहुँचा, तो संविदा वहाँ नहीं दिखी। वह थोड़ा अंदर गया, तभी संविदा पार्क के अन्दर से आती हुई दिखी। उसने जल्दी से दस्तावेज उसे दिए और वापस लौटने के लिए मुड़ा ही था कि उसकी नजर रंजू पर पड़ी।

रंजू ने भी उसे देख लिया और मुस्कुराते हुए बोली, "और! यहाँ कैसे?"

मुनीम वैसे तो जल्दी में था, लेकिन रंजू को नजरअंदाज करना उसने ठीक नहीं समझा। वह हल्की सी मुस्कान के साथ उसके पास जाते ही बोला, "उस दिन जो डॉक्यूमेंट ऑनलाइन बनवाए थे, वही देने आया था।"
"ओह! और कैसा चल रहा है?" रंजू ने पूछा।
"सब ठीक है। तुम यहाँ कैसे?"
"मैं भी कॉलेज गई थी, कुछ काम था। सोचा वापसी में थोड़ी देर पार्क घूम लिया जाए। कुछ दिनों बाद कॉलेज की क्लास शुरू हो जाएगी, फिर समय कहाँ मिलेगा घूमने का।"

वह पार्क सुशील कुमार के एक सपने का हिस्सा था। जब भी वह उस शहर में आते, एक बार उस पार्क को देखने जरूर जाते। पार्क का कुछ सौंदर्य करण हुआ था, लेकिन अभी भी बहुत सारे काम अधूरे थे।

138 राकेश कुमार

शक्ति सिंह का नामांकन दाखिल करने के बाद सुशील कुमार उसे साथ लेकर पार्क देखने चले गए। पार्क के अंदर गाड़ी घुसते ही शक्ति सिंह की नजर एक जोड़े पर पड़ी। ध्यान से देखने पर पता चला कि वे मुनीम और रंजू थे।

उसे एक बार तो विचार आया कि वह मुनीम को फोन लगाकर पूछे कि वह अभी कहाँ है और यदि वह अपने काम पर नहीं है तो क्यों नहीं है। पर कुछ सोचकर उसने अपना इरादा बदल दिया। उसने राहुल को फोन लगाकर जानकारी लेना ठीक समझा। उसने राहुल को फोन लगा दिया और उसके हेलो कहते ही उसने कहने शुरू किया, "हेलो राहुल! नामांकन तो ठीक से हो गया है। और हमलोग वापस आ रहे हैं। वह जो अर्जेंट पेमेंट होना था वह हो गया क्या?"

"नहीं भैया। मुनीम जी को किसी का फोन आया था। वे अचानक चले गए और बोले कि जल्दी आ जाएंगे। अभी तक लौटे नहीं हैं, और हम उनका इंतजार कर रहे हैं।"

"ठीक है," शक्ति सिंह ने फोन काट दिया, लेकिन उसके मन में गुस्से और संदेह का तूफान उमड़ने लगा।

शक्ति सिंह के दिमाग में तमाम सवाल उठने लगे। "यह मुनिम मेरे साथ कोई गद्दारी तो नहीं कर रहा है। वह काम छोड़कर यहाँ पार्क में मस्ती कर रहा है। राहुल बोल रहा था कि उसे किसी का फोन आया था। किसका फोन आया था? तो क्या रंजू ने उसे फोन करके पार्क में बुलाया था? क्या वह एक लड़की के लिए हमारे काम के साथ गद्दारी कर रहा है? कुछ भी करो, पर काम छोड़कर ऐसे पार्क में मस्ती करने का क्या मतलब हुआ? मुझे उससे इस बारे में बात करनी होगी। लेकिन सिर्फ बात करने से काम नहीं चलेगा। उसे ठीक से समझाना पड़ेगा।"

शक्ति सिंह के दिमाग में बहुत सारे विचार एक साथ मंथन करने लगे,और वह खुद को संयमित करने की कोशिश करने लगा।

****

शक्ति सिंह का दिमाग लगातार उलझनों में घिरा हुआ था। उसने जब राहुल से मुनिम के बारे में बात की, तो राहुल ने बताया, "उसकी बहन का कॉलेज में एडमिशन होना है। इसी वजह से वह पिछले कुछ दिनों से बीच में काम छोड़कर जा रहा था। उस दिन भी वह इसी सिलसिले में कॉलेज गया था। इसके अलावा मुझे और कुछ नहीं पता।"

शक्ति सिंह का मन और अधिक बेचैन हो गया। वह हर घटना को बार-बार जोड़ने और समझने का प्रयास करने लगा। अगर मुनिम अपनी बहन का एडमिशन कराने गया था, तो उसे अपनी बहन के साथ या फिर कॉलेज में होना चाहिए था। लेकिन उसकी बहन तो कहीं दिखाई नहीं दी। उल्टा, वह तो रंजू के साथ पार्क में हँस-हँस कर बातें कर रहा था। कहीं ऐसा तो नहीं कि रंजू ने ही उसे फोन करके पार्क में बुलाया हो? क्या यह एक संयोग था या कोई उन दोनों की कोई योजना थी? उस दिन कोर्ट परिसर में भी दोनों एक रेस्टोरेंट में साथ बैठे थे। एक बार का संयोग समझ में आता है, पर दो बार ऐसा होना? जरूर कुछ गड़बड़ है। दोनों जान-बूझकर मिलने के बहाने ढूंढते रहते हैं। ठीक है, वे जो चाहे करें, पर धंधे के समय इस तरह बहाने बनाकर मिलना क्या काम के साथ धोखा नहीं है?

हर बार शक्ति सिंह को यही लगने लगा कि मुनिम उसके काम के साथ गद्दारी कर रहा है।

उसने अपना ध्यान हटाने के लिए शाम को अपने रूम में ही शराब की बोतल मंगाई। पर उसके दिमाग में फिर से वही सब बातें मंथन करने लगीं। हर बार वह यही नतीजे पर पहुंचता कि यदि मुनीम को अभी नहीं रोका गया तो आगे चलकर वह और भी गद्दारी कर सकता है। उसे कम से कम सतर्क करना तो जरूरी है ताकि उसका मनोबल न बढ़े और वह अपनी हद में रहे। वह वहाँ एक नौकर है और उसे अपने उसी औकात में रहनी चाहिए।

जैसे-जैसे नशा बढ़ता गया वैसे-वैसे उसके समझने की शक्ति कमजोर पड़ने लगी। अब उसका दिमाग एक ही नतीजे पर अटक गया। उसे अभी सबक नहीं सिखाया गया तो फिर बहुत देर हो जाएगी।

उसने राहुल और राजू को अपने साथ चलने का आदेश दिया कि वह अभी चलेगा और मुनीम से बात करेगा।

राहुल को थोड़ा झटका लगा। उसने थोड़ी झिझक के साथ पूछा, "अभी?"
शक्ति सिंह ने उसे घूरते हुए जवाब दिया, "हाँ, अभी।"

उसकी आवाज में गुस्सा और दृढ़ता साफ झलक रही थी।

फिर उसने अलमारी से अपनी पुरानी तलवार निकाल ली और बिना किसी बात के दोनों को गाड़ी में बैठने का आदेश दिया।

राहुल के दिमाग में सवालों का तूफान उठने लगा। उसने खुद से कहा, "भैया ऐसे किसी से मिलने कभी नहीं जाते थे। कहीं यह मुनीम को उसके बिना बताए गायब होने की सजा तो नहीं देने जा रहे हैं? भैया ने मुझसे उसके बारे में पूछा भी था।"

शक्ति सिंह के स्वभाव को राहुल अच्छी तरह से जानता था। उसे पता था कि छोटी-छोटी गद्दारी की सजा भी उनकी नजर में सिर्फ और सिर्फ उसकी मौत होती थी। फिर भी अब तक जितने भी छोटे या बड़े बदले लिए गए हैं, वे सभी पहले से सुनियोजित योजनाओं के तहत अंजाम दिए गए हैं। ऐसे में अचानक मुनीम से मिलने का क्या अर्थ हो सकता है?"

किसी भी स्थिति में, राहुल खुद को दो कारणों से आश्वस्त कर रहा था कि मामला ज्यादा आगे नहीं बढ़ेगा। पहला कारण यह था कि शक्ति सिंह पुरानी तलवार, जिसमें आगे से हल्का सा दरार आ चुका था और जिसे वह अभी साथ लेकर जा रहा था, का उपयोग बहुत पहले ही छोड़ चुका था। शक्ति सिंह खुद ही यह कह चुका था कि अब वह उस तलवार का कभी इस्तेमाल नहीं करेगा।

दूसरा कारण यह था कि शक्ति सिंह कई बार स्पष्ट कर चुका था कि चुनाव संपन्न होने तक कोई भी खून-खराबा नहीं होना चाहिए। यदि किसी के प्रति कोई नाराजगी या खटास है, तो उससे चुनाव के बाद निपटा जाएगा। तब तक हर काम शांतिपूर्ण तरीके से किया जाना चाहिए।"

राहुल ने राजू से भी इस बात पर थोड़ी सी चर्चा की और इसी परिणाम पर दोनों पहुँचे कि हो सकता है भैया मुनीम को थोड़ा सा डरा धमकाकर आगे कोई भी गलती करने से रोकना चाह रहे. हों।

लेकिन शक्ति सिंह के मन में क्या चल रहा था, यह किसी को नहीं पता था। यहाँ तक कि शक्ति सिंह भी इस बात को लेकर पूरी तरह स्पष्ट नहीं था। उसे केवल इतना महसूस हो रहा था कि मुनीम को सबक सिखाना जरूरी है।

"कई बार परिस्थितियां इतनी अचानक बदल जाती हैं कि सबकुछ अप्रत्याशित हो जाता है। शक्ति सिंह ने भी कभी यह अनुमान नहीं लगाया था कि आने वाले हालात उसके लिए भी बदलने वाले हैं।

अपनी गाड़ी कुछ दूरी पर पार्क करके जब शक्ति सिंह मुनीम के घर के पास पैदल पहुँचा तब रात के नौ बज चुके थे। मुनीम का घर थोड़ी ऊँचाई पर स्थित था। घर के दाईं ओर रेलवे ट्रैक था, और ट्रैक के बाईं ओर से एक कच्चा रास्ता गुजरता था, जो आगे जाकर मुख्य सड़क से मिल जाता था। उसी कच्चे रास्ते के दाईं ओर, थोड़ी दूरी पर, एक कब्रिस्तान था जहाँ लोग दिन में भी अकेले जाने से डरते थे।

शक्ति सिंह राजू के साथ रेलवे ट्रैक के पास खड़ा हो गया। उसने तलवार को एक हाथ से अपने पीछे छुपा लिया और इशारे से राहुल को कहा कि वह जाकर मुनीम को बुला लाए।"

मुनीम को यह सब थोड़ा अजीब लगा। उसने पूछा, "भैया अभी क्यों बुला रहे हैं?"

राहुल ने जवाब दिया, "कहीं अर्जेंट मीटिंग के लिए जाना है।"

मुनीम की माँ को अचानक से बेचैनी सी महसूस होने लगी। उन्हें किसी अनहोनी की आशंका सताने लगी। उन्होंने कहा,

"तुम्हें भूख लगी होगी, कुछ खा-पी लो, फिर मिलने जाना।" फिर उन्होंने राहुल से भी आग्रह किया, "बेटा, तुम भी कुछ खा लो। पता नहीं कितने दिनों बाद आए हो"!

भले ही मुनीम को भूख लगी थी, पर उसका मन बेचैन था। वह सोचने लगा, "भैया फोन पर भी तो बात कर सकते थे। इससे पहले जब भी कोई काम होता था, सबकुछ पहले से प्लान किया

जाता था और समय पर सूचना मिलती थी। लेकिन इस तरह अचानक बुलाने का मतलब क्या हो सकता है? कौन सी ऐसी अर्जेंट मीटिंग है?"

कहीं न कहीं, उसे लगने लगा कि कुछ गड़बड़ जरूर है। लेकिन राहुल, जो उसके भाई जैसा था, उसके साथ होने से उसे थोड़ा सुकून मिला। उसने सोचा, "राहुल साथ है, तो चिंता की कोई बात नहीं होगी।"

राहुल जब भी मुनीम के घर आता, उसकी माँ अपना सारा प्यार उस पर न्योछावर कर देती थीं। वह बिना कुछ खिलाए राहुल को कभी वापस नहीं जाने देती थीं। लेकिन जब राहुल ने कहा, "भैया नीचे इंतजार कर रहे हैं,"तो मुनीम ने माँ से कहा,"मैं जल्दी से मिलकर आता हूँ, फिर हम आराम से बैठकर खाना खाएँगे।"

थोड़ा चौकन्ना होते हुए, वह राहुल के पीछे चल पड़ा। शक्ति सिंह के पास पहुँचते ही राहुल ने मुनीम को आगे कर दिया और खुद पीछे हट गया ताकि दोनों आपस में बात कर सकें। शक्ति सिंह ने डराने के लिए अपनी तलवार पीछे से निकालकर सामने की ओर लाते हुए दिखा दी। उसी समय, रेलवे ट्रैक पर गुजर रही मालगाड़ी के इंजन की तेज रोशनी तलवार से तलवार चमक उठी। यह दृश्य मुनीम को और ज्यादा भयभीत कर गया। उसे लगा कि उसका शक सही था। चमचमाती हुई तलवार उसे अपनी मौत का प्रतीक लगा।

उसके मन में एक ही ख्याल आया कि अगर उसे अपनी जान बचानी है, तो जितनी जल्दी हो सके, भाग जाना होगा। लेकिन समस्या यह थी कि उसके पीछे उसका घर था, जो ऊँचाई पर था और उधर भागना मुश्किल था। दाईं तरफ रेलवे ट्रैक था, जहाँ

मालगाड़ी अभी भी गुजर रही थी, इसलिए वह रास्ता भी बंद था। उसके सामने शक्ति सिंह था, जो उसकी मौत बनकर खड़ा था। बचने के लिए एकमात्र रास्ता उसकी बाईं ओर था।

झाड़ियों की तरफ उसने तेजी से अपने बाईं ओर भागना शुरू कर दिया। मुनीम को भागता देख शक्ति सिंह भी तलवार लेकर उसके पीछे दौड़ पड़ा। पीछे से आता हुआ शक्ति सिंह जब उसके करीब पहुँचने लगा, तो घबराकर मुनीम ने अचानक दाईं ओर मुड़ गया। यह रास्ता सीधे कब्रिस्तान की ओर जाता था।

कब्रिस्तान की ओर मुड़ते हुए, मुनीम की दौड़ने की गति थोड़ी धीमी पड़ गई, और वह शक्ति सिंह के और करीब आ गया। शक्ति सिंह को लगा कि अब वह उसे पकड़ ही लेगा। उसने अपनी पूरी ताकत लगाते हुए हाथ बढ़ाया लेकिन ऐन वक्त पर उसका पैर हल्का लड़खड़ा गया, और मुनीम उसकी पकड़ से दूर हो गया।

शक्ति सिंह को यह एक अपमान जैसा लगा। उसे महसूस हुआ कि एक आसान जीत उसके हाथ से निकल गई थी। उसका गुस्सा और भी बढ़ गया।

कब्रिस्तान में चूहे-बिल्ली का खेल शुरू हो गया। शक्ति सिंह और मुनीम के बीच की यह दौड़ बेहद तनावपूर्ण हो चुकी थी। दो-तीन बार शक्ति सिंह लगभग मुनीम को पकड़ ही चुका था, लेकिन हर बार मुनीम किसी तरह उसकी पकड़ से बच निकलता। अब शक्ति सिंह की सहनशक्ति जवाब देने लगी थी। पहले मुनीम को न पकड़ पाने का अपमान और अब पूरी ताकत लगाने के बावजूद असफलता-यह सब उसे भीतर ही भीतर जला रहा था।

उसके दिमाग से यह बात पूरी तरह मिट चुकी थी कि वह वहाँ क्यों गया था। अब उसके भीतर केवल अपमान का बदला

लेने की धुन सवार थी। इस बार उसने अपनी पूरी ताकत से दौड़ लगाई। उसके मन में एक ही ख्याल था–"अगर इस बार मुनीम मेरे हाथ लगा, तो इसे जिंदा नहीं छोड़ूंगा।"

उधर, लगातार दौड़ने से मुनीम की हालत खराब हो चुकी थी। उसका भूखा-प्यासा शरीर अब उसका साथ छोड़ने लगा था। थकावट के कारण उसके कदम लड़खड़ाने लगे, और वह शक्ति सिंह की पहुँच में आ गया। शक्ति सिंह को लगा कि यह आखिरी मौका है, और अगर वह इसे चूक गया, तो फिर कभी मुनीम को नहीं पकड़ पाएगा।

दौड़ते हुए ही उसने अपनी तलवार निकाली और पूरी ताकत से मुनीम की पीठ पर वार कर दिया। तलवार की नोक मुनीम की कमीज को चीरते हुए उसकी पीठ पर गहरा चीरा लगा गई। चोट से कराहता हुआ मुनीम लड़खड़ाया और औंधे मुंह जमीन पर गिर पड़ा।

शक्ति सिंह, दौड़ने से हांफता हुआ, मुनीम के पास पहुंचा। उसके चेहरे पर गुस्से और अपमान का भयानक मिश्रण था। उसने अपने पैर से मुनीम का चेहरा पलटकर सीधा किया। फिर अपनी तलवार राहुल की ओर बढ़ाते हुए जोर से चिल्लाया, "हाथ काट इसका, राहुल"!

राहुल भी शक्ति सिंह के साथ में दौड़ते हुए अपनी चेतना खो चुका था। वैसे भी, उसके लिए शक्ति सिंह का आदेश ही सब कुछ था। उसने तलवार उठा लिया और जैसे ही प्रहार करने के लिए अपने दोनों हाथ ऊपर उठाए की अचानक उसकी चेतना थोड़ी सी जगी। एक पल के लिए उसे लगा की वह यह सब क्या करने जा रहा था?

उसका ऐसे रुकना शक्ति सिंह को अच्छा नहीं लगा। उसे ऐसा लगा मानो अब राहुल भी उसकी बात मानने से मना कर रहा है। यह भी उसे उसका अपमान जैसा ही लगा। वह पहले ही पराजित और अपमान की अग्नि में जल रहा था। अब इस अपमान ने उसका क्रोध और भी भड़का दिया। उसने जोर से चिल्लाते हुए कहा, "हाथ..काट..राहुल...।"

शक्ति सिंह के चिल्लाते ही उसकी चेतना एक बार फिर से चली गई और वह एक यंत्र की भांति शक्ति सिंह के आदेश मानने के लिए विवश हो गया। उसने पूरे वेग से मुनिम के हाथ पर प्रहार कर दिया और एक "खच" की आवाज के साथ उसका हाथ उसके शरीर से अलग हो गया। मुनीम दर्द से बिलबिला उठा। पर वह अब अपने आप को शारीरिक एवं मानसिक रूप से शक्ति सिंह के सामने समर्पण कर चुका था। उसके शरीर में इतनी शक्ति भी नहीं बची थी कि वह फिर से उठ कर भाग सके।

शक्ति सिंह के प्रतिशोध की आग अभी भी शांत नहीं हुई थी। उसने राहुल को फिर से आदेश दिया, "दूसरा भी हाथ काट, राहुल!"

राहुल बिना किसी हिचकिचाहट के, जैसे पूरी तरह से शक्ति सिंह के आदेश का गुलाम बन चुका हो, मुनीम के दूसरे हाथ के पास गया। उसने तलवार उठाई और पूरी ताकत से वार कर दिया। "खच" की आवाज के साथ मुनीम का दूसरा हाथ भी उसके कंधे से अलग हो गया। दर्द से चीखता हुआ मुनीम अब पूरी तरह से निःसहाय और लाचार हो चुका था।

लेकिन शक्ति सिंह की प्रतिशोध की ज्वाला अब भी बुझने का नाम नहीं ले रही थी। उसने राहुल के हाथ से तलवार छीन ली

और मुनीम के शरीर के दोनों ओर अपने पैर फैला दिए। उसका सिर मुनीम के सिर की ओर था। उसने राजू को आदेश दिया, "उसका सिर कसकर पकड़ो" और राहुल से कहा, "उसके दोनों पैर पकड़ो।"

उसने तलवार को दोनों हाथों से ऊपर उठाया और पूरे वेग के साथ उसकी छाती में उतार दिया। तलवार उसकी पसलियों को चीरती हुई अंदर जा घुसी, और "तड़" की आवाज के साथ उसका का क्रैक वाला हिस्सा टूटकर दो टुकड़ों में बंट गया। एक हिस्सा मुनीम के शरीर के अंदर फंसा रह गया, और दूसरा हिस्सा शक्ति सिंह के हाथ में रह गया।

तलवार टूटने और मुनीम की अंतिम चीख के साथ, शक्ति सिंह के अंदर की प्रतिशोध की आग बुझने लगी। उसकी साँसे धीरे धीरे सामान्य होने-लगीं, और उसके चेहरे पर एक अजीब सा सुकून झलकने लगा।

कब्रिस्तान के एक कोने में एक गहरा कुआं था। शक्ति सिंह ने राजू और राहुल की मदद से मुनीम के क्षत-विक्षत शरीर को उठाया और उस कुएं में फेंक दिया। जैसे ही शरीर कुएं के अंधेरे में गायब हुआ, शक्ति सिंह ने ठंडी सांस ली, मानो अब उसके अंदर का तूफान पूरी तरह शांत हो गया हो।

शक्ति सिंह गाड़ी के पास लौटा और उसमें रखी पानी की बोतल निकाली। उसने अपने चेहरे पर लगे खून के छींटों को यथा-संभव साफ करने की कोशिश की। यह देखकर राजू और राहुल ने भी वैसा ही किया। तीनों के चेहरों पर थकावट के साथ एक अजीब सा सन्नाटा था। लेकिन शक्ति सिंह के अंदर अब कोई उबाल नहीं बचा था। उसका प्रतिशोध पूरा हो चुका था।

मुनीम के गायब होने की सूचना उसके घर देना शक्ति सिंह के लिए जरूरी था ताकि संदेह से बचा जा सके। योजना के अनुसार, शक्ति सिंह राहुल और राजू के साथ मुनीम के घर पहुंचा। उसने अपने चेहरे पर चिंता और घबराहट के भाव लाते हुए मुनीम की माँ से पूछा, "अम्मा! मुनीम जी घर आए हैं क्या?"

अम्मा का कलेजा इस सवाल पर जोर से धक कर गया। उसने चिंता और घबराहट में कहा, "बेटा, वह तो तुम्हारे साथ ही गया था?"

शक्ति सिंह ने तुरंत जवाब देते हुए एक कहानी गढ़ी, "हाँ माँ ! वह राहुल के आगे-आगे चल रहे थे। तभी रास्ते में अचानक कुछ लोगों ने हम पर हमला कर दिया। हम तीनों तो किसी तरह जान बचाकर अलग-अलग भागे और बाद में जाकर मिले। तब हमें मुनीम जी की चिंता होने लगी। हमने सोचा कि शायद वह सीधे घर आ गए होंगे।"

अम्मा की आंखों में घबराहट और डर साफ दिख रहा था। उसने हकलाते हुए कहा, "नहीं बेटा! वह अभी तक घर नहीं आया है।"

शक्ति सिंह ने अपने स्वर को और गंभीर बनाते हुए कहा, "कोई बात नहीं, माँ। हो सकता है वह कहीं और चले गए हों। हमें भी उनकी बहुत चिंता हो रही है। जैसे ही वह घर लौटें, उनसे कहना कि हमें फोन करें। जब तक वह घर नहीं आ जाते, हमें भी चैन नहीं मिलेगा।"

अम्मा का दिल अनिष्ट की आशंका से कांपने लगा। उसकी आंखों में चिंता के आंसू छलक आए। यह देखकर शक्ति सिंह ने सांत्वना भरे स्वर में कहा, "माँ, चिंता मत करिए। हो सकता है

यह किडनैपिंग का मामला हो। अगर ऐसा है, तो जल्द ही किसी का फोन आएगा। आप बिल्कुल परेशान मत होइए। हम सब मिलकर इसे संभाल लेंगे। कुछ भी हुआ तो आप हमें तुरंत बताइएगा।"

शक्ति सिंह का शांत और दृढ़ स्वर सुनकर अम्मा ने थोड़ी राहत महसूस की, लेकिन उसका दिल अब भी किसी अनहोनी के डर से कांप रहा था।

इक्कीस

शक्ति सिंह के लिए यह कोई असामान्य सी बात नहीं थी। फार्म हाउस आते ही उसने राहुल से कहा, "तुम्हारे हाथ अब काँपने लगे हैं राहुल! अगर जीवन में कुछ करना है तो अपनों के सिर के ऊपर पाँव रखकर आगे बढ़ना ही होगा।"

राहुल ने बस सहमति में सिर हिलाते हुए कहा, "जी भैया।"

शक्ति सिंह अपने कमरे में सोने चला गया। पर राहुल की आँखों में नींद नहीं थी। ऐसा नहीं था कि वह पहली बार किसी का खून कर रहा था। और ऐसा भी नहीं था कि वह पहली बार किसी अपने का खून कर रहा था। इससे पहले भी वह सुदेश, जिसे चलती कार में शराब पिलाकर नशे कि हालत में गहरी खाई में धकेल दिया था और जहाँ उसकी मौत हो गई थी, वह भी उसका अपना खास दोस्त ही था। बात यदि मुनीम की होती तो शायद उसे कोई फर्क नहीं पड़ता। पर बात उसके माँ की थी। वही माँ जो मुनीम से ज्यादा उसे अपना बेटा मानती थी। जब भी वह मुनीम के घर जाता तब उसकी माँ उसपर अपनी पूरी ममता लूटा देती थी।

राहुल अपने पुराने यादों में खो गया। उसे पता नहीं कि जन्म देने वाली उसकी माँ कौन थी। जबसे उसने होश संभाला था तब से माँ की ममता क्या होती है उसे पता नहीं था। वह

अनाथ की तरह सड़कों और चौराहों पर अपने दोस्त राजू के साथ भीख माँगा करता था। भैया ने न सिर्फ उसे बल्कि उसके दोस्त को भी अपने साथ में रखकर एक अच्छी जिंदगी दी। मुनीम की माँ से मिलने के बाद उसे पता चला कि माँ क्या होती है और उसकी ममता क्या होती है। आज वह अपने ही हाथों से अपनी उसी माँ का आंचल तार-तार कर दिया। आज वह अपने ही हाथों से अपनी ही माँ की दुनिया उजाड़ दी।

वह उन्हीं विचारों में खोया हुआ एकटक छत को निहारने लगा। और वैसे ही विचारों में खोए हुए उसे कब नींद आ गई उसे पता नहीं चला।

सुबह जब उसकी नींद टूटी तब उसका मन बेहद व्यथित था। उठते ही उसकी आँखों के सामने फिर से माँ का चेहरा घूमने लगा। उसे लगा कि वह कितना दुर्भाग्यशाली इंसान है। जिसने जन्म देने वाली माँ को कभी देखा ही नहीं। भगवान ने माँ की ममता तो नसीब में दी, पर वह भी उसके अपने ही कर्मों से उजड़ गई। वह अपने आप को कोसते हुए सोचने लगा, "आखिर मैंने ऐसा कौन सा पाप किया था जो इस तरह की किस्मत लेकर पैदा हुआ?"

उसी समय शक्ति सिंह ने राहुल को आवाज दी और कहा कि वह चुनाव प्रचार के लिए जल्दी से तैयार हो जाए। साथ ही, मुनीम के गायब होने की रिपोर्ट पुलिस में दर्ज करानी थी।

लेकिन राहुल ने कहा कि उसे कहीं जाने का मन नहीं था। शक्ति सिंह ने भी ज्यादा जोर नहीं दिया। उसे लगा कि शायद कल की घटना के बाद उसे किसी काउंसलिंग की जरूरत हो।

शक्ति सिंह, राजू और अपने बाकी समर्थकों के साथ चुनाव प्रचार के लिए निकल गया। जाते-जाते उसने मुनीम की माँ को

भरोसा दिलाया, "आप चिंता मत कीजिए। मुनीम को जल्द ही ढूंढ लिया जाएगा। मैं पुलिस में रिपोर्ट दर्ज करवा रहा हूँ ताकि वे जल्दी से जल्दी गुनहगारों तक पहुँच सकें।"

****

एक सप्ताह बीत गया, शक्ति सिंह लगातार चुनाव प्रचार में व्यस्त था। इस बीच, राहुल ने किसी भी प्रचार में हिस्सा नहीं लिया। वह हर समय खोया-खोया सा रहने लगा था। ऐसा लग रहा था जैसे उसके भीतर की सारी भावनाएँ खत्म हो गई हों। उसका चेहरा उदासी और खालीपन का आईना बन गया था।

इस स्थिति का विपक्ष ने भरपूर फायदा उठाने की कोशिश की। उनके नेताओं ने इसे एक बड़ा मुद्दा बना दिया, "क्या आप ऐसे व्यक्ति को वोट देंगे जो अपना घर तक नहीं संभाल सकता? वह आपकी समस्याएँ क्या हल करेगा? जिसे वह अपना भाई कहता था और हमेशा साथ लेकर चलता था, वह अब कहाँ है? दोनों के बीच ऐसा क्या हुआ कि उसका भाई अचानक गायब हो गया? क्या यह कोई ऐसा राज है जिसे वह छुपा रहा है? कहीं ऐसा तो नहीं कि उसने खुद अपने भाई को गायब कर दिया हो? यह आदमी चुनाव जीतने के लिए किसी भी हद तक जा सकता है। अगर यह सच्चा है, तो अपने भाई को सामने क्यों नहीं लाता? हमारे सवालों का जवाब क्यों नहीं देता?"

यह बातें धीरे-धीरे सुशील कुमार तक भी पहुँची। उन्होंने शक्ति सिंह को सख्त लहजे में हिदायत दी, "तुम्हें उस लड़के को अपने साथ रखना ही होगा। यह समय बहुत नाजुक है। लोगों की धारणा बदलते देर नहीं लगती। अगर उसने इस तरह प्रचार से दूरी बनाए रखी, तो यह तुम्हारे लिए नुकसानदेह साबित हो

सकता है। उसे सामने लाओ, नहीं तो यह मुद्दा तुम्हारे खिलाफ भारी पड़ जाएगा।"

शक्ति सिंह को सुशील कुमार की बात में दम नजर आया। उसने तय किया कि अब राहुल को इस स्थिति से बाहर निकालने और प्रचार में शामिल करने का कोई उपाय करना ही होगा।

****

पुलिस को खबर मिली कि कब्रिस्तान के कुएं में एक लाश तैर रही है। चूंकि हाल ही में शक्ति सिंह ने मुनीम के गायब होने की रिपोर्ट दर्ज कराई थी, यह मामला और गंभीर हो गया। पुलिस ने शक्ति सिंह, राजू, और राहुल तीनों के अलग-अलग बयान दर्ज किए। लेकिन तीनों ने वही कहानी दोहराई, जो पहले से रिपोर्ट में लिखाई गई थी। उनकी बातों में पुलिस को कुछ गड़बड़ महसूस हुई, लेकिन शक्ति सिंह की राजनीतिक हैसियत और सुशील कुमार के संरक्षण के कारण बिना पुख्ता सबूतों के उस पर हाथ डालना आसान नहीं था।

राजू और राहुल को भी शक के आधार पर हिरासत में लेना जोखिम भरा था। इस पर मुनीम की माँ ने इंस्पेक्टर से गिड़गिड़ाते हुए कहा, "एक बेटा तो मैं पहले ही खो चुकी हूँ। अब मेरे बाकी बच्चों को बिना किसी सबूत के परेशान नहीं किया जाए।" रोते-बिलखते हुए उसने इंस्पेक्टर के पैर पकड़ लिए। इंस्पेक्टर ने उसे आश्वासन दिया कि बिना ठोस सबूत के किसी पर कार्रवाई नहीं होगी।

विपक्ष को तो जैसे शक्ति सिंह पर हमला करने का एक और बहाना मिल गया या कहें की एक बहुत अच्छा मुद्दा मिल गया। "पुलिस आखिर कब तक अपराधियों को बचाती रहेगी? किसी का खून हो जाता है और पुलिस अभी तक किसी को गिरफ्तार नहीं कर पाई है, क्योंकि इस सरकार में कानून व्यवस्था कुछ रह नहीं गया है। सभी को पता है कि मुनीम के गायब होने से पहले वह शक्ति सिंह से मिला था। फिर शक्ति सिंह को गिरफ्तार कर पूछ-ताछ क्यों नहीं हो रही है? शक्ति सिंह जिसे अपना भाई कहता है वह भी मुनीम के हत्या वाली रात उससे मिला था और अब वह चुनाव प्रचार के लिए घर से बाहर नहीं निकल रहा है। तो क्या शक्ति सिंह जान बुझकर उसे घर से बहार नहीं निकलने दे रहा है? आखिर वह कौन सा राज है जो उसे अपने भाई को घर के अन्दर रखने पर विवश कर रहा है? कहीं ऐसा तो नहीं कि यह सब सुशील कुमार के इशारे पर हो रहा हो? यह पार्टी बिलकुल ही भ्रष्ट हो चुकी है। इनके समय में सिर्फ अपराध ही बढ़ा है। मुनीम के हत्यारे का अबतक नहीं पकड़ा जाना यह साबित करता है कि पुलिस इनके इशारे पर मूक दर्शक बनकर काम रही है। अब समय आ गया है कि इनको सबक सिखाया जाए। इस बार ऐसे लोगों को सत्ता से हमें बहार फेंकना है ताकि समाज को भय मुक्त और अपराध मुक्त बना सके।"

जब यह बातें सुशील कुमार के कानों तक पहुँचीं, तो उन्होंने शक्ति सिंह को कड़ी फटकार लगाई और साफ निर्देश दिए: "उस छोकरे को हर हाल में प्रचार में लेकर जाओ। ये मुद्दा तुम्हारे खिलाफ मतदाताओं को भड़काने के लिए काफी है। कहीं ऐसा न हो जाए कि यह मुद्दा तुम्हारे लिए भारी पड़ जाए।"

शक्ति सिंह विपक्ष के आरोपों और सुशील कुमार की डांट से बेचैन हो गया। उसे समझ नहीं आ रहा था कि आखिर राहुल चुनाव प्रचार में साथ आने से क्यों कतरा रहा है। उसने कई बार राहुल से बात करने की कोशिश की, लेकिन राहुल ने हर बार चुप्पी साध ली।

यह चुप्पी धीरे-धीरे शक्ति सिंह के भीतर के गुस्से को भड़काने लगी। आखिरकार, एक दिन उसका सब्र टूट गया, और वह राहुल पर बरस पड़ा,

"कौन सा मातम मनाने बैठे हो? बस साथ रहने को कहा जा रहा है, वह भी तुमसे नहीं हो रहा है। क्या हाथ-पैर में मेहंदी लगाई है, जो कुछ करते नहीं? मुंह में दही जमा कर बैठे हो क्या जो कुछ बोलते नहीं?"

राहुल को न तो उसकी बातों का कोई जवाब देना था और न ही उसने कोई जवाब दिया। वह चुपचाप अपने कमरे में जाकर बिस्तर पर लेट गया। छत की ओर एकटक देखते हुए, वह अपनी ही उलझनों में डूबा रहा।

राहुल के इस तरह चुपचाप चले जाने से शक्ति सिंह खुद को अपमानित महसूस करने लगा। अगर चुनाव का समय न होता, तो शायद वह अपनी भड़ास राहुल पर निकाल देता। लेकिन अभी उसे मजबूरी में सब सहना पड़ रहा था।

अपमान का घूंट पीते हुए, शक्ति सिंह ने शराब का एक बड़ा गिलास खुद के लिए तैयार किया और गुस्से में एक ही साँस में उसे खाली कर दिया। तभी सुशील कुमार का फोन आया, और उनकी फटकार ने उसकी झुंझलाहट को और बढ़ा दिया।

"यार चुनाव तक अपने दिमाग को शांत नहीं रख सकते हो क्या? दिमाग में तुम्हारा कौन सा कीड़ा काटता रहता है जो छोटी

सी बात तुम्हारे भेजे में नहीं घुसती है? कितनी बार बोला उस छोकरे को अपने साथ प्रचार में लेकर जाओ। पर नही! पता नहीं तुम कौन सी दुनिया में खोए हो? क्या खाक तुम चुनाव जीतोगे जब अपने ही आदमी को समझाने की तुम्हारी औकात नहीं है। याद रखना यदि चुनाव का परिणाम कुछ ठीक नहीं हुआ तो तुम्हारे लिए भी परिणाम कुछ ठीक नहीं होगा।"

सुशील कुमार की डांट से शक्ति सिंह और भड़क गया। उसका गुस्सा अब बेकाबू हो चुका था। शराब के नशे और अपमान की आग ने उसके दिमाग में उबाल ला दिया। उसने अपनी पिस्तौल उठाई और सीधे राहुल के कमरे में पहुँच गया।

राहुल को कॉलर से पकड़कर उसने जोर से खींचा और पिस्तौल उसकी कनपटी पर रख दी। उसकी आवाज गुस्से से काँप रही थी, "तुझे प्यार से कुछ समझ में नहीं आता है? यहाँ हराम की रोटी खाने के लिए बैठे हो क्या? जी करता है, अभी के अभी ये सारी गोलियां तेरे भेजे में उतार दूँ!"

राहुल ने इस बार अपने अंदर दबा हुआ सारा दर्द बाहर निकालते हुए जोर से चिल्लाया, "हां, ठीक है! मार डालिए मुझे। मुझे तो पहले ही मर जाना चाहिए था। जिसने अपनी माँ का सीना छलनी कर दिया हो, उसे तो वैसे भी जीने का कोई हक नहीं है!"

राहुल के इस तरह के जवाब ने शक्ति सिंह को और भड़का दिया। उसने दाँत पीसते हुए राहुल को जोर से धक्का मारा, जिससे वह बिस्तर पर धड़ाम से गिर पड़ा। इसके बाद शक्ति सिंह ने उसकी छाती और पेट पर लगातार लातें मारनी शुरू कर दी। हर वार के साथ वह चिल्ला रहा था, "जबान लड़ाते हो? मेरे टुकड़ों पर पलने वाले कुत्ते, तुम्हारी इतनी हिम्मत? तुम्हारी

औकात मैं तुम्हें दिखाऊंगा! चुनाव खत्म होने दो, फिर तुझे कुत्ते की मौत नहीं मारा फिर कहना!"

उसने राहुल के पेट पर जोर से एक लात मारा और गंदी सी दो चार गलियां देता हुआ और दांत पिसता हुआ वहाँ से चला गया।

शक्ति सिंह ने शराब का एक और गिलास भरा, लेकिन उसका गुस्सा शांत होने का नाम नहीं ले रहा था। उसकी साँसें तेज चल रही थीं, और वह गुस्से से हाँफ रहा था। दूसरी तरफ, राहुल अपने कमरे में अकेला पड़ा, दर्द और अपमान के आँसू बहा रहा था।

आँखें बंद करते ही उसकी पुरानी यादें फिर से जीवित हो उठीं: "मैं बिल्कुल अनाथ था। माँ क्या होती है मुझे पता नहीं था। सड़कों पर अपने दोस्त राजू के साथ भीख माँगा करता था। शक्ति सिंह ने मुझे एक सम्मान की जिंदगी दी। मेरे कहने पर ही मेरे दोस्त को भी अपने यहाँ रहने के लिए जगह दिया और उसे भी एक सम्मान की जिंदगी दी। पर मैंने भी उसके लिए कुछ कम नहीं किया। उसके एहसान के बदले मैंने उसके काम को अपने से ज्यादा देखभाल किया। उसकी सारी बिजनेस को संभालने का काम मैंने किया। उसी के कहने पर मैंने अपनी माँ के साथ विश्वासघात कर दिया। मैंने अपने ही हाथों से उसकी ममता का गला घोंट दिया। पर आज उसी शक्ति सिंह के लिए मैं एक बेकार की चीज हो गया। आज उसने मेरी कनपटी पर बंदूक रख दिया। मुझे लातों से मारा। और उसने आज यह भी बता दिया कि अब मैं यहाँ हराम की कमाई खाने बैठा हूँ। बहुत हो गया शक्ति सिंह। जितना तुमने हम पर एहसान किया था उसकी कीमत हमने चुका दी। अब तो माँ की ममता का कीमत

चुकाने का समय आ गया है। अब वह कीमत होगी शक्ति सिंह तुम्हारी बरबादी।"

भावनाओं में डूबा राहुल उठा और शराब वाले कमरे में चला गया। उसने एक क्वार्टर की बोतल उठाई और एक ही साँस में खाली कर दी। शराब के असर से उसे थोड़ी हिम्मत आई और वह लड़खड़ाते हुए शक्ति सिंह के सामने जाकर चिल्लाते हुए कहा, "आज से तेरा और मेरा हिसाब खत्म, शक्ति सिंह! अब तुझसे मेरा बस एक ही रिश्ता है–तेरी बर्बादी का। अपने आखिरी दिन गिनना शुरू कर दे। जब तक मैं तुझे मिटा नहीं दूँगा, तब तक मुझे चैन नहीं!"

शक्ति सिंह दांत पिसता हुआ राहुल की तरफ लपकते हुए चिल्लाया, "भाग जा कमीने नहीं तो मैं चुनाव का इंतजार भी नहीं करूंगा और यहीं के यहीं तुम्हें जिंदा गाड़ दूंगा।"

राहुल ने भी उस समय उससे उलझना ठीक नहीं समझा और फुर्ती से गेट के बाहर निकल गया। उसे शराब की आदत तो थी नहीं। शराब ने अपना असर जल्दी ही दिखाना शुरू कर दिया और वह दरवाजे के बाहर निकलते ही लड़खड़ा कर एक तरफ गिर कर बेहोश हो गया।

बाईस

जब राहुल की सुबह आँख खुली तब दिन के आठ बज चुके थे और तब तक अच्छी खासी धूप हो चुकी थी। उसे यह समझने में कुछ समय लग गया कि वह वहाँ गेट का बाहर कैसे पहुँचा। थोड़ी देर मे उसे रात की सारी कहानी धीरे-धीरे याद आने लगी। उसके सर में हल्का-हल्का भारीपन लग रहा था। थोड़ी भूख भी लग रही थी। उसे याद आया कि कल रात से उसने कुछ नहीं खाया है।

थोड़ी देर वह वहीं बैठा हुआ सोचने लगा कि अब वह आगे कहाँ जाए। उसका उस फार्म हाउस के अलावा दूसरा कोई ठिकाना नहीं था। पर जो कल रात उसके साथ हुआ उसके बाद वापस उस घर में जाने का कोई मतलब नहीं बनता था।

वह काफी देर इसी उधेड़-बुन में लगा रहा कि अब आगे वह क्या करे? उसे भूख भी सता रही थी। अचानक उसे याद आया कि भवानी माँ के मंदिर में कुछ खाने-पीने के लिए प्रसाद मिल सकता है।

"हाँ! यही ठीक रहेगा।" उसने निश्चय किया कि भवानी माँ के मंदिर में चलकर पहले अपनी पेट की आग को थोड़ा सा शांत करेगा। उसके बाद वह सोचेगा कि उसे अब आगे क्या करना है। वह वहाँ से उठा और मंदिर की ओर चल पड़ा।

मंदिर में ज्यादा भीड़ नहीं थी। मंदिर के प्रांगण में प्रवेश करते ही उसे एक अजीब सी शांति का अनुभव हुआ। सहसा उसके दिमाग में विचार आया कि क्यों न वह मंदिर में ही रह जाए। वह उन सीढ़ियों पर कहीं सो जाया करेगा। आखिर उसका अब कोई और ठिकाना तो था नहीं। वहाँ उसे कुछ खाने पीने के लिए भी कुछ मिल जाएगा और बदले में वह मंदिर का कुछ काम कर दिया करेगा।

वह सीधा माँ के सामने दोनों हाथ जोड़कर कहा, "माँ मैं अब तुम्हारे शरण में आ गया हूँ। मुझे अपने शरण में जगह दे और मुझे कोई सही रास्ता दिखा।"

फिर वह पुजारी जी के पास गया और उन्हें प्रणाम करते हुए कहा कि यदि उनकी अनुमति हो तब वह यहीं इसी मंदिर में अब रहना चाहता है।

पुजारी जी ने कहा,"बेटा माँ की शरण में आने के लिए किसी की अनुमति की आवश्यकता नहीं होती है। तुम जब तक चाहो यहाँ रह सकते हो।" पुजारी जी से उसकी पुरानी जान पहचान थी इसलिए उन्होंने उसे रहने के लिए एक कमरा भी दे दिया।

राहुल कमरे का चाभी लेकर मंदिर की सीढ़ियों बैठ गया और कुछ सोचने लगा। कल रात से अब तक अचानक बहुत कुछ बदल चुका था। जिसके लिए वह अभी तक जीता रहा, वह अचानक ही उसे लात मारकर निकाल दिया। वह भावनाओं के वश में आकर बोल तो दिया कि वह शक्ति सिंह की जिंदगी बरबाद कर देगा। पर वह करेगा कैसे? उसकी पहुँच बहुत ऊपर तक है। पुलिस भी बिना किसी ठोस सबूत के उसके खिलाफ कोई भी एक्शन नहीं लेती है। फिर ऐसे में वह अब आगे क्या करेगा?

उसे भूख भी लग रही थी और भूख से पेट में ऐंठन भी होने लगी। सोचा पुजारी जी के पास कुछ खाने को मिल जाए। शायद वे अपने खाने के लिए कुछ बनाया हो। वह बस वहाँ से उठने ही वाला था कि एक महिला ने पीछे से आवाज लगाई,

"प्रसाद खा लो बेटा!" और फिर उसके हाथ में एक लड्डू रख दीया। उस महिला ने प्यार से उसके सिर पर हाथ फेर दिया तो उसे माँ की अचानक याद आ गई। उसकी आँखे छलछला गईं।

"जिसके एक इशारे पर मैंने माँ की ममता का गला घोंट दिया, वही शक्ति सिंह ने उसकी कनपटी पर बंदूक तान दिया, उसे लातों से मारा और घर से बाहर निकाल दिया। वह कितना अभागा इंसान है! माँ के प्यार की कीमत नहीं समझा और अपने ही हाथों से उसकी खुशियां छीन ली। मुझे जीने का कोई अधिकार नहीं है। धिक्कार है मुझे अपने जीवन पर। मुझे तो बस मर ही जाना चाहिए। पर अपने सीने में इतना बड़ा बोझ लेकर मर भी तो नहीं सकता हूँ। पहले मुझे माँ को सब सच बता देना चाहिए कि उसकी खुशियां छीनने वाला कोई और नहीं बल्कि वह अभागा इंसान मैं ही हूँ। इसके बाद माँ चाहे मुझे जो सजा दे या सजा नहीं दे। चाहे उसे मेरी बातों पर विश्वास हो अथवा नहीं हो। कम से कम उसे सच्चाई बताने के बाद मेरे सीने का बोझ तो कुछ कम हो जाएगा। उसके बाद फिर मैं आसानी से मर तो सकता हूँ। आखिर मेरे जैसे अभागे इंसान के जीने का क्या अधिकार है?"

अचानक ही उसके कदम मुनीम के घर की तरफ चल पड़े।

****

माँ दीवार की ओट लेकर उदास बैठी थी। रो-रो कर उसकी आँखें सुज चुकी थीं। उसकी बगल में ही संविदा बैठी हुई थी। राहुल को देखते ही माँ कि ममता उमड़ गई। उसने बड़े ही स्नेह से कहा,

"आ गया बेटा! पता नहीं क्या हाल बना रखा है तूने अपना। लग रहा है जैसे बहुत दिनों से ठीक से खाना नहीं खाया। शायद भूख लगी होगी तुम्हें। आ बैठ! मैं तुम्हारे लिए कुछ खाने को ले आती हूँ।"

माँ उसके लिए खाना लाने चली गई। पर राहुल वहीं खड़ा रहा। बैठने की उसकी हिम्मत नहीं हुई।

संविदा ने कहा, "माँ भी बहुत दिनों से ठीक से खाना नहीं खाई है। मैं ही कुछ जबरदस्ती उसे खिलाती रहती हूँ। बस दिन भर ऐसे ही गुमसुम उदास बैठकर रोती रहती है। बहुत दिनों के बाद आज तुम्हें देखकर उसने ठीक से कुछ बात की है। अब तुम आ गए हो तो तुम्हीं उसे समझाओ। एक बेटा चला गया तो क्या हुआ? अपनी माँ का ख्याल रखने के लिए अभी उसका दूसरा बेटा जिंदा है।"

राहुल को लगा कि बस अभी यह धरती फट जाए और वह उसके अंदर समा जाए। अब वह कैसे बताए कि उसकी इस हालत का जिम्मेवार कोई और नहीं बल्कि वह अभागा इंसान स्वयं राहुल ही है। पर वह वहाँ सच्चाई बताने ही तो आया था।

राहुल जो सच्चाई बताने वहाँ गया था उसे वह हर हाल में बता देना चाहता था। उसने बड़ी मुश्किल से हिम्मत जुटाकर आगे बस कुछ कहने ही वाला था कि माँ एक थाली में उसके लिए खाना लेकर आ गई। उसने राहुल का हाथ पकड़ अपने पास बैठा लिया,

164 राकेश कुमार

"मैं आज तुम्हें अपने हाथों से खाना खिलाऊंगी।"

उसने एक हाथ से एक कौर उठा लिया और दूसरे हाथ से अपना आंचल राहुल के सिर पर रख दिया।

"क्या हाल हो गया है मेरे बेटे का!" मां ने ममता भरी बात कही तो राहुल के आँखों में बरबस आँसू आ गए। अचानक उसे संदीप वर्धन की वह बात याद आ गई।

"अगली बार जब तुम खाना खाओगे तब याद रखना जो तुम बिरियानी खाने जा रहे हो वह तुम्हारे पसीने कि कमाई नहीं बल्कि किसी के खून से सने हैं। और तब देखना कि वह खाना कैसे तुम्हारे गले के नीचे उतरता है?"

राहुल ने अचानक देखा कि उसके थाली के खाने का रंग ऐसे लाल हो गया जैसे कि वह किसी के खून से सना हो। फिर अचानक उसमें मुनीम का चेहरा उभर आया। उसे लगा जैसे वह कह रहा हो,

"खा ले मेरे भाई! बहुत दिनों से तू भूखा है। शायद मेरी खून से तुम्हारी प्यास नहीं बुझी होगी। अब मेरे खून से सने खाना खाकर ही अपनी भूख मिटा ले।"

राहुल एकबारगी फफक कर रो पड़ा। उसने अपने हाथ से माँ के हाथ का खाना छिटक दिया और वहाँ से भाग खड़ा हुआ।

संविदा ने पूछा, "ये भैया को अचानक क्या हो गया माँ?"

"होगा क्यों नहीं? जिसका भाई जैसा दोस्त मरा हो, भला उसके गले से खाने का निवाला कैसे उतरेगा? पता नहीं मेरे हंसते खेलते परिवार को किसकी नजर लग गई?"

****

जब राहुल वहाँ से चला तो सीधा मंदिर ही जाकर रुका। वह मंदिर की सीढ़ियों पर आकर बैठ गया और फिर से एक गहरी चिंतन में डूब गया।

वह क्या करने गया था और क्या करके आ गया। वह माँ को सच्चाई बताने गया था पर वहाँ कुछ ऐसा हो गया कि उसकी सच्चाई बताने की हिम्मत नहीं हुई। आखिर कब तक ऐसे सीने में इतना बड़ा बोझ लेकर जिंदा रहेगा। यदि वह आज माँ को सच्चाई बता दिया होता तो कम से कम चैन से मर सकता था। पर वह अब तो चैन से मर भी नहीं सकता था।

वह इन्हीं सब विचारों में खोए हुए सीढ़ियों से उठा और अपने रूम में औंधे मुंह जाकर लेट गया। बिस्तर पर लेटते हुए उसने तकिए को अपने सीने से कसकर दबा लिया, जैसे अपने सीने के बोझ को कुछ कम करने की कोशिश कर रहा हो। वह उसी स्थिति में पड़े-पड़े कब सो गया, उसे पता नहीं चला।

तेईस

मुनीम की हत्या अब एक चुनावी मुद्दा बन चुका था। पुलिस वालों पर अप्रत्यक्ष रूप से अपराधियों को बचाने के आरोप लगाए जा रहे थे। पुलिस वाले भी बिना किसी ठोस सबूत के किसी के ऊपर कुछ भी कार्यवाही करने से बचाना चाह रहे थे। और सबसे बड़ा ठोस सबूत था-वह टूटी हुई तलवार। उस टूटी हुई तलवार के मिल जाने से मुनीम कि हत्या का मामला बहुत हद तक सुलझ सकता था। अब पुलिस वालों के पास यही विकल्प बचा था कि किसी भी तरह उस टूटी हुई तलवार को खोजा जाए और जितना हो सके उतना सबूत एकत्रित किया जाए।

यही सब बातें सुशील कुमार को भी बेचैन करने पर विवश कर दिया। उन्होंने शक्ति सिंह को फोन किया और उसके फोन उठाते ही उस पर बरस पड़े,

"यह तुम क्या नया पंगा ले लिए हो? एक तरफ वह तुम्हारा लड़का जिसे अभी तक अपनी रैली में साथ नहीं ला पा रहे हो और दूसरी तरफ तुम्हारा मुनीम का ठिकाने लगाना! अब पुलिस तुम्हारे घर की तलाशी के लिए सोच रही है। यदि कुछ गड़बड़ हुआ तब समझ लेना कि तुम्हारा क्या हाल होगा। मुझे पता नहीं तुम अब क्या करोगे? पर जो भी करना है तुम्हें ही करना है। मैं इस मामले में कुछ नहीं करने वाला हूँ। तुम सब कुछ खराब

किए हो, अब सब कुछ तुम्हीं ठीक करोगे। जितना जल्दी सब कुछ ठीक कर लोगे उतना ही तुम्हारे लिए अच्छा रहेगा। नहीं तो अपना परिणाम भुगतने के लिए तैयार रहना।"

शक्ति सिंह को इतना तो पता चल चुका था कि राहुल मंदिर में रहने के लिए चला गया है और वह मंदिर छोड़कर कहीं दो से तीन घंटे के लिए बाहर भी गया था। पर कहाँ गया था, उसे पता नहीं चल सका। उसका दिमाग तेजी से मंथन करने लगा।

"वह कहीं पुलिस स्टेशन तो नहीं गया था? उसने उसे बर्बाद करने के लिए कहा था तो हो सकता है वह पुलिस के पास सच बताने के लिए चला गया हो। पर यदि ऐसा होता तो अब तक उसके पास थाने से बुलावा आ गया होता। पर उस पर कुछ भरोसा नहीं किया जा सकता है। ऐसा भी हो सकता है कि वह भावनाओं में बहकर सरकारी गवाह बन जाए और वह पुलिस को सबकुछ सच बता दे। यदि ऐसा हुआ तो सचमुच मेरे लिए मुसीबत हो जाएगी। सुशील भैया भी गुस्से में हैं। वे कह रहे थे कि शायद पुलिस मेरे घर की तलाशी लेने की तैयारी में है। नहीं..नहीं,...। मुझे जो कुछ करना है बहुत जल्दी ही करना पड़ेगा। कहीं ऐसा न हो कि फिर बहुत देर हो जाए।"

उधर जब राहुल की आँख खुली तब शाम हो चुकी थी। उसका सिर भारी-भारी लग रहा था। शायद बहुत ज्यादा सोचने की वजह से ऐसा लग रहा होगा। वह फिर से अपने विचारों में खो गया।

आखिर वह क्या करे? वह न तो चैन से जी सकता है और ना ही दिल पर बोझ लेकर मर सकता है। वह एक टक छत की तरफ ताकने लगा। अचानक उसके दिमाग में एक विचार आया। यदि वह पुलिस को सब सच बता दे तो? सरकारी गवाह भी कुछ

चीज होता है। यदि वह सरकारी गवाह बन जाए तो? फिर अचानक आए उस ख्याल से उसके सर का भारीपन कुछ कम लगने लगा। उसके दिल का बोझ भी कुछ कम लगता हुआ आभास हुआ।

वह उठकर अपने आंख-मुंह धोया। अब उसे थोड़ा सा ठीक लग रहा था। उसने निश्चय किया कि वह अगले दिन इस बात पर अच्छी तरह से विचार करेगा और थाने में अपने आप को समर्पण कर सरकारी गवाह बन जाएगा।

****

संजीत इयूटी पर जाने के लिए तैयार था। वर्दी पहनकर उसने जूते बांधे, लेकिन संजू से टिफिन मांगने के लिए हिम्मत नहीं हो रही थी। उसे डर था कि कहीं वह फिर से गुस्सा ना हो जाए।

रंजना की बम धमाके में हुई मौत के बाद से संजू बेहद चिड़चिड़ी हो गई थी। उसे सबसे ज्यादा दुख इस बात का था कि उसके पति, जो खुद पुलिस में हैं, उसकी बहन के कातिल को सजा नहीं दिला पाए। वह आज भी आजाद घूम रहा था।

उस बात ने उसे इतना कड़वा बना दिया था कि वह छोटी-छोटी बातों पर भड़क जाती थी। कभी तो बिना वजह ही ताने मारने लगती थी।

उस दिन भी वैसा ही हुआ। जैसे ही संजीत ने उससे कहा कि वह इयूटी के लिए लेट हो रहा है। जल्दी से उसे टिफिन दे दे। उसने तुरंत ताना मारते हुए कहा, "बस खाली इयूटी ही कीजिए। बाकी आपको किसी के जीने-मरने से क्या फर्क पड़ने वाला है?"

उसकी बातें संजीत के दिल में जैसे तीर की तरह आकर लगीं। उसके पूरे शरीर में जैसे आग लग गयी। वह उन बातों का पता नहीं कितनी ही बार जवाब दे चुका था। पर संजू को अवसर मिलता नहीं कि फिर से वह इन्हीं सब बातों को लेकर ताना देना शुरू कर देती थी।

संजीत उस दिन भी संजू के तानों का उत्तर देते हुए कहा,

"फर्क मुझे भी पड़ता है। यदि रंजना तुम्हारी बहन थी तो मेरी भी कुछ लगती थी। उसके मरने का दुख मुझे भी है।"

"दुख है तो कुछ करते क्यों नहीं?"

"क्या करूं? साहब से मैंने स्वयं बात की थी। उसके सिर पर किसी बड़े राजनेता का हाथ है। वे बिना किसी ठोस सबूत के उसके ऊपर हाथ डालने का जोखिम नहीं लेना चाहते हैं। वह काम इतनी सफाई से करता है कि अपने पीछे कोई सबूत नहीं छोड़ता है?"

"अरे सबूत ढूंढेंगे तब न मिलेगा। पर आप क्यों ढूँढेंगे? आखिर आपको कौन सा फर्क पड़ने वाला है?"

संजीत इस बार तिलमिला कर रह गया। बस वह चाहता था कि बिना टिफिन लिए ही ड्यूटी के लिए चला जाए। पर संजू को ताना सुनाने का फिर एक और बहाना मिल जाता। इसलिए वह चुप रहना ही ठीक समझा।

पर संजू चुप रहने वाली नहीं थी। उसने फिर से ताना सुनाते हुए कहा,

"अरे, कम से कम अपनी बेटी के बारे में तो सोचे होते। उसने जमीन के नाम पर झुनझुना पकड़ा दिया। अब उसे बैठकर बजाते रहिए। कितने अरमान थे कि गुडिया को पढ़ाएँगे-लिखाएँगे। उस

जमीन को बेचकर उसकी अच्छी जगह शादी करेंगे। क्या-क्या सपने देखे थे उसकी जिंदगी के लिए। उन सब के लिए मैंने अपने गहने तक आपको दे दिया। पर आपको इन सब से क्या मतलब है? आप तो बस अपनी ड्यूटी बजाते रहिए। अरे किस्मत तो मेरी ही फूटी थी जो ऐसे आदमी के पल्ले बन्ध गई। धोखे से उसने आपको सरकारी जमीन बेच दी तब कौन सा कुछ आपने उसका बिगाड़ लिया?"

गुड़िया का जिक्र आते ही संजीत का दिल बैठ सा गया। आखिर कौन सा ऐसा पिता होगा जो अपनी बेटी का भला नहीं चाहेगा? पहले जब भी गुड़िया उसे देखकर खिलखिलाती तो संजीत का चेहरा भी खिल जाता। उसकी एक मुस्कान संजीत की दिनभर की थकान पल भर में गायब कर देती थी। लेकिन अब उसकी हंसी ऐसे लगती जैसे वह उसे चिढ़ा रही हो। ऊपर से संजू के ताने उसके दिल को और भी छलनी कर देते थे।

वह संजू के इन तानों का भी पता नहीं कितनी ही बार जवाब दे चुका था। पर उस दिन भी नहीं चाहते हुए उसे एक बार फिर से जवाब देना ही पड़ा।

"वह कोई सबूत नहीं छोड़ता है। उसने हमें धोखे से सरकारी जमीन बेचा। वह जमीन कुसुम देवी के नाम पर है। कुसुम देवी को कुछ याद ही नहीं है कि उसके नाम पर कोई जमीन भी है। वह एक वृद्ध महिला है जिसे छोटी से छोटी बातें भी याद नहीं रहती है। रजिस्ट्री करने कुसुम देवी के नाम पर कोई और ही महिला आई थी । लेकिन डॉक्यूमेंट सारे कुसुम देवी के लगे हैं। अब क्या पता अंगूठा भी वे असली कुसुम देवी के ही फ्रॉड कर के लगाए हों। यदि हम कोर्ट में यह कहें की असली कुसुम देवी रजिस्ट्री के लिए नहीं आई तब उसकी याददाश्त कमजोर होने का

लाभ उन्हें मिल सकता है। क्या पता सीसीटीवी फुटेज भी टेक्निकल एरर बताकर गायब कर दिए हों? मामला कोर्ट में जाते ही वह जमीन विवादित हो जाती और फिर हम उस जमीन पर कुछ भी नहीं कर सकते थे जब तक कि कोर्ट का कोई निर्णय नहीं आ जाता। और ऐसे मामलों के निर्णय आने में पूरी उम्र गुजर जाती है। अभी कम से कम वह जमीन तो हमारे पास है।"

संजीत ने आगे कहा, "वह हर काम बड़ी ही सफाई से करता है। उसके यहाँ काम करने वाले जिस सुदेशकी लाश खाई से मिली थी, उसके गायब होने कि खबर उसके मरने से तीन दिन पहले ही उसने थाने में दर्ज करा दी थी। उसने उस पर पैसे चुराकर भागने का आरोप लगाया था। उसकी शव जाँच में पता चला कि अधिक मात्रा में शराब पीने के कारण बेहोशी कि हालत में बारिश का पानी उसके फेफड़े में चला गया जिससे उसकी मौत हो गई। हमारी विवशता थी कि उसे आत्महत्या का केस माना जाए।"

संजीत ने आगे कहना जारी रखा, "रंजना के मामले में भी बम ब्लास्ट के समय वह मंदिर में था जिसकी पुष्टि मंदिर के सीसीटीवी रिकॉर्डिंग और पुजारी जी के बयान से हो चुकी है। वैसे भी उसके मोबाइल पर फोन रंजना जी का आया था। तुम्हारी माँ ने भी पुलिस को यही बताया कि हरिद्वार में किसी मुसीबत में फँसने के बाद वह उदास रहने लगी थी और उसने उसे उदासी से बाहर निकालने में मदद किया था और उसके बाद से वह खुश रहने लगी थी। उसने भी रंजना से दोस्ती की यही कारण बताया था। उसके ऊपर किसी बड़े आदमी का हाथ है जिससे उसे सिर्फ शक के आधार पर गिरफ्तार नहीं किया जा सकता है। कोई ठोस सबूत उसके खिलाफ था नहीं। जो भी गवाह यहाँ तक कि तुम्हारी

माँ ने भी उसी के पक्ष में अपना बयान दिया। तो फिर आखिर उसे किस आधार पर गिरफ्तार किया जा सकता था। कुछ तो ठोस सबूत मिले उसके खिलाफ!"

संजू के पास ताना मारने के लिए बातों की कमी नहीं थी। उसने फिर से ताना मारते हुए आगे कहा,

"कुछ दिन पहले ही तो उसके मुनीम की लाश कुँए से मिला था। उसका तो मर्डर हुआ था। वह तो तीन दिन से गायब नहीं हुआ था। उसने तो आत्महत्या नहीं किया था। तो फिर आप लोग उसे इस बार गिरफ्तार क्यों नहीं किए?"

संजीत ने एक ठंडी सी आह भरते हुए कहा, "उसके खिलाफ सबूत तो इस बार भी नहीं है। वह मुनीम की हत्या वाली रात उससे मिला अवश्य था। पर वह उसके खिलाफ सिर्फ शक का ही एक आधार बनाता है। वैसे भी चुनाव का प्रत्याशी होने के कारण सिर्फ संदेह के आधार पर तो कम से कम अभी उसे गिरफ्तार नहीं किया जा सकता है। उस पर वह बुढिया! उसने तो यह कहते हुए, कि उसे उसके अपने बेटों पर पूरा भरोसा है, साहब के पैर ही पकड़ लिया और तब तक नहीं छोड़ा जब तक साहब ने उसे यह आश्वासन नहीं दे दिया कि वे ठोस सबूत मिलने के बाद ही किसी के खिलाफ कोई कार्रवाई करेंगे। बुढिया बस एक ही बात कि रट लगाए बैठी थी। उसका कहना था कि वे लोग उसके बेटे जैसे हैं। वह पहले ही अपना एक बेटा खो चुकी है। अब वह नहीं चाहती कि शक के आधार उसके बाकी बेटों को परेशान किया जाए।

ठोस सबूत मुनीम की मर्डर में इस्तेमाल होने वाला तलवार है जो बहुत ढूंढने के बाद भी अभी तक नहीं मिला है। साहब उसके

घर की तलाशी करने की तैयारी कर रहे हैं कि शायद कुछ सबूत मिल जाए।

साहब से मैने खुद ही बात किया था। वह तो यहां तक कह रहे थे कि उसके खिलाफ कम से कम कोई झूठी गवाही भी देने के लिए तैयार हो जाए तो भी उसे इस बार उसे छोड़ने वाले नहीं हैं।"

संजू भी आखिर पुलिस वालों की मजबूरी समझती तो थी। पर उसकी बहन की मौत ने उसे चिड़चिड़ा होने पर मजबूर कर दिया था। उसके पास अब कहने के लिए कुछ नहीं बचा था। उसने बड़ी ही मायूसी से कहा,

"तो क्या वह कभी गिरफ्तार नहीं होगा? क्या वह ऐसे ही खुला घूमता रहेगा? अगर कोई सबूत नहीं मिला तो क्या उसे कभी सजा नहीं मिलेगी?"

संजीत को तो ऐसा ही लगता था। पर वह निराशा से भरा जवाब भी नहीं देना चाहता था। उसने एक उम्मीद जगाने के उद्देश्य से कहा,

"समय और प्रकृति से बड़ा कोई बलवान नहीं है। उसके पास हर समस्या का समाधान होता है। वह सब कुछ संतुलित कर देती है, पर अपने हिसाब से। जब प्रकृति न्याय कराती है तब वह अंतिम न्याय होता है जिसके बाद किसी और न्याय की गुंजाइश नहीं बच जाती है। जो चीज अपने वश में नहीं हो उसे समय और प्रकृति पर छोड़ दो। एक समय ऐसा अवश्य आएगा जहाँ प्रकृति के द्वारा सब का न्याय होगा। समय आने पर वह सभी का न्याय करती है। और उसके द्वारा किया गया न्याय अंतिम न्याय होता है। इसके बाद किसी और न्याय की आवश्यकता नहीं रह जाती है। हमें भी बस उस समय की प्रतीक्षा

करनी होगी, जब प्रकृति सबका न्याय करेगी। बस कभी उम्मीद मत छोड़ो। एक दिन वह समय अवश्य आएगा।"

संजू ने अब आगे कुछ भी कहना ठीक नहीं समझा। उसने टिफिन लाकर सुदेश को दे दिया जिसे लेकर वह अपने ऑफिस के लिए निकल पड़ा।

****

राहुल को बहुत दिनों के बाद एक अच्छी नींद आई। जब उसकी आँख खुली तब दिन के दस बज चुके थे। वह मंदिर की सीढ़ियों पर आकर बैठ गया। उसने पिछली रात निश्चय किया था कि वह आज पुलिस को सब सच बता देगा। पर क्या पुलिस उसकी बात पर विश्वास करेगी?

उसे दो बातें परेशान कर रही थीं। पहली बात कि वह अपने पहले बयान में कहा चुका था कि उस रात कुछ लोगों ने उन पर हमला किया था जिसके बाद मुनीम गायब हो गया था। अब यदि वह यह बयान देता है कि मुनीम गायब नहीं हुआ था बल्कि मुनीम को उसने मारा था और वह भी शक्ति सिंह के कहने पर, तब क्या उसे झूठा नहीं समझा जाएगा? क्या पुलिस उसकी बात पर आसानी से विश्वास करेगी?

शक्ति सिंह के साथ उसकी अनबन चल रही है यह तो उसके चुनाव प्रचार में नहीं जाने से सभी को पता चल ही चुकी है। उसका अभी का यह बयान पुलिस को शक्ति सिंह के खिलाफ एक साजिश की तरह लग सकता है। फिर पुलिस उसकी बातों पर विश्वास क्यों करेगी?

दूसरी बात जो उसे दुविधा में डाले थी वह बात मुनीम की हत्या में शामिल उस तलवार का न मिलना। यदि पुलिस वाले उसके बयान पर एक बार विश्वास कर भी लेते, तब वे उस तलवार के बारे में अवश्य ही जानना चाहेंगे जिसके बारे में अभी उसे कोई जानकारी नहीं थी। वह तलवार शक्ति सिंह अपने साथ ले गया था और पता नहीं उसे कहाँ छुपाकर रखा था। उस हत्या में सबसे बड़ा सबूत वह टूटी हुई तलवार थी। और उसके बारे में उसे कोई भी जानकारी नहीं होना पुलिस वालों को उसे झूठा समझने पर मजबूर कर देती।

वह बहुत देर तक इन्हीं दुविधाओं के चक्रव्यूह में उलझा रहा। अंततः उसने निश्चय किया कि चाहे जो भी हो, वह थाने में आत्मसमर्पण करेगा। चाहे पुलिस वाले उसकी बात पर विश्वास करें या नहीं करें। हो सकता है कि पुलिस वाले उसे झूठ बोलने और पुलिस को गुमराह करने की कोशिश के जुर्म में ही जेल में डाल दें। यदि ऐसा भी हो जाता है तब भी वह जेल की काल कोठरी में बैठकर अपने गुनाहों का प्रायश्चित कर सकेगा।

अब वह आगे की रणनीति जैसे पुलिस के सामने क्या कहना है और कैसे कहना है, पुलिस वाले क्या-क्या प्रश्न पूछ सकते हैं और उसका क्या और कैसे उतर वह देगा उन सबकी, मोटे तौर पर एक रूपरेखा तैयार करने में लग गया।

आखिर में उसने एक कहानी बनाई जो जाते ही पुलिस वालों को सुनानी थी और उसके बाद उनके संभावित प्रश्नों के उत्तर तैयार कर वह जब सीढ़ियों से उठा तब दोपहर के बारह बज चुके थे। थाने में समर्पण करने से पहले उसने सोचा कि एक बार माँ का आशीर्वाद लेना ठीक रहेगा।

उसने माँ के सामने दोनों हाथ जोड़कर विनती की। माँ! मुझे नहीं पता क्या होने जा रहा है। मुझे यह भी नहीं पता कि पुलिस वाले मेरी बातों पर कितना विश्वास करेंगे। पर मुझे शक्ति देना माँ कि मैं शक्ति सिंह के खिलाफ अपनी बात कह सकूँ। मुझे पता नहीं माँ कि क्या सही है और क्या गलत है। पर अब इतना बड़ा कलंक लेकर मुझ से नहीं जिया जा रहा है। और इतना बड़ा कलंक लेकर मर भी नहीं सकता हूँ। अब तू ही कोई रास्ता दिखा। मुझे साहस और हिम्मत देना माँ कि मैं अपनी बात पुलिस के सामने कह सकूँ और मुझे कुछ प्रायश्चित का अवसर मिल जाए।"

उसने सिर झुकाकर माँ को प्रणाम किया और पुलिस स्टेशन जाने के लिए जैसे ही पीछे मुड़ना चाहा कि उसकी नजर दीवाल पर लगे एलसीडी टीवी पर चली गई। पत्रकार चीख-चीख कर कह रहे थे, "आखिर एक बहुत बड़े मर्डर के रहस्य से पर्दा उठ ही गया। आज मुनीम के हत्यारे ने खुद ही आकर थाने में आत्मसमर्पण कर दिया।"

राहुल के दिमाग को एक जोर का झटका लगा। मुनिम का हत्यारा तो वह स्वयं है फिर उसका कौन सा हत्यारा पकड़ा गया? शक्ति सिंह तो आत्मसमर्पण कर नहीं सकता है। फिर किस हत्यारे ने थाने में आत्मसमर्पण कर दिया?"

उसने अपनी जिज्ञासा को शांत करने के लिए टीवी में आ रहे समाचार को बड़े ही ध्यान से देखने लगा।

न्यूज वाले चीख-चीख कर कह रहे थे, "जिस मर्डर मिस्ट्री को लेकर पुलिस प्रशासन कि नींद उडी हुई थी और जो चुनाव का एक मुद्दा बना हुआ था। जिस हत्या को लेकर प्रशासन वालों पर गंभीर आरोप लगाए जा रहे थे, आखिर पुलिस वालों को उसमें

एक बड़ी सफलता मिलती नजर आ रही है। आज उस हत्यारे ने खुद ही सुबह-सुबह थाने में आत्मसमर्पण कर दिया। उसके दिए गए बयान के आधार पर उसके घर से हत्या में शामिल वह टूटी हुई तलवार भी बरामद कर ली गई है जो मुनीम के शरीर में फँसे उसके टुकडे से बिलकुल मैच हो गई है। साथ ही उसके घर से वह काले रंग का नकाब भी बरामद कर लिया गया है जिसे कुछ लोगों ने बम ब्लास्ट करने वाले दिन उस रैली वाले ग्राउंड के पास एक व्यक्ति को पहने हुए देखा था। उसने उस धमाके की भी जिम्मेदारी स्वयं ही ली है।"

"उसने पुलिस वालों को जो कारण बताया उसके अनुसार एक दिन जब वह अपनी बीमार माँ से मिलने अस्पताल गया था उस दिन उसने थोड़ी सी शराब पी रखी थी। उसी दिन शक्ति सिंह भी उसकी माँ से मिलने अस्पताल आया हुआ था। उसके शराब पीकर अस्पताल आने कि बात पर शक्ति सिंह इतना गुस्सा हो गया कि सभी लोगों के सामने ही उसे एक जोर का थप्पड़ मार दिया और बहुत से अपमान भरे शब्द कहे। उस दिन से ही वह उस अपमान कि आग में जलता रहा और उसका बदला लेने के अवसर कि तलाश में रहने लगा। एक दिन उसे पता चला कि शक्ति सिंह रंजना से मिलने रैली वाले ग्राउंड में जाने वाला है, तब उसने अपनी योजना बनाई और रंजना के हाथ में बम का पैकेट थमा दिया ताकि जब वह शक्ति सिंह के सामने खोले तब दोनों के चीथड़े उड़ जाए। पर ऐसा नहीं हुआ। शक्ति सिंह किसी कारण से वहाँ आया ही नहीं और वह बच गया। फिर वह किसी दूसरे अवसर की तलाश में रहने लगा।"

"दूसरा अवसर उसे तब मिला जब वह रात में मुनीम से मिलने पहुँचा। उसने अंधेरे का फायदा उठाते हुए अचानक उस

पर हमला कर दिया। सभी लोग अलग-अलग दिशा में भागे। पर उसके हाथ में एक व्यक्ति आया। वह मुनीम था। उसने उसपर हमला कर दिया। वह लड़खड़ाकर गिर गया। फिर उसने उसके दोनों हाथ काटे और उसकी हत्या करने के बाद उसकी लाश को पास के कुँए में डाल दिया।"

"उसने तलवार को क्यों नहीं कुँए में डाल दिया?" इस पर उसका कहना है कि हत्या के बाद उसे पता चला कि मरने वाला व्यक्ति शक्ति सिंह नहीं बल्कि उसके यहाँ काम करने वाला उसका मुनीम था। तब उसके दिमाग में एक योजना आई कि पुलिस वाले मुनीम की हत्या के लिए शक्ति सिंह पर शक करेंगे। ऐसे में वह किसी तरह उस टूटे हुए तलवार को शक्ति सिंह के किसी ठिकाने पर छिपा देगा ताकि पुलिस वालों का शक यकीन में बदल जाए और फिर वह जीवन भर जेल में सड़ता रहे। पर वैसा मौका उसे नहीं मिल सका।

"उसने आत्मसमर्पण क्यों किया?" इस पर उसका कहना है कि उसे नहीं पता था कि यह एक चुनावी मुद्दा बन जाएगा। वह बहुत डर गया था इसलिए उसने थाने में आत्मसमर्पण कर दिया।"

पत्रकार ने आगे कहा,"कुछ बातें ऐसी है जिससे लगता है कि वह सच कह रहा हो। जैसे हॉस्पिटल में शक्ति सिंह का थप्पड़ मारना जिसे वहाँ के स्टाफ ने भी पुष्टि की है। दूसरा उसके घर से तलवार और उस नकाब का मिलना।"

"पर कुछ बातें उसे संदेह के घेरे में लाकर खड़ा कर देती हैं। जैसे, शक्ति सिंह ने कहा था कि कुछ लोगों ने उस पर हमला किया था, जबकि वह कह रहा है कि उसने अकेले ही हमला किया था। फिर, अकेला व्यक्ति के हमला करने से चार-चार लोग

कैसे भाग सकतेहैं? उसे बम और तलवार कहाँ से मिला उसका भी वह कोई ठोस जवाब नहीं दे पा रहा है। वह एक शराबी है और शराब के नशे में मंदिर के बाहर दिन भर भीख माँगा करता है यह बात तो सभी को पता है। फिर एक शराबी की बात पर पुलिस वाले कितना भरोसा करते हैं यह भी देखने वाली बात होगी। पर क्या वह सच में अपराधी है या किसी राजनीतिक दबाव में अपराध अपने सिर पर ले रहा है इस दृष्टिकोण से भी पुलिस वालों को देखना होगा। सच्चाई क्या है यह तो आगे की पूछताछ और जाँच के बाद ही स्पष्ट हो पाएगा। और उसके लिए पुलिस वालों को अभी बहुत सारे काम करने पड़ेंगे।"

राहुल धम्म से वहीं फर्श पर गिर गया। "शक्ति सिंह ने तो सौरभ को हॉस्पिटल में सभी के सामने थप्पड़ मारा था जिसे वह ड्रग्स देकर अपना गुलाम बनाया था। तो क्या इसी दिन के लिए वह समय आने पर फसल काटने की बात कह रहा था कि मनचाहा कीमत देगा? क्या इसी दिन के लिए उसे ड्रग्स का गुलाम बनाया था?"

वह बिलकुल अन्दर से जैसे टूट सा गया। अब उसके पास पुलिस को सुनाने के लिए कुछ रह नहीं गया था। वह वहीं फर्श पर निढाल होकर पसर गया।

चौबीस

पुलिस ने सौरभ को कोर्ट में पेश किया, जहाँ उसे एक सप्ताह की पुलिस हिरासत में भेज दिया गया ताकि आगे की पूछताछ की जा सके। पुलिस के सामने कई अनसुलझे सवाल थे, जिनका जवाब ढूंढना जरूरी था। सबसे अहम प्रश्न यह था कि क्या सौरभ सच बोल रहा था या वह किसी राजनीतिक साजिश का शिकार हो गया था?

दो दिन तक पुलिस ने गहन पूछताछ की, लेकिन अब तक कोई ठोस नतीजा हाथ नहीं लगा। पुलिस ने आगे की पूछताछ के लिए नए तरीकों और विकल्पों पर विचार करना शुरू कर दिया।

राहुल भी पिछले दो दिनों से लगातार अपने ही विचारों में उलझा रहा।

"मैं जो भी कोशिश कर रहा हूँ, कुछ भी काम नहीं कर रहा है। माँ को सच्चाई बताने गया, लेकिन कुछ कह नहीं पाया। पुलिस के पास जाकर सच बताने की कोशिश की, पर उससे पहले ही कोई और जाकर समर्पण कर चुका। पता नहीं उसने पुलिस को क्या-क्या सच बता दिया होगा। अब मैं क्या करूँ? शायद पुलिस की सघन पूछ-ताछ में उसका झूठ सामने आ जाए।"

"अगर ऐसा हुआ तो मैं फिर से सच बताने की कोशिश कर सकता हूँ। हो सकता है, पुलिस मेरी बात मान कर मुझे जेल में डाल दे। शायद यही मेरे पापों का प्रायश्चित हो। लेकिन क्या

पुलिस उसे झूठा साबित कर पाएगी? और अगर वे ऐसा कर भी लेते हैं, तो क्या वे मेरी बातों पर यकीन करेंगे?"

राहुल इन्हीं विचारों के मंथन में बहुत देर तक खुद से जूझता रहा।

सौरव का पिछले दिन से ही सिर में भारीपन शुरू हो गया था। उस दिन उसके ड्रग्स लेने का आखिरी दिन था। यदि शाम तक ड्रग्स नहीं मिलता तो फिर उसकी बेचैनी बढ़ सकती थी और उसका सिर बेचैनी के कारण फट भी सकता था।

रात के दस बज चुके थे और अब उसकी बेचैनी धीरे-धीरे बढ़ते हुए अपनी चरम सीमा पर पहुंचने लगी। उसने अपने दोनों हाथों से अपने बाल नोचना शुरू कर दिया। ऐसा लगने लगा मानों उसकी आँखें फटकर बाहर निकल जाएंगी। सर तनाव से फटने लगा। उसकी बेचैनी उसके बर्दास्त से बाहर होने लगी। पूरा शरीर पसीने से तर हो गया। उसने अपने हाथों से अपने बालों को खींचते हुए अपने सिर को सामने की दिवारों पर मारने लगा। उसे दर्द तो हुआ पर थोड़ी-थोड़ी राहत मिलता हुआ महसूस होने लगा। ज्यादा राहत पाने के लिए बस ऐसे ही पीछे की ओर से दौड़ता हुआ आया और पूरे जोर से अपने सिर को सामने की दीवार पर ठोकर मार दिया। चोट इस बार इतना गहरा था कि उसका सिर फूट कर उसमें से खून बहने लगा और वह वहीँ नीचे फर्श पर गिरकर बेहोश हो गया।

तेज आवाज सुनकर ड्यूटी पर तैनात सिपाही दौड़ता हुआ आया। स्थिति को देखते हुए उसने तुरंत अपने वरिष्ठ अधिकारी को सूचित किया। सौरव को फौरन अस्पताल ले जाया गया, लेकिन अत्यधिक खून बहने के कारण डॉक्टर उसे बचा नहीं सके, और उसने दम तोड़ दिया।

✳✳✳✳✳✳✳✳✳✳✳✳✳✳✳✳✳✳✳✳✳✳✳✳✳✳✳✳✳✳✳✳✳✳✳✳✳✳✳

राहुल सुबह ही आकर मंदिर की सीढ़ियों पर बैठ गया। सौरभ के मौत की खबर पूरे शहर में फैल चुकी थी। मंदिर आने-जाने वाले लोग भी धीमे जुबान से बस उसी बात की चर्चा कर रहे थे। उस खबर की भनक राहुल को भी लगी और उसने इतना अनुमान तो लगा लिया कि सौरभ शायद अब मर चुका है। उसकी जो एक आस थी कि, उसके झूठा साबित होने पर वह थाने में खुद को समर्पण करने की कोशिश करेगा, अब वह आस भी खत्म हो चुका था।

वह फिर से उन्हीं सब विचारों में खो गया। बारह बजते ही वह टीवी के सामने खड़ा हो गया। टीवी में खबर उसी के बारे में चल रहा था। खबर सच था। उसने थाने में आत्म हत्या का प्रयास किया था जिसके बाद उसे अस्पताल ले जाया गया। पर उसे बचाया नहीं जा सका और वह मर गया।

उसकी एक उम्मीद, कि उसे समर्पण कर जेल की काल कोठरी में प्रायश्चित करने का अवसर, अब पूरी तरह से टूट चुका था। वह फिर से गहन विचारों के मंथन में सारी घटनाओं को बार-बार याद करने लगा। बार-बार उसके विचार एक ही जगह पर आकर रुक जाते थे। "वह सच में कितना अभागा इंसान है। न तो चैन से जी सकता है और न ही चैन से मर सकता है।"

थोड़ी देर बाद उसके दिमाग में वह दृश्य घूमने लगा जब शक्ति सिंह ने उसके कनपटी पर बंदूक रखा था और फिर उसे लात मारकर घर से बाहर निकाला था। फिर उसे याद आया कि

वहाँ से निकलने से पहले उसने कहा था कि वह शक्ति सिंह को बरबाद कर देगा। पर - कैसे?

वह अपनी माँ को सच्चाई बताने गया था पर बता नहीं सका। पुलिस को सच्चाई बताने जा रहा था पर बता नहीं सका। शक्ति सिंह के ऊपर राजनीतिक सपोर्ट है तो पुलिस बिना सबूत के उस पर कुछ भी कार्यवाही करने से बच रही है। तो क्या वह शक्ति सिंह का कुछ नहीं बिगाड़ सकेगा?

अचानक उसके चेहरे के भाव बदलने लगे। उसके चेहरे सख्त होने लगे। उसकी आँखें जैसे किसी एक चीज पर केंद्रित होने लगीं। उसने अपनी दोनों मुठियों को कस लिया और अपने आप से दृढ़ स्वर में जैसे कहा, "अब बहुत हो गया शक्ति सिंह!"

उसने जैसे ठान लिया, "प्रायश्चित तो उसका अब उसी समय पूरा होगा जब वह शक्ति सिंह को पूरी तरह से बरबाद कर देगा। उसके जीवन का अब एक ही उद्देश्य रहेगा - शक्ति सिंह के जीवन की बरबादी। हाँ! वह अब लोगों के बीच जाकर शक्ति सिंह के खिलाफ चुनाव प्रचार करेगा। वह घर-घर जाकर शक्ति सिंह की असलियत बताएगा। वह लोगों को बताएगा कि शक्ति सिंह एक नंबर का झूठा एवं मक्कार है। चाहे आप किसी को भी वोट दें पर शक्ति सिंह को वोट न दें।"

अगले ही दिन वह भवानी माँ का आशीर्वाद लेकर अपने मिशन में जुट गया। उसकी बातें कुछ लोगों को पसंद आईं। कई लोग उसकी बातों से सहमत नजर आए। लेकिन कुछ लोगों ने यह भी कहा कि दोनों के बीच अनबन की वजह से राहुल बदला लेने के लिए ऐसी बातें कह रहा था।

जब शक्ति सिंह को राहुल की इस हरकत का पता चला, तो वह गुस्से से दांत पीसकर रह गया। उसने मन ही मन कहा,
184 राकेश कुमार

"कोई बात नहीं, कमीने! एक बार चुनाव खत्म हो जाने दे। तुझे ऐसा सबक सिखाऊंगा कि तेरी आत्मा तक कांप जाएगी।"

एक दिन, राहुल लोगों को समझा रहा था कि शक्ति सिंह को वोट न दें। तभी शक्ति सिंह भी अपने चुनाव प्रचार के सिलसिले में वहाँ आ पहुंचा। राहुल को देखते ही उसका गुस्सा उफान पर आ गया, लेकिन उसने खुद पर काबू रखते हुए चेहरे पर एक बनावटी मुस्कान चिपका ली। लोगों की ओर मुखातिब होकर उसने बड़े ही नरम स्वर में कहा,

"आप ही समझाइए इसे। पता नहीं, मेरा भाई किस बात से नाराज है। अगर मुझसे कोई गलती हुई है, तो मैं आप सबके सामने माफी मांगने के लिए तैयार हूँ। पर यह बताए तो सही, आखिर मैंने ऐसा क्या किया है जिससे मेरा भाई मुझसे इतना नाराज है?"

शक्ति सिंह के इस भावुक अंदाज ने वहाँ के लोगों का दिल जीत लिया। लोग उसकी तारीफ करने लगे और राहुल को ही गलत ठहराने लगे। वे कहने लगे कि राहुल बेवजह शक्ति सिंह पर आरोप लगा रहा है।

मौके की नजाकत को भांपते हुए, शक्ति सिंह ने तुरंत वहाँ से निकल जाना ही बेहतर समझा। राहुल भी लोगों के तानों और आरोपों से परेशान होकर वहाँ से चुपचाप चले जाने में ही अपनी भलाई समझी।

<h1 style="text-align:center">पच्चीस</h1>

राहुल के विरोध का असर तो हुआ, लेकिन उतना नहीं जितना होना चाहिए था। शक्ति सिंह की छवि, बाबा का आशीर्वाद, चुनाव में बेहिसाब खर्चा, पैसे और शराब का खुला वितरण, और उसकी पार्टी का मजबूत प्रभाव, ये सभी कारक उसके पक्ष में रहे। आखिरकार, वह चुनाव जीत ही गया। जीत के जश्न में शक्ति सिंह ने अपने कार्यकर्ताओं और शहर के कुछ प्रतिष्ठित लोगों के लिए एक भव्य पार्टी आयोजित करने का निर्णय लिया।

यह तय किया गया कि पार्टी रैली ग्राउंड में होगी, जिसमें एक हिस्सा घेराबंदी करके विशेष क्षेत्र बनाया जाएगा। गेट पर सघन जांच के लिए दो पुलिसकर्मी तैनात किए जाएँगे। मंच के नीचे सीढ़ियों के पास और पोडियम के पीछे भी पुलिसकर्मियों को सुरक्षा में लगाया जाएगा। मंच पर शक्ति सिंह और सुशील कुमार के साथ किन-किन लोगों को बैठना है और किस क्रम में बैठना है, इसकी पूरी योजना बना ली गई। शहर के बड़े और प्रतिष्ठित लोगों की सूची तैयार की गई जिन्हें पार्टी में आमंत्रित किया जाना था। साथ ही यह सुनिश्चित किया गया कि उन सब कि सुरक्षा में कोई कमी न रहे।

सुरक्षा के लिए बड़ी संख्या में पुलिसकर्मियों की इ्यूटी लगाई गई। किस पुलिसकर्मी को किस जगह तैनात करना है, यह भी

स्पष्ट कर दिया गया। संजीत को मुख्य प्रवेश द्वार की जिम्मेदारी दी गई।

संजीत ने हर संभव कोशिश की कि उसकी ड्यूटी उस पार्टी में, विशेषकर मुख्य गेट या मंच के पास, न लगे। लेकिन अधिकारियों ने उसकी एक न सुनी, और अंततः उसे मुख्य प्रवेश द्वार पर तैनात कर दिया गया।

उस दिन संजीत ने पहली बार इतनी बेबसी महसूस की। "जिसने हमारी खुशियां छीन लीं, जिसने हमें धोखे से सरकारी जमीन बेचकर तबाह कर दिया, मेरी बेटी के सपने चकनाचूर कर दिए, मेरे परिवार के एक सदस्य को बम धमाके में मार डाला, मेरी पत्नी की मानसिक हालत बिगाड़ दी, और हमारे घर की सुख-शांति छीन ली, आज उसी व्यक्ति के सम्मान में मुझे सलामी देनी पड़ेगी। उसी के लिए दरबान बनकर खड़ा होना पड़ेगा। भगवान ही जानें, और कितने बुरे दिन देखने बाकी हैं!"

****

राजू को अचानक राहुल की याद आ गई। सोचने लगा, "आज राहुल साथ होता तो वह भी सम्मान समारोह में मेरे साथ होता। कितना अच्छा लगता! पर ऐसा हो न सका।"

उसकी बेचैनी बढ़ गई और उसने राहुल से मिलने का फैसला किया। वह भवानी माँ के मंदिर की ओर चल पड़ा।

मंदिर की सीढ़ियों पर राहुल अपने ख्यालों में खोया हुआ बैठा था। राजू ने उसके पास जाकर बैठते हुए पूछा, "कैसा है तू?"

राहुल ने बिना उसकी ओर देखे जवाब दिया, "ठीक हूँ।"

राजू ने बात आगे बढ़ाई, "भैया ने कल सभी के लिए सम्मान समारोह का आयोजन किया है। अगर तू भी हमारे साथ रहता, तो कितना अच्छा होता! आखिर तुझे भैया से दुश्मनी करके क्या मिला? भैया ने तो चुनाव जीत ही लिया। तू अकेला रह गया। अगर तू भैया के साथ होता, तो हम दोनों भी इस खुशी के मौके पर साथ होते।"

राहुल ने उसकी बातें सुनी, पर उसके चेहरे पर कोई खास भाव नहीं थे। उसने धीरे से कहा, "तुम मुझे अपना दोस्त मानते हो न? एक काम करोगे मेरे लिए?"

राजू ने अंदर से तड़पते हुए कहा, "तू कैसी बातें कर रहा है भाई? बचपन से हम साथ रहे, साथ भीख माँगी। तेरी जिद थी कि भैया भी मुझे तेरे साथ काम पर रखे ताकि हम हमेशा साथ रहें। पर अब हालात ऐसे हो गए कि मैं चाहकर भी तेरे साथ नहीं आ सकता।"

राहुल की भावनाएँ ठंडी थीं। उसने सपाट स्वर में कहा, "याद है, जब हम सुदेश के मर्डर के लिए गए थे, तब मेरे पास जो पिस्तौल थी, उसका इस्तेमाल नहीं हुआ था? वो पिस्तौल अब भी मेरे कमरे की आलमारी में होगी। क्या तुम उसे मेरे लिए ला सकते हो?"

राजू ने थोड़े भय और चिंता के साथ पूछा, "तू क्या करने वाला है?"

राहुल ने ठंडे स्वर में कहा, "कुछ नहीं। बस वह चाहिए। अगर ला दोगे, तो तुम्हारा बड़ा उपकार होगा।"

उपकार शब्द सुनकर राजू को ऐसा लगा जैसे राहुल ने उसे पराया कर दिया। उसने बड़े ही क्षोभ के साथ कहा,"यार मुझे दुख है कि मैं तुम्हारे साथ नहीं आ पाया। पर मैं तुम्हारा यह काम

करने को पूरी कोशिश करूँगा। तुम्हारे जाने के बाद से ही तुम्हारा कमरा बंद है और उसकी चाभी भैया के पास है। मैं कोशिश जरूर करूँगा कि तुम्हारी चीज तुम्हें लाकर दे दूं।"

उसके बाद वह "ठीक है अब मैं चलता हूँ" कहकर वहाँ से चला गया पर राहुल काफी देर तक उन्हीं विचारों में खोया हुआ सीढ़ियों पर बैठा रहा।

****

चाभी माँगने के लिए राजू अपने आप को मानसिक रूप से तैयार कर रहा था। बात उसकी दोस्ती पर आ चुकी थी। इसलिए वह हर संभव प्रयास कर रहा था की किसी तरह वह चाभी उसे मिल जाए और वह पिस्तौल किसी तरह राहुल तक पहुँचा दे। वह मन में अनेक तरह की योजनाएँ बनाने लगा।

फार्म हाउस आते ही शक्ति सिंह सीधा अपने कमरे में चला गया। थोड़ी देर बाद राजू भी उसके पीछे-पीछे उसके कमरे में चला गया और जाते ही उसने कहा, "भैया! राहुल का कमरा बहुत दिनों से बंद है। अब सब कुछ नया होने जा रहा है, कल सम्मान समारोह भी है तो क्यों न कल उसके कमरे की भी साफ सफाई करवा के धुलवा दें?"

वह थोड़ी देर बिल्कुल सावधान की मुद्रा में शक्ति सिंह की ओर देखता रहा। बस वह भगवान से यही प्रार्थना करता रहा कि भैया को किसी भी तरह कुछ शक न हो और बस किसी तरह उस कमरे की चाभी दे दें।

शक्ति सिंह थोड़ी देर राजू की ओर देखा। फिर कुछ सोचते हुए उसने इशारे से कहा कि चाभी उधर टँगी है। जाकर ले ले।

राजू की खुशी का तो जैसे कोई ठिकाना ही नहीं रहा। उसे लगा कि बस वह लपक कर चाभी लेकर राहुल के कमरे की तरफ दौड़ पड़े। पर उसने ऐसा अनुभव किया कि भैया की निगाहें उसे ही घूर रही हैं। वह अपने आप को सामान्य दिखाने की कोशिश करते हुए धीरे-धीरे चाभी की तरफ लपका और वैसे ही अपने आप को सामान्य रखने की कोशिश करते हुए तेजी से कमरे से बाहर आ गया। शक्ति सिंह उसे तब तक घूरता रहा जब तक कि वह कमरे से बाहर नहीं चला गया।

राजू तेजी से राहुल के कमरे की तरफ भागा। वह सुबह का इंतजार नहीं कर सकता था। जल्दी से राहुल का कमरा खोला और बल्ब का स्विच ऑन कर दिया।

कमरा बिल्कुल अस्त व्यस्त था। शायद उस रात राहुल और शक्ति सिंह के बीच में झगड़ा होने के कारण राहुल को समय ही नहीं मिला होगा कमरा ठीक करने के लिए। उसकी अलमारी बंद थी और उसके पास उसकी चाभी भी नहीं थी।

"कहाँ होगी चाभी?" उसने अपने दिमाग पर जोर देते हुए सोचने की कोशिश करने लगा। उसे याद आया कि चाभी उसके तकिए के नीचे रहती है। एक बार कभी राहुल ने इस बात का जिक्र किया था।

वह जल्दी से तकिए की तरफ लपका जिसे उठाते ही उसे चाभी नजर आ गई। बस उसकी जान में जान वापस आई। उसने झट से चाभी उठाकर अलमारी खोल दिया। अच्छी बात रही कि अलमारी खोलते ही उसे पिस्तौल सामने ही रखा नजर आ गया।

उसने झट से पिस्तौल उठाया और सीधा अपने कमरे की तरफ भागा। अपने अलमारी में उसे छिपाते ही उसने चैन की

साँस ली। अब उसकी चिंता थी कि किसी तरह अगले दिन वह पिस्तौल राहुल तक पहुँचा दे।

शक्ति सिंह को थोड़ा अटपटा सा लगा। उसे ऐसा आभास हुआ कि कुछ तो गडबड चल रहा है। राजू का ऐसे कमरे में आकर चाभी के लिए पूछना और फिर कमरे से अचानक निकलने का अंदाज कुछ अटपटा सा लगा। पर वह जान बूझकर उसे नजर अंदाज कर दिया।

राजू को उस रात ठीक से नींद नहीं आई। बस वह किसी तरह सुबह होने का इंतजार करता रहा।

शक्ति सिंह सुबह-सुबह ही सुशील कुमार को रिसीव करने के लिए निकल गया। जाने से पहले उसने राजू से कहा, "स्यापा को लेकर आयोजन स्थल पर आ जाना। "उसके जाते ही राजू ने राहत की सांस ली। उसने तुरंत स्यापा को बुलाकर राहुल के कमरे की सफाई करवाई और उसे पानी से धुलवाकर चमका दिया। सब कुछ तैयार होने के बाद उसने स्यापा से कहा, "हम दोनों माँ भवानी के दर्शन करने के बाद सम्मान समारोह में जाएंगे।"

राहुल सीढ़ियों पर ही इंतजार करता हुआ मिल गया। राजू ने स्यापा के सामने ऐसे दिखाया जैसे कि वह राहुल को अचानक से पहली बार देख रहा हो। उसने स्यापा से कहा कि वह राहुल से मिलकर आ रहा है।

उसने राहुल को सीढ़ियों से हटाकर किनारे लेकर गया जहां स्यापा उसे न देख सके। उसने धीरे से अपनी कमर से पिस्तौल निकलकर राहुल को पकड़ाई जिसे उसने तुरंत ही अपने मोजे के अंदर बड़े बूट के नीचे छुपा दिया। जैसे ही राजू ने कहा कि वह जा रहा है वैसे ही राहुल ने कहा, "मैं भी आऊंगा।"

192 राकेश कुमार

स्यापा को कुछ शक न हो इसलिए वह आते ही उससे कहा, "जब राहुल भी हमारे साथ में रहता था तब कितना अच्छा लगता था। नहीं? पर पता नहीं ऐसा क्या हुआ कि वह हम लोगों से अलग हो गया?"

दोनों ने माँ भवानी के दर्शन किए। हाथ जोड़कर प्रणाम किया और वहाँ से सम्मान समारोह वाले स्थल की ओर चल पड़े।

छबीस

संजीत सम्मान समारोह की ड्यूटी पर जाने के लिए वर्दी पहनकर तैयार हो गया पर बाइक की चाभी संजू से माँगने की उसकी हिम्मत नहीं हो रही थी। जब से उसने प्रकृति के न्याय और बदला लेने की बात कही थी, तब से संजू ने उस पर कोई तंज नहीं कसा था। हालांकि, उसे पूरा भरोसा था कि जब संजू को पता चलेगा कि वह उसी व्यक्ति के सम्मान समारोह की ड्यूटी करने जा रहा है जिसने हमारी ज़िंदगी बर्बाद कर दी, तो वह जरूर कोई ताना मारेगी। उसने खुद को इसके लिए मानसिक रूप से तैयार भी कर लिया था।

लेकिन, इस बार ऐसा कुछ नहीं हुआ। और जैसे ही उसने संजू से बाइक कि चाभी मांगी तो उसने चुपचाप उसे लाकर दे दिया। शायद अब उसने भी मान लिया था कि जब पुलिस उसकी बहन के गुनहगार के खिलाफ कुछ नहीं कर पाई, तो अब प्रकृति ही न्याय करने के लिए कोई रास्ता निकालेगी। हो सकता है, उसने अब यह स्वीकार कर लिया हो कि प्रकृति का न्याय ही अंतिम न्याय हो, और उसके बाद किसी अन्य न्याय की आवश्यकता नहीं रह जाए।

संजीत ने बाइक स्टार्ट की और सबसे पहले भवानी माँ के मंदिर गया। वहाँ माँ के सामने हाथ जोड़कर उसने प्रार्थना किया,

"माँ, आज मैं एक कठिन परिस्थिति में हूँ। मुझे उसी व्यक्ति के सम्मान समारोह की सुरक्षा करनी है जिसने हमारी सारी खुशियाँ छीन लीं। मुझे इतनी शक्ति देना कि मैं अपना कर्तव्य पूरी ईमानदारी और धैर्य के साथ निभा सकूं।"

माँ के आशीर्वाद के साथ, संजीत सम्मान समारोह के गेट पर पहुँचा और अपनी ड्यूटी संभाल ली।

****

राजू पूरे रास्ते यही सोचता रहा कि राहुल के सम्मान समारोह में आने की खबर भैया तक कैसे पहुंचाई जाए। चाहे जैसे भी हो, यह बात भैया को बतानी पड़ेगी। इसके दो कारण थे। पहला, स्यापा ने उसे राहुल से मिलते हुए देख लिया था। यदि वह भैया को पहले बता दे कि राजू राहुल से मिला था, तो यह बात छुपाने पर राजू को गद्दार समझा जा सकता था। दूसरा, राजू राहुल को पिस्तौल देकर अपनी दोस्ती का फर्ज निभा चुका था। इतने दिनों से शक्ति सिंह के साथ रहते हुए उसने उनके प्रति भी एक तरह का कर्ज महसूस किया था। राहुल के आने की बात छुपाना उसे शक्ति सिंह के साथ धोखा करने जैसा लग रहा था।

सम्मान समारोह में पहुंचते ही राजू बाकी कार्यकर्ताओं के साथ घुल-मिल गया, लेकिन उसका ध्यान शक्ति सिंह पर ही लगा रहा। वह यह बात फोन पर नहीं बताना चाहता था, क्योंकि फोन पर ठीक से बात न हो पाने का खतरा था।

धीरे-धीरे लोग आने लगे। सभी की संजीत और एक अन्य सहयोगी द्वारा गेट पर अच्छी तरह से जांच की जा रही थी, और

फिर उन्हें अंदर भेजा जा रहा था। देखते ही देखते पूरा मैदान लोगों से भर गया।

शक्ति सिंह ने सुशील कुमार के साथ सम्मान समारोह में प्रवेश किया। संजीत, ना चाहते हुए भी, दोनों के सम्मान में सावधान मुद्रा में खड़ा हो गया। दोनों मंच पर तेज़ी से चढ़े और अपनी जगह पर बैठ गए।

राजू जानबूझकर मंच के आसपास ही मंडराने लगा और कोशिश करता रहा कि किसी तरह भैया उसे देख लें ताकि वह इशारों में समझा सके कि उसे कुछ कहना है। थोड़े प्रयास के बाद आखिरकार शक्ति सिंह की दृष्टि उस पर पड़ी और उसने बिना वक्त गवाएँ इशारों में संकेत किया कि वह कुछ कहना चाहता है।

शक्ति सिंह के कहने पर राजू को मंच पर जाने की आज्ञा मिल गई। उसने थोड़ा झिझकते हुए सफाई देने के भाव से ऐसा भंगिमा बनाया मानो उससे कोई अपराध हो गया हो। उसने कहा कि यहाँ आने से पहले वह भवानी माँ के मंदिर गया था और वहाँ राहुल मिल गया। उसने उससे थोड़ी बात कर ली। राहुल कह रहा था कि वह भी यहाँ आएगा। बस यही बात भैया को बतानी थी।

शक्ति सिंह एक पल के लिए खामोश रहा। फिर उसने राजू से कहा कि वह जा सकता है।

राजू का मन अब बिल्कुल हल्का लग रहा था, जैसे उसके सिर से कोई भारी बोझ उतर गया हो। लेकिन शक्ति सिंह, जो बाहर से शांत दिख रहा था, अंदर ही अंदर कुछ सोचकर ऐसा खुश हो रहा था, जैसे उसकी मनचाही इच्छा पूरी होने वाली हो।

उसने मन ही मन सोचा, "अच्छा है, वह आज यहाँ आ जाए। अपने अपमान का बदला लेने का आज से अच्छा समय कभी

नहीं मिलेगा। वह गूंगा, जिसकी मेरे सामने जबान नहीं खुलती थी, उसने मेरा नाम लेकर मुझ पर चिल्लाया? गंदी नाली का कीड़ा, जो आज पड़ा होता किसी गंदी नाली में। उसके लिए मैंने क्या-क्या नहीं किया? मैंने वहाँ से उठाकर उसे अपने साथ बिठाया, उसे अपने भाई का दर्जा दिया। अपना सारा बिज़नेस उसे सौंप दिया। और वह मुझसे गद्दारी करने चला? गद्दार कहीं का ! मेरे ही टुकड़ों पर पलने वाला कुत्ता मुझ पर ही भौंकने लगा? मेरे खिलाफ वह चुनाव प्रचार करने की हिम्मत कैसे कर सका? उसकी इतनी जुर्रत?"

शक्ति सिंह के विचार और अधिक कड़वाहट से भर गए। उसने खुद से कहा, "ऐसे गद्दारों के लिए तो बस एक ही सजा है–मौत। पर नहीं, उसे मैं आज नहीं मारूंगा। बस, वह किसी तरह यहाँ आ जाए। आज मैं उसे भरी सभा में सबके सामने ऐसा जलील करूंगा कि वह कहीं मुँह दिखाने के लायक नहीं रहेगा। फिर मुझे कुछ और करने की जरूरत नहीं पड़ेगी। वह खुद ही शर्म से अपना मुँह छुपाने के लिए किसी नदी-नाले में कूदकर अपनी जान दे देगा।"

उसकी साँसें तेज हो गईं, और वह प्रतिशोध की आग में जलने लगा। उसने भवानी माँ का ध्यान किया और मन ही मन प्रार्थना करने लगा, "माँ, बस आज इतना कर दो कि जब मैं मंच पर भाषण दे रहा होऊं, ठीक उसी समय राहुल यहाँ आ जाए। आज मैं उसे ऐसा सबक सिखाऊंगा कि कोई और कुत्ता अपने मालिक से गद्दारी करने से पहले सौ बार सोचेगा।"

शक्ति सिंह की आँखों में क्रोध और प्रतिशोध की लपटें साफ दिखाई देने लगीं।

मंच पर एक-एक करके सभी वक्ताओं ने अपनी बात रखी। फिर सुशील कुमार ने माइक संभालते हुए बोलना शुरू किया:

"यह हम सभी के लिए गर्व की बात है कि आज हमारे बीच एक युवा नेता उपस्थित हैं, जिन्हें आप सभी ने सेवा का अवसर दिया है। इसके लिए मैं आप सबका और हमारे सभी कार्यकर्ताओं के अथक परिश्रम का आभार व्यक्त करता हूँ। मुझे हमेशा इस बात की चिंता रहती थी कि आप लोगों ने मेरे लिए जो प्रेम और स्नेह दिखाया है, उसका कर्ज मैं किस तरह उतार पाऊँगा। लेकिन आज मुझे इस बात की खुशी है कि मेरे बाद इस क्षेत्र की सेवा के लिए एक कर्मठ और योग्य प्रतिनिधि का चयन आपने किया है। आप लोगों ने मुझे तीन बार सेवा का मौका दिया, और इसके लिए मैं आभारी हूँ। अब इस सेवा की जिम्मेदारी एक नेकदिल और मेहनती इंसान को सौंपते हुए मुझे गर्व महसूस हो रहा है।"

सुशील कुमार शक्ति सिंह की प्रशंसा में शब्दों के पुल बांधते रहे, लेकिन शक्ति सिंह के विचार कहीं और भटके हुए थे। वह मंच पर बैठा हुआ, मन ही मन भवानी माँ से प्रार्थना कर रहा था:

"काश, माँ, कोई चमत्कार हो जाए। जब मैं मंच से अपना भाषण दे रहा होऊँ, ठीक उसी समय राहुल यहाँ आ जाए। उसने जितने भी जख्म मुझे दिए हैं, आज उन सबका हिसाब लेना है। आज उसे ऐसा सबक सिखाऊँगा कि वह खुद को इस सभा में आने के लिए कोसेगा। उसे इतना अपमानित करूँगा कि वह यहाँ से मुँह छिपाकर भागने पर मजबूर हो जाएगा और वह अपनी जान देने तक की सोचने पर मजबूर हो जाएगा।"

अंत में सुशील कुमार ने कहा, "अब मैं शक्ति सिंह को मंच पर आमंत्रित करना चाहूँगा कि वे आकर अपनी बात रखें।"

लेकिन शक्ति सिंह अपने विचारों में इतना खोया हुआ था कि उसने सुशील कुमार की बात सुनी ही नहीं। सुशील कुमार को उसका नाम दो बार जोर से पुकारना पड़ा, तब जाकर शक्ति सिंह चौंकते हुए उनकी ओर देखने लगा। थोड़ी झेंप के साथ उसने मंच संभाला और बोलना शुरू किया:

"आदरणीय मंच संचालक महोदय, सुशील भैया, मंच पर विराजमान सभी वरिष्ठजन, यहाँ उपस्थित शहर के सम्मानित अतिथि, हमारे कार्यकर्ता, मीडिया और पुलिसकर्मी, और इस सभा में उपस्थित सभी सम्मानित लोग। आज मैं अपने आप को अत्यंत सौभाग्यशाली मानता हूँ कि मुझे अपनी बात रखने का यह अवसर मिला। सबसे पहले, मैं सुशील भैया का हृदय से आभार व्यक्त करता हूँ, जिन्होंने मुझ पर विश्वास जताया और इस क्षेत्र की सेवा का अवसर मुझे सौंपा। मैं आप सभी का भी धन्यवाद करता हूँ कि आपने मुझ पर भरोसा किया और मुझे यह जिम्मेदारी दी। मैं आपसे वादा करता हूँ कि इस जिम्मेदारी को पूरी ईमानदारी और मेहनत से निभाने का हर संभव प्रयास करूंगा। आप सबके सहयोग से मैं अपने कर्तव्यों को निभाने के लिए पूरी तरह प्रतिबद्ध हूँ।"

शक्ति सिंह के शब्द तो सभा में उपस्थित सभी लोगों के लिए थे, लेकिन उसकी नजरें लगातार प्रवेश द्वार पर टिकी हुई थीं। उसके मन में एक ही प्रार्थना थी:

"माँ भवानी, काश! राहुल अभी आ जाए, तो मेरी खुशी का ठिकाना नहीं रहेगा। आज उसे ऐसी बेइज्जती करूँगा कि वह सारी जिंदगी उसे भूल नहीं पाएगा। उसकी अपमानजनक हार देखकर मुझे जो संतोष मिलेगा, वही इस सभा की सबसे बड़ी उपलब्धि होगी।"

****

राहुल ने पिस्तौल को अपने बूट के अंदर सुरक्षित छुपाया और फिर सीधा अपने कमरे में जाकर चुपचाप बैठ गया। वह देर तक भावहीन चेहरा लिए गहरी सोच में डूबा रहा। कुछ समय बाद उसके चेहरे के भाव बदलने लगे, जैसे वह किसी ठोस निर्णय पर पहुँच गया हो।

वह उठा और माँ भवानी के सामने दोनों हाथ जोड़कर खड़ा हो गया। उसकी आँखों में एक अजीब दृढ़ता झलक रही थी। उसने कहा,

"माँ! मुझे नहीं पता आज क्या होने वाला है। यह भी नहीं जानता कि मैं आज क्या करने वाला हूँ। और यह भी नहीं जानता कि तू क्या करने वाली है। पर माँ! अब मैं बहुत थक चुका हूँ। अब जो भी करना है, बस तुझे ही करना है। लेकिन मेरी तुमसे एक विनती है–जो भी करना, आज अंतिम करना। ऐसा करना कि आज के बाद मुझे कुछ करने की आवश्यकता ही न रहे।"

राहुल दोनों घुटनों के बल बैठ गया। उसकी आँखों में आँसू थे, और दोनों हाथ जुड़े हुए थे। वह माँ की ओर ऐसे देखने लगा, मानो उनसे कोई संकेत पाने की कोशिश कर रहा हो। तभी उसे ऐसा महसूस हुआ, जैसे माँ कह रही हों:

"जा मेरे बच्चे। जो आज होगा, वह अंतिम ही होगा। मेरा आशीर्वाद हमेशा तुम्हारे साथ है।"

राहुल ने सिर झुकाकर माँ को प्रणाम किया और गहरी शांति के साथ वहाँ से विदा लिया। उसने अपने आँसुओं को पोंछा और सम्मान समारोह की ओर चल पड़ा।

राहुल जैसे ही प्रवेश द्वार पर पहुँचा कि संजीत और उसके साथ वाले पुलिसकर्मी ने उसे रोक लिया और अंदर जाने से मना करने लगे। शक्ति सिंह की नजर जैसे ही राहुल पर पड़ी कि उसका दिल जैसे खुशी के मारे उछलने लगा। उसने अपने आप से कहा,

"आज सचमुच मेरा दिन है। यदि आज भवानी माँ से कुछ और भी माँगा होता तो शायद वह भी मिल गया होता। पर कोई बात नहीं। आज के लिए तो बस उसे सबक सिखाने से बड़ा चीज मेरे लिए कुछ भी नहीं है।"

अगले ही पल उसे लगा कि कहीं पुलिस वालों ने राहुल को वापस भेज दिया तो उसके सारे इरादों पर पानी फिर जाएगा और उसकी जिंदगी से एक बहुत बड़ा अवसर हाथ आते-आते चला जाएगा। उसने वहीं से चिल्लाकर पुलिस वालों से कहा,

"उसे अंदर आने दीजिए। यह अपना ही कुत्ता है जो कुछ समय के लिए इंसान बनने चला गया था।"

सभी कि निगाहें कौतूहल वश प्रवेश द्वार कि ओर चली गईं।

शक्ति सिंह के कहने पर दोनों पुलिस वाले राहुल को अंदर प्रवेश करने की अनुमति तो दे दी। फिर भी उसकी जाँच तो करनी जरूरी थी। जैसे ही उसकी जांच करने के लिए संजीत ने अपना हाथ उसके कमर में लगाया कि फिर से शक्ति सिंह ने चिल्लाते हुए कहा,

"उसकी कोई जरूरत नहीं है। यह सिर्फ भौंकने वाला कुत्ता है। किसी को काटने की इसकी औकात नहीं है।"

शक्ति सिंह के इस कटाक्ष ने सभी को राहुल पर हँसने के लिए विवश कर दिया। पर वह बात राहुल के दिल में बिलकुल तीर की तरह आकार चूभी। वह अपमान का घूँट पीकर ऐसे दिखाया जैसे कि उसकी कोई भावनाएँ ही नहीं हों। उसे पता था कि उस समय कुछ भी प्रतिक्रिया देना ठीक नहीं था। उसने कोशिश किया कि उसके चेहरे के भाव बिल्कुल सपाट रहे।

उसे शक्ति सिंह के इशारे पर मंच पर जाने की इजाजत मिल गई और वह उसके   पीछे थोड़ा बाईं ओर आकर खड़ा हो गया।

उसके पीछे दो पुलिस वाले दोनों ओर से शक्ति सिंह को घेरे हुए इस तरह खड़े थे कि राहुल की एक छोटी सी हरकत को भी वे आसानी से देख सकते थे।

शक्ति सिंह के चेहरे पर विजेता वाले भाव थे। उसके मन में जो राहुल से बदले की आग जल रही थी उसे शांत करने का समय इतनी जल्दी और इतनी आसानी से मिल जाएगा उसे तो विश्वास ही नहीं हो रहा था। उसने व्यंग्य भरे तानों के साथ कहना शुरू किया,

"कुत्ते हमेशा वफादारी के लिए जाने जाते हैं। पर आज मेरी बगल में एक ऐसा कुत्ता खड़ा है जिसने पूरी कुत्ते की जाति को कलंकित कर दिया। यह ऐसा कुत्ता निकला जिसके रगों में पता नहीं किसका खून बह रहा है जो यह अपने ही मालिक के साथ गद्दारी कर बैठा। पर मैं ऐसा नहीं हूँ। मेरे ऊपर आप सभी का जो उपकार है, आप लोगों ने जो मेरे ऊपर विश्वास दिखाया है उसके लिए मैं आप सभी को विश्वास दिलाता हूँ कि मैं आप

सभी के प्रति हमेशा ही वफादार रहूँगा। मैं एक ऐसा वफादार कुत्ता बन के दिखाउँगा जो हमेशा आप लोगों की सेवा में आपके कदमों में बैठा रहेगा।"

शक्ति सिंह के व्यंग भरे ताने सुनकर अब लोग भी उसे हँस कर चिढ़ाना शुरू कर दिए। पर उसके द्वारा कही गई एक-एक बात राहुल को अपमान के आग में बुरी तरह से जलने पर विवश कर दिया। उसके शरीर का सारा खून दिमाग की नसों में जमा होने लगा। उसे ऐसा लगने लगा जैसे उसकी आंखे निकलकर बाहर आ जाएंगी और गुस्से में उसका सिर फट जाएगा।

भावनाएँ अपने आप में बड़ी अद्भुत होती हैं। ये केवल व्यक्ति विशेष तक सीमित नहीं रहतीं, बल्कि एक से दूसरे तक सहजता से प्रवाहित होती हैं और धीरे-धीरे पूरे माहौल को अपने रंग में रंग देती हैं। करुणा, हँसी, गम, खुशी जैसी भावनाएँ तेजी से एक-दूसरे के बीच फैलती हैं। यदि आप किसी गमगीन वातावरण में पहुँचते हैं, तो वह वातावरण स्वतः ही आपके मन को गमगीन कर देता है। इसी प्रकार, यदि माहौल सुखद और आनंदमय हो, तो आपके चेहरे पर अनायास ही मुस्कान आ जाती है।

शक्ति सिंह ने एक तीखे व्यंग्य के साथ राहुल पर हँसना शुरू किया, तो धीरे-धीरे आस-पास का वातावरण हास्य और व्यंग्य से भरने लगा। पहले मंच पर बैठे अन्य लोग और फिर वहां मौजूद बाकी सभी लोग भी हँसी में शामिल हो गए। केवल पुलिसवाले गंभीर बने रहे, लेकिन बाकी सब के लिए यह दृश्य हास्य का स्रोत बन गया।

हालांकि, इस पूरे दृश्य ने संजीत के मन में एक चुभन पैदा कर दी। वह भीतर ही भीतर आहत महसूस कर रहा था। उसने सोचा, "कैसा नीच इंसान है यह? जिसके पास ईमानदारी का नामोनिशान नहीं, जो दूसरों की खुशियों को छीनकर अपनी सफलता का जश्न मनाता है, वही आज ईमानदारी और वफादारी की बातें कर रहा है।"

वह अपने आप को कोसने लगा। उसके मन में विचार आया, "मैं कितना अभागा हूँ, जो अपनी सारी खुशियाँ छीनने वाले इस इंसान के सम्मान में उसके दरवाजे पर पहरेदारी कर रहा हूँ।"

शक्ति सिंह ने अपनी बात जारी रखी, "हमसे किसी का दुख देखा नहीं जाता। मैंने हमेशा यही कोशिश की है कि लोगों के दुख और कष्ट कम कर सकूँ। यदि पूरी तरह से दूर नहीं कर सकता, तो कम से कम उनका बोझ हल्का कर दूँ। किसी का दुख देखकर मुझे दया आ जाती है और मैं उसे दूर करने का प्रयास करने लगता हूँ।" वह जोर से हँस पड़ा।

उसने राहुल की ओर इशारा करते हुए कहा,

"यह जो मेरे पीछे कुत्ता खड़ा है, इसका दुख भी मुझसे देखा नहीं गया। यह किसी गंदी नाली में कीड़े की तरह रेंग रहा था। मैंने इसे वहाँ से उठाकर अपने पास जगह दी और अपने बराबर का दर्जा दिया। लेकिन आखिरकार, इसकी नसों में बहता खून तो गंदी नाली का ही है। इसे मेरी बराबरी का दर्जा रास नहीं आया और यह फिर से अपनी गंदी नाली ढूँढने चला गया।"

शक्ति सिंह एक बार फिर जोर से ठहाका लगाने लगा, मानो उसने अपने ही व्यंग्य पर आनंद पाया हो। उसके ठहाकों के साथ में अब भीड़ के बहुत से लोग और यहां तक कि कुछ पुलिस वाले भी ठहाके लगा दिए।

शक्ति सिंह के अपमानजनक शब्द और जोर-जोर से लगाए गए ठहाके राहुल के लिए असहनीय हो रहे थे। उसे ऐसा महसूस हुआ जैसे उसकी नसें फटने को तैयार हैं। उसने मन ही मन सोचा कि बस अभी अपने बूट से पिस्तौल निकालकर शक्ति सिंह के सिर में सारी गोलियाँ उतार दे। लेकिन उसने देखा कि वहां मौजूद हर व्यक्ति की निगाहें उसी पर टिकी थीं। जरा सी भी जल्दबाजी उसके इरादों को नाकाम कर सकती थी। राहुल ने मुश्किल से खुद को काबू में रखने की कोशिश की।

शक्ति सिंह हँसी में डूबा हुआ था और अपमानजनक बातें कहने का सिलसिला जारी रखा। उसने कहा,

"कहते हैं, कुत्तों को घी हजम नहीं होता। इस कुत्ते को भी मान-सम्मान हजम नहीं हुआ। यह मेरा जूठा चाटने वाला कुत्ता, अब मुझे ही काटने की सोचने लगा। शायद यह भूल गया कि आज तक किसी कुत्ते की इतनी हिम्मत नहीं हुई जो शक्ति सिंह पर भौंक भी सके। इसने गुस्ताखी इसलिए दिखाई क्योंकि यह अपनी औकात भूल चुका था। यह समझ नहीं पाया कि भौंकने और काटने में फर्क होता है।"

शक्ति सिंह ठहाके पर ठहाके लगाए जा रहा था। धीरे-धीरे वहाँ का माहौल भी उसके ठहाकों के साथ रंगने लगा। मंच के नीचे खड़े पुलिसवाले, यहाँ तक कि मंच पर खड़े दोनों पुलिसकर्मी भी उसकी हँसी में शामिल हो गए। संजीत को छोड़कर हर कोई हँसी में डूबा था।

राहुल के भीतर अपमान और गुस्से की आग भड़क रही थी। उसकी साँसें तेज हो गईं, और उसे लगा कि उसका सारा खून सिर पर चढ़ गया है। उसके भीतर एक उबाल आ रहा था, लेकिन उसने जैसे-तैसे खुद को नियंत्रण में रखने की कोशिश की।

शक्ति सिंह ने अपनी छाती चौड़ी करते हुए और भी अपमानजनक बातें करनी शुरू कर दीं। उसने कहा,

"यह भूल गया कि यह कोई गली का कुत्ता नहीं, बल्कि गंदी नाली का कीड़ा है। इसे पैदा करने वालों ने भी इसे मरने के लिए कूड़े में फेंक दिया। इसके रगों में पता नहीं कितने लोगों का गंदा खून बह रहा है।"

राहुल के भीतर का आक्रोश अब अपनी चरम सीमा पर पहुँच चुका था। उसकी साँसें और तेज हो गईं, नथुने फूलने लगे, और गुस्से से उसकी आँखें लाल हो गईं। अब उसे खुद को रोक पाना असंभव हो गया।

उसने आव देखा न ताव, अपने बूट से पिस्तौल निकाली और बिना एक पल गंवाए धाय-धाय-धाय... तीन गोलियाँ शक्ति सिंह की खोपड़ी में उतार दी।

शक्ति सिंह के ठहाके अचानक रुक गए। उसकी आँखें पल भर में फटी रह गईं और वह धड़ाम से मंच पर गिर पड़ा। वहां का माहौल सन्नाटे में बदल गया। पूरी भीड़ सहम गई, और हर ओर खामोशी छा गई। राहुल का गुस्सा अब उसकी आँखों में जलते अंगारे की तरह दिख रहा था।

हँसी से गूँजता माहौल अचानक गहरे सन्नाटे में बदल गया था। मंच पर खड़े दोनों पुलिसकर्मी, राहुल के हाथ में पिस्तौल और शक्ति सिंह की लाश को जमीन पर देखकर स्तब्ध रह गए। वे हड़बड़ाकर राहुल की ओर लपके, लेकिन राहुल ने तेजी से पीछे हटते हुए पिस्तौल उन पर तान दी और चेतावनी भरे स्वर में कहा, "सावधान! अगर एक कदम भी आगे बढ़ाया तो तुम्हारा अंजाम भी वही होगा जो शक्ति सिंह का हुआ है।"

संजीत के भीतर एक अजीब सा सुकून भर आया। उसे याद आया जब उसने संजू से कहा था कि प्रकृति हमेशा अपना न्याय करती है। उस समय वह खुद अपनी बात पर पूरी तरह यकीन नहीं कर पाया था। लेकिन आज, शक्ति सिंह की मौत के साथ, उसे यकीन हो गया कि प्रकृति से बड़ा कोई नहीं। वह इस खबर को संजू तक जल्द से जल्द पहुँचाना चाहता था। वह उसे बताना चाहता था कि जिसने उसकी बहन की खुशियाँ छीनी थीं, वही अब प्रकृति के न्याय का शिकार बन चुका है।

मंच पर खड़े पुलिसकर्मी हिचकते हुए वहीं रुक गए। राहुल ने अपने गुस्से और दर्द से भरे स्वर में बोलना शुरू किया, "हाँ! मैं कुत्ता था। इसके कहने पर भौंकता था और इसके इशारे पर काटता था। मैंने इसके कहने पर अपने दोस्त सुदेश को शराब के नशे में धकेल कर खाई में गिरा दिया, जहाँ उसकी मौत हो गई। मैंने इसके इशारे पर अपने भाई जैसे दोस्त मुनीम का खून किया, जिसकी लाश कब्रिस्तान के कुएँ से मिली। मैंने उस माँ की ममता छीन ली, जिसने मुझे अपने सगे बेटे से भी ज्यादा प्यार किया था।"

जैसे ही राहुल भावनाओं में बहकर अपनी बातें कह रहा था, पुलिसकर्मी उसे रोकने के लिए फिर से आगे बढ़ने की कोशिश करने लगे। लेकिन राहुल ने पिस्तौल तानते हुए सख्ती से कहा, "रुक जाइए! एक भी कदम आगे बढ़ाया तो अंजाम वही होगा जो इस शक्ति सिंह का हुआ है। मेरी पिस्तौल में अभी भी काफी गोलियाँ बाकी हैं।"

एक पुलिसकर्मी ने चिल्लाकर उसे समझाने की कोशिश की, "बेवकूफी मत करो! अपने आप को कानून के हवाले कर दो। तुम्हारी हर बात सुनी जाएगी, और तुम्हें न्याय मिलेगा।"

राहुल ने उनकी बात सुनी, लेकिन उसकी आँखों में अब कोई डर या उम्मीद नहीं बची थी। कभी वह खुद चाहता था कि पुलिस उसे गिरफ्तार कर ले, ताकि वह अपने अपराधों का प्रायश्चित कर सके। लेकिन आज, उसकी सारी इच्छाएँ खत्म हो चुकी थीं। जिसने उसकी माँ को धोखा देने पर मजबूर किया, वह अब उसके सामने फर्श पर लाश बनकर पड़ा था। राहुल को अब अपने अपराधों का कोई बोझ नहीं था; जो बात वह अपनी माँ को बताकर हल्का करना चाहता था, अब वह सबके सामने आ चुकी थी। न उसे जीने की कोई इच्छा बची थी, न मरने का कोई डर।

राहुल ने गहरी साँस ली और पुलिसवालों से कहा, "नहीं! अब तक मैं एक कुते की जिंदगी जीता रहा, जो शक्ति सिंह के कहने पर भौंकता था और उसके कहने पर काटता था। लेकिन अब और नहीं। मैंने बहुत समय दूसरों के इशारों पर जिंदगी जी है। अब मैं अपनी मौत अपने अनुसार चुनूँगा।"

उसकी आवाज में एक दृढ़ता और थकान थी। उसकी आँखों में आँसू आ गए। वह धीरे से पिस्तौल का मुंह अपनी कनपटी की ओर घुमाने लगा। इससे पहले कि पुलिसवाले कुछ समझ पाते और उसे रोकने की कोशिश करते, राहुल ने ट्रिगर दबा दिया।

पिस्तौल की आवाज गूँजी, और वह वहीं शक्ति सिंह के बगल में गिर पड़ा। एक ही गोली काफी थी। गोली उसके सिर को चीरती हुई निकल गई, और उसका शरीर निष्प्राण होकर जमीन पर गीर गया।

संजीत ने यह दृश्य देखा और उसके भीतर एक अजीब सा सुकून उभर आया। उसने अपने आप से कहा, "प्रकृति हर समस्या का समाधान अपने तरीके से ढूँढ ही लेती है। उसका हर

न्याय अंतिम होता है। उसका न्याय ऐसा होता है, जिसके बाद किसी और न्याय की आवश्यकता नहीं रहती।"

उसने राहत की साँस ली। लंबे समय के बाद, उसे ऐसा लगा जैसे उसके भीतर की बेचैनी खत्म हो गई हो। उसने धीरे से अपने मन में दोहराया, "प्रकृति के पास सबके लिए न्याय है, और उसका हर न्याय अंतिम होता है। कभी उम्मीद नहीं छोडनी चाहिए"

संजू के दिल को भी आज बहुत दिनों के बाद ठंडक मिली। उसे विश्वास हो गया कि इस दुनिया में कोई भी अन्याय प्रकृति की दृष्टि से छिपा नहीं रह सकता, और उसका न्याय कभी अधूरा नहीं होता। उसका न्याय होता है - अंतिम न्याय। कभी उम्मीद मत छोड़ो।